EM FOGO ALTO

ELIZABETH ACEVEDO

TRADUÇÃO: CAROLINA CANDIDO

EM FOGO ALTO

Diretor-presidente:
Jorge Yunes

Gerente editorial:
Luiza Del Monaco

Editor:
Ricardo Lelis

Assistente editorial:
Júlia Tourinho

Suporte editorial:
Juliana Bojczuk

Estagiária:
Emily Macedo

Coordenação de arte:
Juliana Ida

Designer:
Valquíria Palma

Assistente de arte:
Daniel Mascelani

Diagramação e adaptação de capa:
Vitor Castrillo

Gerente de marketing:
Carolina Della Nina

Analistas de marketing:
Heila Lima, Flávio Lima

Título original: *With the Fire on High*

Copyright © 2019 by Elizabeth Acevedo
© Companhia Editora Nacional, 2021

Todos os direitos reservados. Nenhuma parte desta obra pode ser reproduzida ou transmitida por qualquer forma ou meio eletrônico, inclusive fotocópia, gravação ou sistema de armazenagem e recuperação de informação sem o prévio e expresso consentimento da editora.

1ª edição — São Paulo

Preparação de texto:
Karine Ribeiro

Revisão:
Lorrane Fortunato
Lavínia Rocha

Ilustração de capa:
Erick Davila

Design de capa:
Erin Fitzsimmons

DADOS INTERNACIONAIS DE CATALOGAÇÃO NA
PUBLICAÇÃO (CIP) DE ACORDO COM ISBD

A174c   Acevedo, Elizabeth

       Em fogo alto / Elizabeth Acevedo ; traduzido por Carolina Candido. - São Paulo : Editora Nacional, 2021.
       288 p. ; 16cm x 23cm.

       Tradução de: With the fire on high
       ISBN: 978-65-5881-007-0
       ISBN: 978-65-5881-070-4 (Pré-venda)

       1. Literatura americana. 2. Romance. 3. Literatura juvenil. I. Candido, Carolina. II. Título.

                                       CDD 813.5
2021-1608   CDU 821.111(73)-31

Elaborado por Vagner Rodolfo da Silva - CRB-8/9410

Índice para catálogo sistemático:
1. Literatura americana : Romance 813.5
2. Literatura americana : Romance 821.111(73)-31

NACIONAL

Rua Gomes de Carvalho, 1306 - 11º andar - Vila Olímpia
São Paulo - SP - 04547-005 - Brasil - Tel.: (11) 2799-7799
editoranacional.com.br - atendimento@grupoibep.com.br

Para as mulheres da minha família,
que me acolheram quando precisei de acolhimento
e me deram asas quando eu precisava sonhar.

Parte um:

O Amargo

A RECEITA

"Quando a vida te der limões, Faça um pudim de limão verbena" da EMONI

Serve: Seu coração quando você sente a falta de alguém que ama.

Ingredientes:

Duas latas de leite de coco
Um punhado de açúcar branco
Quatro colheres de sopa de amido de milho
Uma pitada de sal
Um maço de folhas de limão verbena
Um maço de folhas de lavanda
Canela, o suficiente para salpicar

Instruções:

1. Em uma panela, aqueça o leite de coco até levantar fervura. Macere as folhas de limão verbena e as folhas de lavanda e adicione ao leite de coco aquecido. Deixe em infusão.
2. Após quinze minutos, misture a infusão de leite de coco, o sal, o açúcar e o amido de milho. Mexa bem até que o amido de milho seja dissolvido completamente. Deixe os ingredientes combinados ferverem e continue mexendo até que a mistura comece a engrossar.
3. Despeje em uma tigela grande e cubra com papel filme. Deixe na geladeira durante cinco horas.
4. Após desenformar a mistura da tigela, salpique a canela.

*Melhor consumir frio, enquanto estiver sonhando acordada com palmeiras e escutando um clássico de Héctor Lavoe.

Primeiro dia

Nenezinha não chora quando, chupando meus dentes, desfaço a sua trança pela quarta vez. Sou eu quem está PRESTES a chorar, já que, a essa altura, ambas estaremos atrasadas.

— Me desculpe, Nenezinha. Eu sei que isso dói. É que a mamãe não quer que você pareça desleixada.

Minhas desculpas não parecem comovê-la, talvez porque, em primeiro lugar, minhas tranças não estão suficientemente apertadas para de fato machucá-la (e, provavelmente, é por isso que os cabelos dela estão tão rebeldes) e, em segundo lugar, Nenezinha está assistindo *Moana*. E ela ama *Moana*. Então, enquanto eu a deixar assistir *Moana*, ela me deixará brincar com os seus cabelos infinitamente. Ainda bem que Angélica me deixa utilizar sua conta da Netflix. Me inclino um pouco mais próxima da ponta do sofá para poder apanhar os fiozinhos soltos na frente da cabeça dela. Essa é a parte mais difícil de todas, e é preciso fazer tranças pequenas e bem apertadas para conseguir acertar.

— Emoni, *vete*. Está na hora de você ir embora. Eu arrumo o cabelo dela.

Nem sequer olho na direção de Buela, parada perto da escada que leva para os dois quartos no andar de cima.

— Eu posso fazer, Buela. Estou quase acabando.

— Você vai se atrasar para a escola.

— Eu sei, mas... — Minha voz diminui de intensidade e, ao que tudo indica, não é preciso terminar a frase, porque, à sua maneira, Buela sempre entende.

Ela vem até nós e pega o pente no lugar que eu o havia colocado, no sofá.

— Você queria poder levá-la.

Eu concordo com a cabeça e mordo o meu lábio inferior. Trabalhei duro para conseguir colocar Nenezinha em uma boa creche e, apesar da longa lista de espera, fiquei ligando e visitando Mamá Clara, a proprietária, até que ela nos conseguiu uma vaga. Agora que Nenezinha de fato está indo, estou ficando maluca. Em seus dois anos na terra, Nenezinha nunca esteve longe da família. Tranço os cabelos até a ponta. O estilo é simples, algumas tranças raiz com um prendedor de cabelo rosa no final, combinando com as roupas de Nenezinha: uma pequena camisa branca de colarinho e um pulôver rosa. Ela está adorável. Não consegui comprar mais do que três trajes diferentes para que ela fosse para a creche, mas estou satisfeita de ter ostentado nesse.

Eu viro a cadeira da Nenezinha para que fiquemos frente a frente, mas percebo que ela tenta continuar assistindo *Moana* com o canto dos olhos. Ainda que eu esteja com o coração apertado, dou uma risadinha. Nenezinha pode ainda ser nova, mas já está aprendendo a ser astuta.

— Nenezinha, a mamãe precisa ir para a escola. Seja legal com as outras crianças e preste atenção na Mamá Clara para aprender bastante, tá bem?

Nenezinha assente como se eu tivesse acabado de proferir um importante discurso do DJ Khaled sobre sucesso. Eu a abraço bem forte, tomando o cuidado de não a apertar demais e bagunçar as tranças que passei uma hora fazendo. Com um último beijo em sua testa, respiro fundo e pego minha mochila do sofá, certificando-me de limpar a cobertura de plástico dele para que a Buela não se irrite comigo.

— Buela, não se esqueça do lanchinho dela. Mamá Clara disse que devemos mandar lanche todos os dias. Ah, e o suco dela! Você sabe como ela fica agitada.

Ao passar pela Buela, eu me inclino em confidência.

— Eu também coloquei uma garrafinha de água. Eu sei que ela não gosta tanto, mas não quero que ela beba apenas bebidas açucaradas, sabe?

Buela parece tentar esconder um sorriso ao colocar a mão macia nas minhas costas e me guiar em direção à porta da frente.

— Veja só você querendo me ensinar a cuidar de uma criança. Por favor, *nena*! Como se eu não tivesse criado você! E o seu pai. — Buela aperta levemente as minhas costas e ajeita o cabelo preso no topo da minha cabeça. — Ela vai ficar bem, Emoni. Certifique-se de que *você* tenha um bom primeiro dia de aula. Seja legal com os colegas. Aprenda bastante.

Eu me inclino na direção dela por um instante e inspiro seu característico cheiro de baunilha.

— *Bendición*, Buela.

— *Que Dios te bendiga, nena*. — Ela me dá um tapa no bumbum e abre a porta da frente. Os sons da West Allegheny Avenue apressam-se para me receber: carros buzinando, ônibus brecando em seus pontos, um espanglês veloz gritado das esquinas enquanto as pessoas se cumprimentam, mães nas janelas dando as últimas instruções para seus filhos. A porta se fecha atrás de mim e, por um segundo, minha respiração entra em sincronia com a fechadura. Tudo aquilo que mais amo nesta vida está atrás dessa porta de madeira. Pressiono a orelha contra ela e ouço palmas e, então, Buela dizendo, em um tom alto e alegre:

— Ok, pequena Emma! Hoje você será uma menina grande!

Puxo as alças da minha mochila para que fique grudada em mim. Ao descer apressadamente os degraus, faço a mim mesma o mesmo discurso motivacional: Ok, Emoni. Hoje é dia de ser uma menina grande.

Emma

Eu queria dar um nome legal para Nenezinha. O tipo de nome que não diz muita coisa antes de você a conhecer, como é o caso do meu. Porque ninguém nunca conheceu uma menina branca chamada Emoni, então assim que veem meu nome em um currículo ou no formulário de aplicação para a faculdade, pensam que sabem exatamente o tipo de garota com que estão lidando. Eles sabem mais a respeito de mim do que o que precisam saber e, caralho – quer dizer, *caramba* –, informação não é de graça, então o nome da minha filha não iria revelar nenhuma informação que não fosse merecida. É por isso que briguei com unhas e dentes com Tyrone para que ela se chamasse Emma.

— Você só quer dar esse nome para que ela tenha as mesmas letras que o seu. — Tyrone é um reclamão.

— Não, eu quero que o nome dela não soe tanto como os nossos — falei, e não me lembro se beijei as bochechas de Nenezinha ou não. Mas sei que, naquele momento, senti uma emoção muito grande; eu queria fazer tudo o que estivesse ao meu alcance para dar as melhores oportunidades do mundo para a minha filha. E ainda que nossos nomes tenham letras similares, o meu está cheio de sons afiados como facas: *Ê-Moh-Ní*. O dela é suave, desliza em nossa língua como um murmúrio.

De qualquer modo, Tyrone se atrasou no dia em que eu preenchi a certidão de nascimento, então Emma foi o nome escolhido. Eu sei que, sozinho, um nome não consegue garantir novas oportunidades, mas ao menos ela terá a chance de poder entrar na sala, para que as outras pessoas percebam que ela é alguém sobre quem eles gostariam de obter mais informações.

Amigas e irmãs

Angélica espera por mim na esquina, como sempre fez desde o primário. Seus cabelos longos e escuros têm ondas da mesma cor vermelha-vibrante de seu batom. Ela passa o peso do corpo de um pé para o outro, usando as *leggings* mais apertadas que já vi em um corpo.

Eu paro no meio do caminho e finjo espanto.

— Amiga, você está prestes a dar um show para esses meninos! E estamos apenas no primeiro dia — digo enquanto damos os braços e andamos na direção do ponto de ônibus.

— Amiga, você sabe que eu não estou nem aí para esses meninos. Já as meninas... Eu dei uma stalkeada nas redes sociais e o verão fez maravilhas por muitas dessas carinhas!

Eu dou risada e balanço a cabeça.

— A Laura sabe no que se meteu?

Angélica sorri e, por alguns instantes, ela de fato se assemelha ao anjo ao qual seu nome faz referência.

— Ah, meu bem sabe que eu só olho e não toco. Eu só quero que ela tenha consciência de que se quiser, posso deixá-la. Tenho opções!

Angélica saiu do armário ano passado e, após tirar a poeira dos seus Air Max, ela nunca mais olhou para trás. Alguns meses após se assumir em casa e na escola, ela e Laura se conheceram em um workshop de design gráfico para adolescentes no Museu de Arte da Filadélfia. Laura, a namorada, tem a mesma constituição dos vikings dos quais diz descender: alta, ombros largos e com mãos gentis de artista que eu sabia que cuidariam bem do coração da minha melhor amiga.

— Ah, nem vem com essa. Eu vejo tudo o que você posta sobre a Laura. Se você e ela postarem outra foto fofinha dando beijinho, vou deletar a minha conta. Na verdade, vou hackear a sua conta para deletar.

— Sem ódio, Emoni. O Tyrone ainda está sendo um cuzão?

Eu dou um soco no braço dela.

— É por isso que eu não deixo você ficar perto da Nenezinha; você tem a boca muito suja.

— E você não? — Ela me lança um de seus olhares penetrantes.

— Sim, mas eu aprendi com *você*. E tenho tentado melhorar.

— Como está a minha sobrinha? Eu não a vejo desde... quando? Sábado?

Damos risada. Apesar da boca suja, Angélica é ótima com a Nenezinha e sempre vem correndo quando Buela ou eu não podemos ficar com ela. Agora que Nenezinha tem dois anos, Buela insiste que tenho que ter mais responsabilidade ao criá-la. Não me importo com isso, já que Nenezinha é a criança mais incrível do mundo. É só difícil fazer malabarismo entre o trabalho, ela e, agora, o novo ano letivo, sem que Buela exerça o grande papel que exerceu nos primeiros dois anos de vida da bebê. E, ainda que eu não o diga em voz alta, não é preciso fazê-lo; Tyrone *está* sendo um cuzão - um babaca - um *otário*. Quem usa a palavra *otário*?

— Oi! Emoni, você está me ouvindo? — Angélica estala os dedos na frente do meu rosto.

— Desculpa... Viajei por alguns instantes. O que foi que você disse?

Angélica suspira dramaticamente. Todos os seus suspiros são assim.

— Você não presta mais atenção no que eu falo.

Eu solto o meu braço do dela.

— Para com essa palhaçada. Tudo o que eu faço é prestar atenção no que você fala.

— Eu estava perguntando sobre o jantar que você deixou para mim e para a Nenezinha quando fiquei de babá. Como você chamou mesmo?

— *Pollo guisado*, frango guisado. Estava bom? — Angélica come na minha casa desde que éramos pequenas, mas como costumo dar uma mudada nas receitas que cozinho, nunca sirvo o mesmo prato duas vezes. — Eu achei que tivesse feito besteira quando adicionei a couve no fim. Não fazia parte da receita original.

— Estava *muito* bom. Eu queria saber se você poderia fazer esse prato para Laura e para mim. Nosso aniversário de seis meses é daqui a um mês! Eu pensei em fazer um jantar romântico em casa, já que minha mãe vai estar fora da cidade.

— Jantar em casa nunca é romântico, Gelly — digo. O ônibus para e nós subimos com o resto das pessoas que, como nós, estão indo para a escola ou para o trabalho perto de Yorktown e Fairmount e ainda mais ao sul, no centro da cidade.

— O jantar caseiro pode ser romântico se você cozinhar! — Achamos um lugar para ficar em pé e conseguir segurar nas barras acima de nós, enquanto o ônibus começa seu percurso de dez minutos.

— Ah, agora eu sou a cozinheira? A sua sorte é que eu amo você.

— Não. A minha sorte é que você ama cozinhar e nunca recusa uma oportunidade de praticar com seus amigos. A Chef Emoni Santiago, a próxima campeã do *Master Chef!*

Dou risada e pego meu telefone para fazer anotações para o jantar da Gelly.

Mágica

Sempre que você perguntar, Buela contará a mesma história.

Eu era um pouco mais velha do que Nenezinha é agora e sempre seguia Buela até a cozinha. Eu me sentava na mesa da cozinha comendo uma imitação de Sucrilhos, arroz ou qualquer coisa que pudesse pegar e enfiar rapidamente na boca enquanto ela ouvia, no volume mais alto, El Gran Combo, Celia Cruz ou La Lupe em seu rádio antigo, mexendo os quadris e misturando algo em uma panela. Ela não consegue se lembrar por que aquele dia foi diferente. Se o meu pai, Júlio, havia se atrasado em uma de suas visitas anuais vindo de San Juan, ou se foi um período em que ela havia tomado bronca no trabalho por demorar tempo demais para tirar as medidas de alguém, mas, nesse dia em particular, ela não ligou o rádio e não se comportou da maneira de sempre no fogão. Em certo momento, deve ter se esquecido de que eu estava lá, porque jogou o pano de prato no chão e foi embora. Saiu da cozinha, cruzou a sala de estar, abriu a porta principal e se foi.

Não conseguimos entrar em um consenso sobre o que Buela havia começado a cozinhar. Ela diz que era um cozido, algo que não iria se queimar rapidamente, mas, ainda que minha memória infantil seja um tanto quanto bagunçada, eu me lembro de ser uma panela de *moro* – o arroz e o feijão com certeza iriam absorver toda a água rapidamente. Buela diz que tinha somente ido até a parte da frente da casa para esvaziar a cabeça e, quando voltou, dez minutos depois, eu havia colocado o banquinho perto do fogão, disposto temperos variados no balcão e estava com meu pequeno braço enfiado até quase metade da panela, misturando.

Não é nem preciso ressaltar: Ela. Surtou. Completamente. Achou que eu estava prestes a queimar a mim mesma, ao jantar ou, pior de tudo, a casa. (Buela argumentaria que essa não é a ordem certa das coisas e sei que ela com certeza teria ficado muito chateada se eu tivesse me machucado, mas se a casa tivesse queimado? Menina, não tem como se recuperar disso.) Tudo isso para dizer que nada queimou. Na verdade, quando Buela provou a comida (o que quer que fosse aquela "comida"), disse que era a melhor coisa que já havia comido. Que havia tornado o seu dia melhor, mais doce. Que uma memória de Porto Rico que ela não havia tido há anos surgiu como uma rede em uma ilha para niná-la. A cada vez que ela conta a história, faz uma comparação diferente, mas, ainda assim, tão doce quanto essa. Tudo o que sei é que ela chorou enquanto comia naquela noite. E então, aos quatro anos, eu aprendi que alguém podia chorar por uma lembrança feliz.

Desde então, Buela se convenceu de que tenho mãos mágicas quando se trata de cozinhar. E não sei se eu realmente tenho algo de especial ou se o fato de ela me dizer que tenho algo de especial fez uma espécie de lavagem cerebral que me levou a acreditar que sim, mas sei que sou mais feliz na cozinha do que em qualquer outro lugar do mundo. É o único lugar em que me esqueço de tudo e foco somente no básico: gosto, cheiro, textura, fusão, aparência.

E algo especial *de fato* acontece quando estou cozinhando. É como se eu pudesse imaginar um prato na minha cabeça e saber que, se trocar isso ou mexer naquilo, se colocar o meu tempero especial, vou criar uma coisa que nunca existiu antes. Angélica acha que é porque vivemos na periferia e, por isso, não temos os ingredientes exatos – temos que ser inovadores, meu bem. Minha tia Sarah diz que está no nosso sangue, uma necessidade inata de contar uma história por meio da comida. Buela diz que é definitivamente um dom, mágica. Que minha comida não tem apenas o gosto bom, ela *é* boa – uma excelência engarrafada que aquece e faz com que você se sinta melhor a respeito da sua vida. Eu acho que apenas sei que essa erva com aquele vegetal com aquela carne e uma pitada de *eso ahí* funcionará.

E que, se todo o resto der errado, um pouco de limão e uma garrafa de molho picante nunca machucaram ninguém.

Os autores

— Está certo, mocinha, vejo você na hora do almoço? — Angélica diz quando paramos do lado de fora da minha aula de orientação. Aula de orientação é o nome chique que a Schomburg dá para a sala em que se registra a presença dos alunos.

— Sim, guarde um lugar perto da janela para mim se você chegar lá primeiro. Ah, e pega um...

— Molho de maçã se parecer que está acabando. Eu sei, Emoni. — Angélica abre um ligeiro sorriso e vai embora. Ela me conhece muito bem. Eu *amo* o molho de maçã da escola – com canela extra.

A srta. Fuentes tem sido minha orientadora desde o meu primeiro dia na Schomburg Charter, e sua sala de aula é sempre igual. A mulher ainda tem o mesmo pôster motivacional em cima de sua porta: *Você é o autor da história da sua vida*. Esse pôster tem encarado os vinte orientandos desde quando entramos ali pela primeira vez, como pequenos calouros. E mesmo que ele não me faça mais revirar os olhos, eu ainda o acho cafona. Apesar disso, a aula de orientação é o meu momento favorito do dia, ainda que seja também a mais curta; é onde a srta. Fuentes registra a presença dos alunos, faz anúncios e nos dá exercícios preparatórios para a faculdade e para "construir caráter". Mas, o mais importante de tudo, é a única aula que tem os mesmos alunos desde o início do ensino médio. Então, podemos falar aqui de forma que não podemos falar em nenhuma outra aula.

Das cortinas da janela da sala de aula, a srta. Fuentes olha na minha direção e me vê encarando o seu pôster motivacional.

— Srta. Santiago, como foi o seu verão? — diz ela, enquanto ajusta as cortinas da janela para que elas deixem mais luz entrar. Ela sempre nos chama assim, sr. Isso, srta. Aquilo. Faz isso desde que entramos em sua sala de aula, aos quatorze. Eu me sento em uma mesa na segunda fileira, próxima à porta. Troquei de lugar quando estava grávida e tinha que correr para o banheiro a cada cinco minutos e, desde então, não mudei mais.

Dou de ombros.

— Bom. Consegui um emprego. E o seu?

A srta. Fuentes para repentinamente de mexer nas cortinas e me olha de canto de olho.

— Você é sempre tão eloquente. É recompensador ter uma estudante que acredita em mais do que monossílabos. — Mas ela está sorrindo. Ela nunca disse, mas sei que sou uma de suas alunas favoritas. Os outros alunos sempre chegam atrasados para a aula.

Eu devolvo o sorriso.

— Ah, srta. Fuentes, vejo que trabalhou no seu sarcasmo durante o verão. Ele está muito melhor.

Ela para de mexer nas janelas e vem na direção da minha mesa.

— Como está Emma? Onde é o seu trabalho?

— Ela está muito bem, srta. Fuentes. E o trabalho é na Burger Joint. — Que, ainda que tenha esse nome oficialmente, ainda chamo de lanchonete. Eles acham que somente porque a área de Temple mudou, eles têm que ser mais chiques, mas uma lanchonete é uma lanchonete independente da forma como você escreve. — Sabe aquele lugar perto da universidade? Eu trabalho lá depois da escola, dois dias durante a semana e quatro horas todo final de semana.

As unhas bonitas e bem-feitas dela tamborilam em minha mesa e eu imagino que ela esteja usando o dedo para traçar um mapa imaginário do norte da Filadélfia.

— Sim, acho que já passei por lá antes. Você vai conseguir dar conta de tudo e ainda trabalhar lá?

Eu abaixo os olhos.

— Deve dar tudo certo. Não são tantas horas assim.

— Entendo... Eu sei que o último ano é estressante por si só; tente não pegar muitas tarefas ao mesmo tempo.

Não sei o que dizer. *Não* são tantas horas assim; na verdade, eu gostaria que fossem mais. O dinheiro que ganho como pagamento ajuda a fazer as compras para a casa, pagar as despesas da Nenezinha e o que mais não for possível pagar com o dinheiro da aposentadoria da Buela.

Meu silêncio não intimida nem um pouco a srta. Fuentes.

— Eu tenho uma surpresa para você quando o sinal tocar; uma aula que acho que você vai adorar.

Ela aperta meu ombro antes de voltar a atenção para Amir Robinson, da área de Strawberry Mansion.

— Bem-vindo de volta, sr. Robinson! Meu Deus, como você cresceu durante esse verão! — Srta. Fuentes se afasta, chamando: — Srta. Connor, eu limpei o seu assento favorito na última fileira...

Aquela menina

Pois é. Eu era *aquela* menina sobre a qual sua mãe alertou você. A que ela teme que você possa se tornar. Nem ao menos havia acabado o último ano de colegial e já tinha uma barriga que passava dos meus sapatos. Foi bom que Nenezinha nasceu em agosto, já que eu provavelmente teria repetido de ano se tivesse que ir à escola durante o último mês da minha gravidez. E o lance sobre ser uma adolescente grávida é que seu corpo não é a única coisa que muda. Não era somente o fato de que eu sempre tinha que fazer xixi ou que minhas costas sempre doíam. Não era apenas o fato de que meus pés coçavam e eu cozinhava as refeições mais *bizarras* (mas que ainda eram tão boas que fariam você querer um pouco, mesmo que fossem fora do comum: hambúrguer de jalapeño com macarrão e tacos de carne de cordeiro seca ao modo caribenho).

As maiores mudanças definitivamente não foram as que ocorreram com o meu corpo.

Foi o fato de que Buela teve que arranjar mais trabalhos de costura para complementar o dinheiro que recebia da aposentadoria, de que os *viejos* jogando dominó na esquina balançavam a cabeça negativamente quando eu passava, de que os caras no trem sorriam enquanto olhavam para os meus seios inchados, mas não cediam seus lugares; de que eu tive que fazer um milhão de provas substitutas pelos dias em que tinha consulta no médico ou estava enjoada demais pela manhã para ir para a escola.

Quando eles descobriram que eu estava grávida, o diretor Holderness e o orientador educacional convocaram uma reunião especial no escritório principal. Buela teve que ir até a escola e eles chamaram a srta. Fuentes também. O diretor Holderness e o orientador ofereceram me transferir para um programa de ensino médio específico para adolescentes grávidas. Mas a srta. Fuentes não concordou. Ela disse que seria difícil eu me ajustar se me mudassem de escola no meio do ano letivo e que, uma vez que o programa tinha um currículo abrandado, iria impossibilitar que eu me formasse no tempo certo. Sei que ela chamou Buela para conversar a respeito disso antes, e elas devem ter inventado um plano, porque Buela rapidamente apoiou o que ela dizia, acrescentando que ficar na Schomburg Charter seria "essencial para a minha retenção e matrícula". A frase parecia ter sido ensaiada, aquelas palavras circulando em sua boca na frente do espelho para ter certeza de que as falaria corretamente, e sei que foi a srta. Fuentes quem explicou para Buela sobre o que seria aquela reunião. Eu nem sabia o que essas palavras significavam naquele momento, mas agora sei que a srta. Fuentes estava lutando para ajudar a me manter como uma garota normal o quanto fosse possível.

Sempre fui pequena: ser fisicamente menor fazia com que as pessoas pensassem que eu também tivesse uma personalidade pequena. E então, de repente, eu era um aviso ambulante: uma advertência adolescente inchada, ocupando espaço demais e chamando muita atenção.

Imersa

— Tenho dois anúncios para fazer — diz a srta. Fuentes.

— Srta. Fuentes — diz Amir sem levantar a mão —, espero que você não vá dizer que está nos deixando.

— Não, não. Nada nesse estilo, sr. Robinson — diz ela, e todos respiramos com um pouco mais de alívio. — O primeiro anúncio é de que teremos mudanças no nosso calendário. Foram contratados novos membros do corpo docente em agosto, e acredito que não seja necessário ressaltar que isso afetou nossos horários de aula. Há novos cursos eletivos sendo oferecidos para os alunos mais velhos, e vou fazer a lista desses novos cursos passar pela sala. O segundo anúncio é a respeito de um novo estudante.

Todos resmungamos. Em praticamente todas as aulas que já tive, novos alunos iam e vinham durante o ano inteiro sem que ninguém ligasse. Mas é diferente na aula de orientação. Ninguém quer conversar perto de estranhos que não irão durar muito tempo ali.

— Eu sei, eu sei. Eu briguei com unhas e dentes com a administração para que mantivéssemos a turma de orientação pequena e com os mesmos estudantes, mas não há mais vagas em nenhum outro lugar. Eu já conheci o novo aluno e acho que ele se encaixará muito bem. Ele está fazendo a matrícula hoje, mas certifiquem-se de se comportar muito bem quando ele vier amanhã. Eu só queria alertar vocês. Agora, vamos falar sobre as aulas eletivas.

A srta. Fuentes sorri e coloca um folheto em cada uma das nossas mesas.

— Vejam essa lista com cuidado, pensem em qual aula se encaixam melhor e me digam amanhã.

Todos pegamos nossas mochilas assim que o sinal toca. Eu aceno para a srta. Fuentes ao sair, olhando para a longa lista de eletivas. As favoritas de sempre ainda estão lá: Fotografia, Escrita Criativa, Carpintaria, Dança. E ali, jogada no fim da lista:

Arte Culinária: Imersão Espanhola.

O nome da aula se sobressai e paira acima dos outros, crescendo em minha visão até que eu não consiga distinguir as demais palavras do folheto. Durante todo o tempo em que estive na Schomburg Charter, nunca houve uma eletiva de Arte Culinária – ainda que a escola tenha uma cozinha para aulas e um café que não é utilizado há alguns anos. Eu suponho que essa aula ficará cheia rapidamente.

E, por um instante, a empolgação borbulha dentro de mim como uma panela de água fervente. Finalmente posso ter uma aula de culinária oficial, e, além disso, com um foco regional específico. E, então, eu me lembro de que estou no último ano de escola. Seria mais responsável manter o cronograma atual e continuar os estudos individuais. Sem adicionar mais uma aula ou mais trabalho. Desligo o fogo da panela da empolgação até que ela deixe de ferver.

Dois horários depois, encontro Angélica na entrada do refeitório, olhando para a fila como se procurasse alguém que nos fosse deixar furá-la.

— Viu a eletiva de Design Gráfico? Você deveria fazer comigo!

Faço que não com a cabeça. Ela bem sabe que não vou fazer bosta – *droga* – nenhuma de Design Gráfico.

— Angélica, nós duas sabemos que eu não consigo nem desenhar bonecos de palito.

Ela para de espichar o pescoço e vamos para o fim da fila. Ali, começo a procurar uma coisa em minha mochila.

— Seus bonecos de palito são lindos. Não fale assim. Mas nenhuma aula pode competir com a de Arte Culinária, né? Essa aula foi feita para você.

Quando ela me vê tirar o celular da mochila, usa a mão para abaixar a minha.

— Menina, você ficou doida? O verão deve ter derretido seu cérebro. Você sabe que, se os inspetores virem seu celular, vão pegá-lo. Eles amam fazer esse tipo de coisa.

— A Buela tem uma consulta no médico às quatro e meia e pode ser que eu não consiga falar com ela mais tarde. Só queria enviar uma mensagem para ver como foi deixar a Nenezinha na creche.

Angélica troca de lado comigo para cobrir meu corpo de possíveis inspetores ou professores que estejam observando. A moça do refeitório consegue me ver, mas ela só se importa com a porção servida no almoço e em fazer com que a fila se mova. Me certifico de que ninguém da creche me ligou, envio uma mensagem para Buela e coloco o celular de volta na mochila.

— Obrigada por me dar cobertura.

— Você vai precisar fazer a mesma coisa para mim quando eu mandar essa foto sensual para a Laura.

Sorrio e balanço a cabeça. Pagamos pelo nosso almoço e vamos na direção das mesas perto das janelas. Uma das características de Angélica é que, quando enfia uma ideia na cabeça, não larga mais. E, por isso, assim que nos sentamos, ela volta a discutir as eletivas.

— Emoni, eu sei o que você está fazendo.

Eu resmungo e mordo um pedaço do meu sanduíche. Quero deixar o meu apetitoso molho de maçã para comer depois.

— O que eu estou fazendo? — digo com a boca cheia de peru. Se eles colocassem um pouco de chutney no pão, ou quem sabe um pouco de manteiga de alho e o tostassem, o sanduíche seria delicioso. Meus dedos coçam com a vontade de pegar o celular para anotar uma ideia de receita.

— Aquela coisa de mártir que você faz quando quer alguma coisa, mas se convence de que não pode fazer por causa da Nenezinha ou da Buela.

Eu engulo. Será que ela está certa? É isso que estou fazendo? Às vezes, sua amiga de verdade consegue ler você melhor do que qualquer outra pessoa.

— Eu só queria ter minhas coisas acertadas que nem você, Gelly. A namorada, o sonho de ir para a faculdade de Arte, as notas.

Ela aponta o garfo para mim.

— Você é a pessoa mais forte que eu conheço, Emoni Santiago. É o último ano de escola, a última chance que temos para sermos apenas adolescentes. Se você não pode tentar fazer algo de diferente agora, então quando vai poder?

— Eu não sei. Talvez. Eu gostaria de aprender a cozinhar receitas da Espanha.

Por trás de seus óculos, os olhos de Angélica se arregalam.

— Menina, você sabe que não é apenas aprender a cozinhar refeições da Espanha, é aprender a cozinhar *na* Espanha. Meu orientador me disse que tem uma viagem de uma semana durante a primavera.

Schomburg já ofereceu aulas de imersão antes. Uma aula de História pré-Colombiana levou os estudantes a sítios arqueológicos no México, uma aula de Design de Moda levou os estudantes para um tour em antigas fábricas de tecido na Nova Inglaterra. Nunca houve uma aula que eu quisesse fazer, ou uma viagem que achasse que poderia bancar.

E você não tem nada que fazer essa aula sendo que poderia fazer o estudo individual, além de você não conseguir pagar por essa viagem também, Emoni. Mas não digo nada em voz alta para a Angélica. Dou outra mordida no meu sanduíche, fechando os olhos para saboreá-lo, já que, apesar de não conseguir pensar em um único modo de fazer com que minha vida se torne mais como a imagino, consigo imaginar cem modos diferentes de fazer com que esse sanduíche se torne mais gostoso. E, às vezes, focar no que podemos controlar é o único modo de diminuir a dor que surge no peito quando pensamos em coisas que não podemos controlar.

Conversas perto da pia da cozinha

— Nenezinha! Parece até que você já cresceu! — Eu a pego no colo e giramos juntas pela sala.

Buela bate no meu traseiro com um pano de tirar pó.

— *Ay*, Emoni, coloque a menina no chão. Ela acabou de comer bolachas.

Com essa ameaça de vômito, eu ajeito Nenezinha no meu quadril, apesar de ela estar ficando cada vez mais pesada e eu continuar do mesmo tamanho.

— Você aprendeu bastante, Nenezinha?

Ela confirma com a cabeça e se aconchega no meu pescoço, ainda agarrada ao seu copo de suco. Eu passo meu dedo pela sua bochecha gorducha. Meu jogo silencioso favorito é o de tentar encontrar minha família em seus traços. Os grandes olhos castanhos e cílios longos com certeza vêm de mim; Buela tem os mesmos olhos. Os lábios dela têm o mesmo formato dos do pai. Tia Sarah nos mostrou algumas fotos da minha mãe e dela quando crianças, e gosto de pensar que consigo distinguir nossa linhagem em seu nariz achatado, no formato das orelhas dela. E, então, há traços da Nenezinha que pertencem somente a ela.

Ela se afasta repentinamente do meu pescoço e abaixa o seu copo de suco.

— Piuí, piuí, olha o trem! — diz ela. Eu levanto a sobrancelha e olho para Buela.

— Eles leram um livro sobre trens na creche. Mamá Clara disse que a Emma ficou bem interessada.

Eu aceno para Nenezinha enquanto ela faz um confuso resumo do livro sobre trens. Ou, ao menos, acredito ser sobre isso que está falando.

— Você não tem uma consulta no médico? — pergunto para Buela quando Nenezinha termina de falar. — Achei que iria encontrar você correndo porta afora. É consulta do que mesmo?

Buela tira a poeira das fotos de família no topo da lareira.

— Minha consulta foi adiada em quinze minutos, então tenho um pouco de tempo.

Noto que ela não respondeu à pergunta toda, mas, ao contrário de Angélica, consigo perceber quando alguém quer mudar de assunto. Deve ser consulta com o ginecologista ou algo assim. E, ainda que eu e Buela tenhamos o costume de falar sobre tudo, prefiro não saber a respeito da vagina dela.

— Que bom. Nenezinha, eu ou Buela iremos ler para você hoje de noite, na hora de dormir. Acho que temos um livro sobre trens aqui em algum lugar. — Coloco Nenezinha no chão.

— Não, a Buela não. Hoje é dia de bingo no centro cultural. Tem que ser você, mamãe.

Vou até ela e coloco um braço ao redor de seus ombros.

— Vai flertar com os homens bonitos do bingo?

Ela tira o meu braço e me cutuca na costela.

— Você sempre está pensando em meninos — diz Buela, e não consigo perceber se está falando sério ou não, ainda que ambas saibamos que isso não é verdade. Eu ignoro a tensão que toma conta do meu corpo. Embora Buela nunca tenha dito nada que me fizesse sentir envergonhada, sempre me pergunto se ela acha que sou rápida demais. Se ela secretamente tem algum ressentimento por causa da Nenezinha.

Buela deve ter notado meu silêncio, porque seu rosto se suaviza.

— O que você vai fazer para o jantar?

Pensar em cozinhar me ajuda a deixar de lado os sentimentos conflitantes dentro de mim.

— Eu tenho certeza de que você só me mantém por perto por causa da minha comida.

Buela concorda com a cabeça.

— Com certeza, esse é o único motivo. Fico feliz que você finalmente tenha percebido. — Mas, então, Buela pega na minha mão. — Veja o quanto você cresceu — diz ela. — Você aprendeu bastante hoje? — Essa é a Buela. Sempre cortando o gelo de um modo que somente um porto- -riquenho transferido para o gueto consegue.

— Você sabe como é o último ano de ensino médio; eles estão apenas tentando fazer a gente sair de lá. A coisa mais empolgante que aconteceu é que podemos escolher eletivas novas.

Ligo a televisão na PBS e sento Nenezinha no sofá com alguns brinquedos e livros com ilustrações. Tiro meus sapatos e entro na cozinha.

A geladeira está cheia – Buela deve ter ido fazer compras essa manhã, após deixar Nenezinha na escola. Temos alface americana (credo) e pimentões (humm), carne moída, cebolas. Uma ideia começa a surgir em minha cabeça. Pego os ingredientes que preciso e enxaguo a minha tábua de cortar.

Buela entra na cozinha e coloca a mão boa no balcão para ficar na posição perfeita para me assistir cozinhar e, ao mesmo tempo, conseguir ficar de olho na sala de estar para poder observar Nenezinha.

— E que aula você decidiu fazer? — pergunta ela. Eu a olho, incerta a respeito de seu tom de voz. Ela está bonita com o seu suéter verde, calça social creme e chinelos. Os cabelos alisados moldam suavemente seu queixo marrom. Seus olhos escuros, os mesmos da Nenezinha, os mesmos dos meus, parecem pensativos.

Enxaguo minha faca favorita.

— Não tenho certeza. Eu tinha pedido um horário para os estudos individuais para que pudesse ter mais tempo para fazer a lição de casa. Com o novo emprego e tudo mais, vai ser um pouco mais difícil ter tempo livre durante o final de semana. — Corto as extremidades dos pimentões e os coloco de lado, começando a cortar a cebola.

— Bom, essa é uma ideia muito prática. Como está a srta. Fuentes?

— Ela está bem. — Eu deveria deixar o assunto de lado já que Buela claramente pretendia fazê-lo, mas, então, as palavras escapam da minha boca. — Uma das aulas que me chamou a atenção foi a de Arte Culinária.

Buela tira a faca das minhas mãos.

— Diga para a srta. Fuentes que mandei um oi. Vá cuidar da carne. Eu fatio isso para você.

— Corte em cubos, por favor — digo, mostrando, com os dedos, cerca de três centímetros de distância.

— Então, você quer fazer essa aula de Arte Culinária? — pergunta ela, cortando a cebola ao meio até ter duas metades. Eu me afasto, observando-a com o canto do olho.

Buela começa a cortar uma das metades, mas para no meio, segurando a faca para cima.

— *Muchacha*, consigo fatiar uma cebola. *Me vas a mirar* o tempo todo enquanto eu corto?

Levanto as mãos em redenção. Já mencionei que a minha ajudante de cozinha é temperamental?

— Cortar em cubos, Buela. Não fatiar. Cubos do mesmo tamanho, por favor. E não, eu não sei o que farei a respeito da aula. Parece interessante, e ouvi dizer que inclui uma visita para a Espanha. — Eu lanço um olhar na direção dela. Tento não encarar diretamente, já que não quero que ela me ameace com a faca de novo por ficar observando-a trabalhar. Mas também não sei o que ela vai dizer.

Buela corta a cebola com cuidado e rapidamente: minha avó é uma mulher que não tem medo de lágrimas ou coisas afiadas.

— Você já quis ir para a escola de culinária antes, não? Mas agora é um pouco tarde para isso.

Eu paro. Não tenho certeza do que ela quer dizer com "é um pouco tarde", nem sei se quero descobrir.

— É, acho que sim. Foi algum tempo atrás. Hoje em dia, não preciso de ninguém para abafar a minha criatividade. — Orégano, alho em pó, pimenta caiena. As palavras soam em minha cabeça e, apesar de não estar nos planos, pego um pouco do gengibre fresco que Buela usa para fazer chá. Tiro alguns pacotes de molho de soja da gaveta na qual jogamos itens de fast-food. — Coloque as cebolas na panela com o azeite de oliva, Buela.

— *Sofrito?* — pergunta ela. Mas não estou fazendo o molho de costume.

— Algo um pouco diferente dessa vez. — Ela coloca as cebolas no azeite, descasca e esmaga o alho usando *el pilón* e, então, usa uma colher para colocá-lo na panela.

— *Bueno*, eu acho que você deveria fazer a aula que quiser fazer. Contanto que não te distraia da escola e do trabalho. Mas eles geralmente fazem os alunos pagarem pela viagem internacional, não? A viagem é obrigatória para quem fizer a aula? — Buela vai até a pia e lava as mãos.

Dou de ombros, ainda que ela esteja de costas para mim.

O óleo pula da panela diretamente na minha mão. Eu percebo que estava esquentando por tempo demais. Coloco na minha boca o lugar em que o óleo respingou e sugo a dorzinha.

Buela dá um pequeno sorriso e olha para o seu relógio.

— Ok. Depois falamos mais sobre isso . Está na hora de ir para o consultório do Dr. Burke. Não sei como eu tinha tanto tempo antes e agora estou quase atrasada! Onde foram parar esses minutos? Volto antes do bingo. *Me guardas* o jantar.

Chef de cozinha

Desde as minhas mais tenras memórias, eu pensava que seria uma chef um dia. Enquanto outras crianças assistiam a desenhos no sábado de manhã ou a videoclipes musicais no YouTube, eu assistia *Iron Chef*, *The Great British Baking Show* e aos programas do Anthony Bourdain, fazendo anotações. Tipo, anotações de verdade, no aplicativo de notas do meu celular. Tenho longas listas de ideias para receitas que posso modificar ou dar meu próprio toque. Essa matéria auto-designada é a única para a qual estudei corretamente.

    Comecei a brincar com as comidas básicas da casa: arroz, feijão, bananas e frango. Mas Buela me deixou avançar para as coisas diferentes que eu via na televisão. Suflês, torta de carne, moela. Enquanto outras crianças guardavam o dinheiro do almoço para comprar o último tênis da moda, eu guardava o meu para poder comprar os melhores ingredientes. Peixes dos quais nunca havíamos ouvido falar e que eu tinha que comprar em um mercado especial perto de Penn's Landing. Linguiças que eu via *abuelitas* italianas no sul da Filadélfia fazerem com as próprias mãos. Eu até mesmo guardei um mês inteiro de mesada quando estava no oitavo ano para poder fazer um jantar de aniversário especial para Buela, com filé mignon.

    No meu aniversário de doze anos, ela me comprou um conjunto de facas – um verdadeiro conjunto, com doze facas! – que nenhuma criança deveria ter por questões de segurança, mas que eu havia aprendido a usar como uma profissional ao ver vídeos no YouTube.

    Então, quando eu estava no nono ano e começamos a procurar escolas de ensino médio, a minha orientadora do ensino fundamental me perguntou o que eu gostava de fazer e eu disse que queria ser uma chef de cozinha. Esperava que ela fosse mencionar a escola pública com o programa de Arte Culinária mais prestigioso da cidade. Eu já havia dado uma pesquisada e sabia que era a melhor escola disponível para mim na cidade, com aulas de Gerenciamento de Restaurante e Gastronomia – cursos sofisticados dos mais variados tipos. E ela de fato mencionou a escola. Como um lugar em que eu poderia tentar entrar se as minhas notas tivessem sido melhores. Ela me disse que não achava que eu me qualificaria para fazer um teste lá. Em vez disso, me inscreveu no sorteio para a Schomburg Charter, ainda que o programa de Arte Culinária deles não fosse conhecido e nem mesmo estivesse ativo naquela época. Ela disse que o sorteio escolar era a minha melhor chance de conseguir ingressar em um programa acadêmico competitivo.

Buela rezou pelo sorteio durante semanas. Centenas de estudantes de diversos lugares da cidade tiveram seus nomes sorteados, e havia pouco menos de cinquenta vagas abertas para as aulas que se iniciariam. De todas as crianças da minha escola e do meu bairro que se inscreveram, apenas três foram aceitas: Leslie Perfeitinha Peterson da Lehigh Avenue, Angélica e eu.

Veja bem, eu não sou uma aluna ruim, só não sou excelente. Sinto que preciso fazer alguma coisa, botar a mão na massa para ser capaz de entender uma disciplina. Quando estou em uma aula que tenha laboratório ou que seja mais prática, me dou bem. Mas quando se trata de memorizar ou relembrar fatos, tenho dificuldades. Mesmo com tempo extra, nem sempre vou bem em provas. Minha sorte é que os professores em Schomburg me permitem fazer projetos adicionais para demonstrar que estou entendendo a matéria, mas a escola nunca foi meu forte.

E então, o mais perto que estive de ser uma chef de cozinha é fazer tacos gourmet para Buela e virar hambúrgueres na Burger Joint. E a aula que eu mais queria fazer não havia sido oferecida.

Até agora.

O novo menino

— Turma, esse é o Malachi Johnson. Ele foi transferido para cá recentemente, de Newark.

No fundo da sala, Amir começa a estalar os dedos e vejo que alguns dos outros rapazes se largam na cadeira. Nenhum deles gosta quando alguém atrapalha a energia da sala, especialmente sendo um rapaz vindo de outra cidade. Mas nós, as meninas? Nos arrumamos rapidamente na cadeira. Bom, na verdade, eu não. Eu não estou interessada em um Malachi, Malali ou Malacolá. Mas ele é um menino alto de pele escura, com ao menos um metro e noventa de altura, e já consigo perceber que ele joga bola, e provavelmente é *jogador* jogador, pelo jeito que ele anda – cheio de molejo e, provavelmente, nada inteligente. Eu olho para os meus horários. Tenho mudado de ideia constantemente a respeito da decisão da eletiva e a srta. Fuentes precisa que as mudanças sejam informadas até o final dessa aula.

A srta. Fuentes pigarreia e eu olho na direção dela. Ela gesticula na direção de Malachi como se ela fosse a apresentadora do Roda a Roda.

— Você gostaria de dizer algumas palavras, sr. Johnson?

Malachi a olha de um jeito engraçado quando ela o chama de "senhor", mas devolve o sorriso que ela lhe dá. Angélica diria que o sorriso transforma o rosto dele. Ele parece ser mais novo do que dezessete anos, doce, uma verdadeira cilada. Alguma menina – ou menino (Angélica sempre me fala para parar de ser "tão hétero") – com certeza vai se encantar com Malachi. Já posso até prever.

Ele esfrega uma mão na outra e, então, encolhe os ombros.

— Bom... obrigado por me receberem. Ouvi dizer que as turmas de orientação são bem fechadas, então realmente agradeço.

Ah, não. Entendi tudo errado. Agora que o ouço falar, tenho certeza de que ele é um *nerd*. No fundo da sala de aula, Cynthia dá uma risadinha. A aula de orientação acabou de se tornar muito mais interessante.

Srta. Fuentes sorri para Malachi.

— Ótimo! Você pode se sentar onde quiser. Voltem imediatamente a trabalhar nas suas redações. Eu vou andar pela sala para falar com vocês a respeito das suas grades horárias.

Termino de preencher a folha das eletivas e volto para o rascunho da minha redação para a faculdade que a srta. Fuentes nos mandou fazer ontem. Tenho algumas ideias em mente sobre o que escrever: ter Nenezinha e decidir mantê-la. Ou, talvez, sobre como é ser criada pela sua avó porque seus pais não estão por perto. Quem sabe, posso escrever sobre qual a sensação de ficar tão focada no que estou cozinhando que o mundo parece desaparecer à minha volta. Srta. Fuentes diz que o tema da redação deve ser "atraente", mas como posso adivinhar o que atrai a pessoa responsável pelas aceitações na faculdade?

— Srta. Santiago, estou muito feliz que você decidiu fazer a aula de Arte Culinária. É perfeita para você.

A srta. Fuentes se move como um gato. Eu nem ao menos percebi quando ela se aproximou da minha mesa, ainda que pudesse sentir seu cheiro; o perfume tem notas de limão verbena. Amo limão verbena. Os ingredientes começam a se arrumar por conta própria no balcão da cozinha dentro da minha cabeça e já consigo sentir o gosto do toque especial que eu daria à receita de *tembleque* da Buela.

— Srta. Santiago, você ouviu dizer que há uma oportunidade de viagem internacional como elemento dessa aula, não? O professor, Chef Ayden, planejou isso durante todo o verão.

Afasto dos meus pensamentos o pudim de coco.

— Sim, ouvi dizer. — Não quero que a srta. Fuentes saiba que tanto Buela quanto eu estamos preocupadas com o pagamento dessa viagem.

Ela chega mais perto de mim.

— Você sempre menciona na aula de orientação o quanto ama cozinhar. Acho que fazer essa aula e viajar para o exterior será excelente para você.

Lanço um olhar ao redor da sala. A maioria dos outros alunos está com a cabeça abaixada, mas sei que eles estão se esforçando para ouvir. Com exceção do menino novo. Ele nem disfarça que está xeretando. Achou um lugar vazio perto da janela iluminada pelo sol e está tamborilando com um lápis na mesa, olhando para mim. Quando meu olhar encontra o dele, ele sorri timidamente, mas continua encarando.

Eu desvio o olhar.

— Sim, espero que a aula seja ótima, srta. Fuentes. Qual desses tópicos você acha que eu deveria escolher para a minha redação?

Ela me encara durante um longo tempo e, então, balança a cabeça e tira os óculos, olhando para o meu rascunho.

— Acho que você deveria escrever sobre aquele que mais te assusta. Se arriscar e fazer escolhas apesar do medo é o que tem de mais atraente na vida.

E aí está essa palavra de novo. Ela se afasta, mas tenho a sensação de que o conselho que me deu não era a respeito da redação.

Sobre perdas

O que me lembro: Tyrone é um menino bonito. Longos cílios, magro, um corte raspado nas laterais que estava sempre em dia. Nós nos conhecemos no começo do meu primeiro ano, em uma festa de volta às aulas no porão de alguém. Apesar de Tyrone estudar do outro lado da cidade, perto de Germantown, alguns de seus amigos do ensino fundamental foram parar na Schomburg, e a festa era um misto de jovens provenientes de lugares diferentes. Sabendo o que sei agora, fico surpresa de sequer ter sido convidada, já que quase não havia ninguém do mesmo ano que eu lá, mas acredito que tenha sido porque um dos meninos da escola de Tyrone estava tentando se aproximar de Angélica. Tyrone era um ano mais velho e levava jeito com as palavras. Eu normalmente não gosto de meninos bonitos, especialmente aqueles que esperam que você venere o chão em que pisam. Eu o ignorei a festa inteira. Isso deve ter sido novidade para ele porque, na festa seguinte, no começo de outubro, ele correu para tentar chamar minha atenção.

O belo menino Tyrone das belas palavras me levou para o centro da cidade no nosso primeiro encontro. Assistimos a uma comédia romântica que achei divertida, mas Tyrone ficou bufando e reclamando, dizendo que era brega. Caminhamos pelas ruas do Love Park, cercados de árvores e de outros casais. Eu me lembro de ter mentido para Buela naquela noite, dizendo que estaria na casa da Gelly.

Até hoje não consigo explicar por que foi o Tyrone. Talvez porque eu não esperava que ele fosse me escolher. Talvez porque muitos meninos ignoravam o meu corpo magro e reto, mais interessados nas meninas de bunda grande. Talvez porque eu lhe fiz um *cupcake* que ele afirmou ser bonito demais para ser comido e esperou uma semana, até que o *cupcake* estragasse, para dar uma mordida e, ainda assim, disse que era a melhor coisa que já havia comido; disse que o remetia a uma de suas memórias de aniversário favoritas. Disse que queria que eu fosse a namorada dele.

Parecia que as pessoas estavam fazendo "aquilo", e por que não com Tyrone? Ele era bonito, mais velho e legal comigo. Ou, ao menos, eu havia me convencido de que ele era legal. E, o mais importante de tudo, ele me queria. Ele podia fazer sexo com qualquer menina, mas eu era aquela que ele corria atrás. Só de pensar nisso agora, já sinto alguns calafrios por dentro. A minha decisão de fazer sexo tinha mais a ver com o fato de ter sido escolhida e com a curiosidade do que com de fato sentir alguma atração sexual.

No dia em que perdi minha virgindade, tive meio-período de aula na escola e Tyrone faltou nas aulas restantes para se encontrar comigo. Eu estava tão nervosa em pensar que um vizinho intrometido poderia me ver trazer um menino para casa que decidimos ir até a casa dele em Mount Airy, enquanto os pais dele estavam trabalhando.

A primeira impressão que tive de sexo? Foi muito mais técnico do que eu esperava. Ele teve dificuldades em colocar a camisinha e ri porque estava nervosa e ele estava todo atrapalhado. Aparentemente, rir não é a coisa certa a se fazer em um momento tão crucial, porque o rosto dele se apertou ao redor da boca e ele ficou ainda mais atrapalhado. Isso porque ele deveria ser a pessoa com experiência!

Quando finalmente conseguiu entrar em mim, foi como uma picada. Por alguns instantes não tive certeza se queria empurrá-lo para longe de mim ou ainda mais para perto e, então, ele estava arfando e suando no meu peito e pedindo desculpas. Continuei repetindo que estava tudo bem, achando que ele estava se desculpando por me machucar, até que percebi que ele se desculpava porque já havia terminado. Eu nem ao menos cheguei a tirar o meu sutiã. Não durou nem o tempo da canção do The Weeknd que estava tocando de fundo. Uma bolha de decepção se formou em meu peito e eu não tinha certeza se estava me segurando para não rir mais ou para não chorar. Tudo em que conseguia pensar era que ele definitivamente não teve belas palavras ou um jeito delicado no momento em que eu mais precisava. Eu mesma me limpei, coloquei as minhas calças e saí. Ele nem disse tchau.

Quando cheguei em casa naquela tarde, descasquei uma banana madura. A casca, escura como a noite, era um aviso de quão doce ela estava. Cortei a banana em uma dúzia de pedaços, joguei em uma panela no fogo máximo e a cozinhei até ficar dourada. Eu as coloquei em um prato, sem nenhum acompanhamento, e comi e comi até não haver nada mais no prato, a não ser um rastro de óleo.

Fiquei ruim do estômago.

Desde então, sempre que faço *maduros*[1] para alguém, a pessoa começa a chorar, as lágrimas caindo no prato por razões que elas não conseguem explicar; eu mesma não consigo comer sem chorar, sem um fantasma de dor surgir por entre as minhas pernas.

Depois de Tyrone, não falo mais com meninos desse tipo. Nessa idade, eles dizem o que for preciso dizer para conseguir o que querem, e aprendi que se deve confiar ainda menos em belas palavras do que em um rosto bonito.

---

1. Banana empanada frita, prato típico porto-riquenho. (N. T.)

Despedidas

Os primeiros dois dias de escola já se foram e, antes que eu possa perceber, já é sábado de manhã. O que significa que é dia de visita.

Durante os primeiros dois anos de vida da Nenezinha, os pais de Tyrone queriam que ele e ela fizessem um teste de DNA. Mas Tyrone sabia que eu não havia feito nada com ninguém além dele e nunca duvidou da minha palavra de que ela era sua filha. Não que isso importasse, enquanto ele vivesse na casa dos pais dele. Ele podia vir aqui para vê-la, o que faz várias vezes por mês desde o dia em que ela nasceu, mas foi apenas recentemente que lhe deram permissão para levá-la para casa. Parece que os pais dele se convenceram, ao ver fotos recentes, que os traços dela estavam começando a se parecer com os dele. Ele toma conta dela durante alguns finais de semana desde o meio desse verão e eu ainda estou me acostumando a não a ter aqui comigo. E ela ainda está se acostumando a ir embora. Não é divertido para ninguém.

Tyrone pode ser muitas coisas, mas ao menos ele é presente. E, apesar de ele nunca ter aparecido na hora certa quando íamos em encontros, nos finais de semana em que vem pegar Nenezinha ele é sempre pontual.

E é por isso que não me surpreendo quando ele chega às onze da manhã em ponto no sábado.

— Oi, Emma — diz ele, e se abaixa com os braços abertos.

— Papai! — Nenezinha corre na direção dele e o envolve com os seus braços. Tyrone a ergue e a joga no ar.

— Você cresceu nas últimas duas semanas! Está pronta para ver a vovó? — Ele a segura perto do corpo enquanto fala, e ela acena com a cabeça de tranças recém-feitas. A mãe de Tyrone gosta de ver Nenezinha perfeitamente arrumada. Casaquinhos simples ou "roupas casuais" não servem. Ela deve estar sempre com os cabelos limpos e presos e roupas típicas de eventos de domingo. Ela pisca várias vezes para o pai como se ele fosse um raio de luz solar que entra pela janela. Eu não tenho ciúmes desse olhar, nem um pouco.

Tyrone se vira na minha direção e pega a mala de bebê que estou segurando.

— Vou trazê-la de volta amanhã às sete. Tem algo que eu preciso saber?

Balanço a cabeça negativamente e me inclino para dar um beijo na bochecha da Nenezinha. A colônia de Tyrone me envolve, e eu luto contra o impulso de inalar mais profundamente. Que droga, ele cheira bem para caral... cacete... *caramba*.

Dou um passo para trás e paro de cheirá-lo em segredo.

— Os lanchinhos dela estão embalados na mala. Também coloquei o livro de ilustrações favorito dela. Qualquer coisa, é só me enviar uma mensagem. Estarei trabalhando hoje à tarde, mas posso responder durante a minha pausa. E a Buela estará aqui o dia todo. Você pode ligar no telefone de casa também. — Estou divagando.

Tyrone concorda e puxa Nenezinha na direção do peito.

— Você está divagando. Sabe muito bem que temos os lanchinhos favoritos dela em casa, né, Emoni? Não precisa colocar caixinhas de suco na mala. E eu sei como entrar em contato com qualquer uma de vocês. — Ele balança Nenezinha mais um pouco, e ela se acomoda em seu pescoço. Eu engulo o nó na minha garganta. Buela está parada na porta da cozinha, girando a aliança de casamento no dedo anelar.

— Olá, sra. Santiago. Como você está? — pergunta Tyrone no caminho para a porta.

— Estou bem, Tyrone. Obrigada por perguntar. —Buela acena com a mão boa e caminha conosco até a porta da frente. — Certifique-se de trazer a Emma de volta inteira — diz ela, esticando-se para pegar Emma. Tyrone a entrega sem protestar e Buela lhe dá um longo abraço antes de devolvê-la aos braços dele. — E você, se comporta com o seu pai, tá bem?

— *Sí*, Buela. — Nenezinha concorda seriamente. Mas sei o que está por vir.

Todos sorrimos. Abrimos a porta. Tyrone se vira na direção dela para ir embora e, quando está prestes a fechá-la atrás dele, Nenezinha percebe o que está acontecendo. Ela está indo embora. E Buela e eu não estamos indo com ela.

Seu pequeno rosto se comprime e ela começa a chorar, berrando o mais alto que consegue. Tenho certeza de que as duas fileiras de casas ao lado da nossa conseguem ouvi-la, apesar das grossas paredes de tijolos. Sinto como se tudo que estivesse dentro de mim procurasse uma forma de me fazer dar um passo à frente, tirá-la dos braços dele e bater a porta com força; quero fazer com que ela saiba que eu jamais deixarei ninguém a tomar de mim, mas me forço a ficar parada. Isso aconteceu nas outras quatro vezes em que ele veio buscá-la. Tyrone olha na minha direção, e seus grossos lábios se comprimem até formar uma linha fina. Ele sussurra baixinho para ela. Sei, por experiência própria, que Tyrone é capaz de dizer belas palavras para uma menina e livrá-la de seus medos, mas parece que sua própria filha é imune a esse charme.

Nenezinha continua a tentar se livrar dele, mas ele continua se afastando da porta e sussurrando palavras para acalmá-la. Tyrone prende a mala dela mais firmemente no ombro e desce os degraus. Eu observo enquanto ele a prende no assento de bebê no Lexus luxuoso de sua mãe. Quando a porta do carro se fecha, já não consigo mais ouvir o choro dela. Ao meu lado, Buela deixa escapar um pequeno suspiro. Nós duas ficamos observando pela porta aberta até que o carro se afaste e suma de nossas vistas.

— Você sabe que ela vai ficar bem, né? — digo para Buela.

Ela concorda e me puxa em sua direção.

— Ela vai ficar bem — repete para mim. Inspiro seu perfume de baunilha e começo a contagem regressiva até as sete da noite de domingo. Apenas trinta e duas horas de distância.

Eu me endireito e pisco várias vezes para afastar as lágrimas. Fecho a porta.

— E se eu fizer *tembleque*? Estava pensando em fazer uma infusão do coco com limão verbena... e, talvez, baunilha. Tenho algumas horas livres antes do meu turno.

Andamos até a cozinha, uma abraçando a cintura da outra.

Amantes & Amigos

No começo, Tyrone e eu tentamos fazer o nosso não-relacionamento funcionar. Digo, após descobrirmos a respeito da Nenezinha. A verdade é que Tyrone nunca tentou de verdade ficar somente comigo e não mentiu ao me dizer que não queria nada sério. Então, quando descobrimos que eu estava grávida, nós dois nos sentimos um tanto quanto presos. Os pais dele viviam repetindo que provavelmente o filho não era dele, que uma menina de quatorze anos que engravida durante o primeiro ano de ensino médio devia ter um número de pessoas com quem mantinha relações. E não sei se eu poderia algum dia perdoar o fato de que Tyrone quase não me defendeu para eles, apesar de saber que eu era virgem antes de conhecê-lo. Ainda assim, durante a minha gravidez e após o nascimento de Emma, brincávamos de namorar.

  E Tyrone *é* um bom pai, mas ele pode fugir quando está de saco cheio. Durante minha gravidez, ele nunca conseguia entender quando eu estava irritada ou por que me chateava facilmente. Apenas me dizia para parar de viajar. E, depois que Emma nasceu, ele continuou querendo ter relações, aparentemente porque, já que tive a filha dele, deveria ser assim, mas eu nem sempre me sentia bem quando fazíamos sexo e, apesar de eu já ter uma criança, sentia que ainda tínhamos que fazer tudo escondido.

  Então, o que fazer com um rapaz que tem dezoito anos e é melhor como pai do que como namorado? Uma vez, li uma frase que dizia que "a melhor coisa que um pai pode fazer por seu filho é amar a mãe", mas, de vez em quando, penso que a melhor coisa que Tyrone poderia fazer pela Nenezinha era deixar a mãe dela em paz.

Devoluções

No domingo à noite, Buela e eu assistimos a episódios antigos de *Beat Bobby Flay* e comemos o pernil e *tostones* dela, famosos em toda Fairhill. Eu estava ansiosa demais durante o dia para cozinhar e Buela estava nervosa demais para ficar parada. Durante todo o final de semana, quando eu não estava no trabalho, nós andamos em círculos uma em volta da outra, ambas sem querer admitir que sentíamos falta da Nenezinha. Você provavelmente acharia que, ao finalmente ter um dia livre, eu iria sair com Angélica ou curtir o fato de não ter que ser responsável por outro ser humano, mas, em vez disso, sinto como houvesse um buraco no tecido da minha vida que somente será costurado quando Nenezinha voltar para casa.

Nenezinha chega em casa às 19h03 e é Buela quem abre a porta, em uma pressa gigantesca, e a tira dos braços de Tyrone. Ela passa Nenezinha para mim e eu envolvo seu pequeno corpo em meus braços. Tyrone nos conta um pouco de como foi o final de semana antes de voltar para o carro, mas não ouço uma única palavra.

— A mamãe sentiu a sua falta, a mamãe sentiu muito a sua falta — digo em sua bochecha macia. É como se, desde o momento em que Nenezinha saiu, todo o nosso apartamento estivesse prendendo o fôlego e, agora que voltou, até a brisa que entra pela janela parece suspirar de alívio. Buela e eu nos sentamos no sofá com Nenezinha entre nós, ouvindo-a tagarelar sobre *Moana*, *Patrulha Canina* e biscoitos. Nos esquecemos do jantar; colocamos a TV no mudo. Durante o resto da noite, Nenezinha é a guia e o centro, a luz da vela pela qual enxergamos o mundo.

Mama

É estranho virar mãe quando o único exemplo que você teve nem ao menos foi da sua própria mãe. Não que eu não pense na Buela como minha mãe, mas também sei que o modo como ela me criou é diferente do modo como criou meu pai; que acha que falhou com ele e quer se assegurar de que não falhará comigo. Que está cansada e que, apesar de amar a Nenezinha, ela gostaria que as coisas pudessem ser mais fáceis para mim. Para nós.

Se eu dissesse que não tenho uma série de perguntas a respeito da minha mãe, estaria mentindo. A todo instante, me pego pensando: Ela teria orgulho de mim? Se ela estivesse por perto, será que eu teria engravidado e tido a Nenezinha? Se ainda estivesse viva, será que meu pai teria ficado na Filadélfia?

A única pessoa com quem tenho contato na família da minha mãe é a sua irmã mais velha, tia Sarah. Ela ainda vive na Carolina do Norte, e eu a encontrei somente uma vez, mas era nova demais para me lembrar: foi no funeral da minha mãe. Costumávamos nos falar somente durante ligações aleatórias feitas em dias festivos, mas desde que ela comprou um smartphone, alguns anos atrás, começamos a trocar e-mails uma ou duas vezes por mês. Ela me envia receitas de família quando consegue um tempo para escrevê-las, ainda que o jeito de cozinhar dela seja semelhante ao meu: sem usar medidas, somente ingredientes e instruções parciais. Quando modifico as receitas e as adapto como se fossem minhas, eu as envio novamente para que ela possa ver como a sobrinha dela se virou bem. Ela me convidou para ir para o Sul no verão, mas é durante o verão que Júlio me visita e, após ter Nenezinha, eu não conseguia imaginar viajar para tão longe com ou sem ela. Mas cultivo essa comunicação com tia Sarah, já que Júlio nunca fala sobre a minha mãe e Buela não a conhecia bem o suficiente para me contar mais coisas a respeito dela. Às vezes, as receitas da tia Sarah incluem alguma história de quando minha mãe provou aquela comida pela primeira vez.

Minha mãe se chamava Nya; eu pensei em fazer desse o nome do meio da Nenezinha, mas não me pareceu certo, já que nunca a conheci. Eu não sabia qual futuro estaria projetando para a minha filha ao dar-lhe um nome do passado. A criação que Buela me deu foi bem supersticiosa quanto a coisas desse tipo.

É possível sentir saudades de alguém que você nunca conheceu? É claro, a resposta é sim. Eu inventei uma história de como a minha mãe era, e sinto falta dessa pessoa, fosse minha mãe desse modo ou não. Eu a imagino paciente, mas severa. Alguém que iria pintar as unhas comigo, alisar meus cabelos e me levar para comprar o vestido da formatura, mas que também exigiria boas notas e iria a todas as reuniões de pais e professores, que não iria apenas dizer que minha comida era gostosa, mas ofereceria críticas honestas.

Ao lado da minha cama há uma foto dos meus pais de mãos dadas. Ele está usando uma camisa do Iverson e ela está com calças jeans de pernas retas e uma camiseta azul brilhante com um *emoji* de sorriso estampado acima de sua larga barriga. Eu sou o caroço embaixo do *emoji*. É a única foto que tenho de nós três: meus pais um tanto quanto bregas e apaixonados, de mãos dadas, e eu, completamente formada, dentro da barriga dela, batendo na porta e impaciente para sair antes que todos fossem embora.

Coisas novas

Na manhã seguinte, ainda que parta o meu coração, eu me despeço da Nenezinha e saio apressadamente pela porta enquanto Buela a apronta para ir para a escola. É estranho sentir tanta falta de alguém e, ainda assim, para poder tomar conta dela, ter que constantemente se despedir.

Quando entro na sala de orientação, a srta. Fuentes está entregando uma folha de papel.

— Ok. Em suas mesas estão os cronogramas revisados.

> **Ori** - Aula de orientação, srta. Fuentes
> **Ing** - Inglês avançado, McCormack
> **Mat** - Matemática aplicada, Gaines
> **Soc** - Governo estadunidense, Ulf
> **Líng Estr** - Latim III, Gatlin
> **Ciên** - Física intermediária, Ordway
> **Elet** - Arte Culinária: Imersão Espanhola, Ayden

Eu fui aceita na aula. O menino novo, Malachi, está olhando pela janela. Olho novamente para a folha. Meu nome está no topo dela. As demais aulas são as mesmas. Tento me manter calma, ainda que esteja tão empolgada que minhas mãos começam a tremer.

— Vocês irão começar o primeiro dia de eletivas hoje. Após a aula, falem comigo se tiverem algum problema; agora, peguem o rascunho da redação da faculdade. Ainda temos quinze minutos, e vocês devem usá-los para revisar os temas de suas redações.

Primeiro rascunho

O nome do meu pai é Júlio. E, assim como o mês de calor do qual recebe seu nome, ele aparece para visitar uma vez ao ano.

Minha avó diz que meu pai não conseguiu lidar com a ideia de ser um pai solteiro após a morte da minha mãe. Que, antes disso, minha mãe o mantinha na linha, mas que ele sentiu uma urgência em voltar para a sua ilha. Meus avós se mudaram quando ele tinha apenas quatorze anos e dizem que ele não conseguiu se ajustar facilmente ao frio, ao inglês, à forma como o lugar funcionava de um jeito tão diferente do dele.

Minha avó escolheu me criar quando meu pai me sentou no colo dela, pedindo que cuidasse de mim por um tempo e, então, deixou o hospital. "Um tempo" virou dezessete anos. Foi nessa passagem do meu corpo das mãos dele para as dela que todo o curso da minha vida mudou.

As pessoas dizem que você está preso com a família em que nasceu. E, para a maioria das pessoas, pode ser que isso seja verdade. Mas todos nós fazemos escolhas a respeito das pessoas. Aquelas que queremos manter por perto, aquelas que queremos que permaneçam em nossas vidas e aquelas sem as quais ficamos bem. Eu escolho não depender do estilo de paternidade rotativo do meu pai e, em vez disso, confio na escolha da minha avó de não somente me trazer para casa do hospital e me criar, mas também de me oferecer uma chance de lutar.

O mundo é uma vitrola que nunca para de rodar; como humanos, nós podemos somente escolher as faixas que queremos deixar de fora e aquelas que nos inspiram a dançar.

Primeira Aula

Tento segurar as lágrimas quando entro pela primeira vez na cozinha de estilo comercial. Eu só havia visto cozinhas profissionais na televisão e, ainda que essa não seja tão atualizada, é melhor do que qualquer cozinha em que eu já tenha estado. Na parede do fundo, há dois conjuntos de pias duplas e duas caixas de metal cheias de vasilhas, pinças, colheres de pau grandes e utensílios para servir. Ao longo da parede à minha direita, há dois fogões a gás e fornos. À minha esquerda, três geladeiras grandes estão posicionadas perto de despensas que acredito conterem os ingredientes secos. Potes e panelas estão pendurados no teto, presos como candelabros de aço. No centro do cômodo, cinco mesas de metal criam um retângulo ao redor de uma única mesa.

Eu nunca fui a uma ópera, mas deve ser assim que um maestro se sente ao entrar, ao ver o palco iluminado e as cortinas abertas e saber que elas foram criadas para fazer com que as paredes ecoem com música.

O instrutor – que presumo ser Chef Ayden, já que ele veste um casaco de chef cuidadosamente abotoado ao redor da sua barriga e calças xadrez de aparência confortável – sai do escritório no fundo da sala ao mesmo tempo em que Malachi entra apressadamente na sala. Por um segundo eles se encaram, enquanto o resto de nós alterna os olhares de um para o outro. Chef Ayden não é um homem alto e tem o tipo de pele escura que é tão livre de manchas que parece ter sido polida. Malachi caminha para o único lugar livre, perto da Leslie Perfeitinha e, por um instante, acredito que Chef Ayden irá expulsá-lo da aula por ter chegado atrasado. É claro que esse menino *tinha que estar* na mesma maldita aula que eu, e não sei dizer por que isso me irrita tanto.

— Esta não é somente mais uma aula. Esta é uma cozinha de verdade. Temos facas de verdade, comida de verdade e temos um relógio de verdade na parede que mede o que conseguimos fazer na duração de uma aula. E, como alguns de vocês já devem ter ouvido falar, temos uma viagem de verdade para outro país planejada para a primavera. Se você não consegue chegar na hora certa para a aula, com certeza não irei levá-lo para fora do país.

Ele fez uma pausa e continuou.

— Não estou aqui porque sempre sonhei em ser professor. Estou aqui porque amo cozinhar, porque vocês tinham uma vaga para Arte Culinária em sua escola e porque sei como comandar uma cozinha. Antes de ser uma sala de aula em uma escola, isto é uma cozinha, e vocês todos irão respeitá-la como tal. Entendido?

Ele para de falar e, claramente, espera uma resposta de nossa parte. Alguns de nós murmuram, outros concordam com a cabeça. Meu desejo era estar sozinha na sala de aula para poder inspecionar as facas, as bocas do fogão e a despensa dos temperos.

Chef Ayden olha para todos na sala, fazendo contato visual com cada um de nós antes de continuar a falar.

— Cozinhar é sobre respeito. Respeito pela comida, respeito pelo espaço, respeito pelos colegas e respeito por aqueles que irão comer. O chef que ignora um desses itens não é um verdadeiro chef. Se você não sabe respeitar, esta aula não é para você. Por favor, avise-me e eu irei assinar o formulário para você poder sair.

Chef Ayden lança olhares ao redor da sala, mas ninguém se mexe. Seus olhos pousam em mim e eu o encaro de volta.

— Antes de mais nada: até o fim desta semana vocês precisarão preencher o formulário de empréstimo para poder pegar um casaco de chef e um chapéu. Quando vocês entrarem nesta sala, não serão mais alunos da Schomburg Charter. Serão ajudantes de cozinha em treinamento.

Tenho a sensação de que esse cara tem muitos sermões para dar. Apesar disso, gostei do que disse sobre respeito.

— Hoje vocês não vão nem tocar em comida. — Ele pega uma faca sem ponta e a balança no ar. — Hoje, vocês vão aprender como segurar uma faca.

Tento segurar um suspiro tão profundo que poderia rivalizar com os de Angélica, mas ele se aperta e sai do meu peito de qualquer modo, e Chef Ayden lança outro olhar na minha direção.

Por um instante, enquanto o Chef estava falando, pensei que ele deveria saber como são as coisas nos lugares dos quais viemos. Ele com certeza fez parecer que entendia como é ser da cidade. Mas esse lance da faca me indica que ele deve ser de outro lugar, porque muitos de nós nessa sala provavelmente cozinhamos e usamos facas a nossa vida inteira – sem mencionar o fato de que as vimos serem usadas em outras pessoas.

Todos devem se sentir assim, porque alguns começam a mexer os pés e Leslie Perfeitinha pigarreia do outro lado da sala.

— Hm, chef, não quero ser grossa nem nada do tipo, mas eu achei que isso era uma aula de culinária. Tenho certeza de que muitos de nós sabem como segurar uma faca.

Viu? Até a Leslie Perfeitinha entende o que quero dizer, e essa menina é tão inconsistente quanto sei lá o quê.

— Aula de culinária? Não. *Isto* é uma aula de Arte Culinária. Quero dizer, *isto* é uma aula de criatividade, de coração, de ciência – de formas de arte. E nenhum artista começa uma obra-prima sem entender suas ferramentas e seus meios. Qualquer um pode ensinar vocês a cozinhar; você pode procurar no Google. Se quer aprender a fazer arte, este é o lugar.

Leslie joga o cabelo e dá de ombros, mas não sai da sala de aula.

E eu também não.

Malachi

— Ei, Santiago — diz uma voz atrás de mim. Me viro e vejo Malachi correndo, escapando por pouco de trombar em alguns jogadores de futebol. Ele nem ao menos percebe o modo raivoso com que eles o encaram.

— Oi. Malachi, né? — respondo. — Você sabe que pode me chamar de Emoni? Somente a srta. Fuentes gosta de fazer essa coisa dos sobrenomes. — Eu me certifico de não andar mais devagar ou mudar o jeito como ando de forma geral. Não quero que esse menino pense nem mesmo por um segundo que tem algum motivo para falar comigo.

Infelizmente, ele tem pernas bem longas e não precisa de muito esforço para manter o ritmo das minhas pernas curtas.

— Eu acho que não sabia que esse era o seu primeiro nome. Eu gosto. Imani não é um dos dias celebrados durante o Kwanzaa[2]? Eu não achei que você era tão preta.

Não consigo evitar revirar os olhos. Lá vamos nós.

— E por que, Malachi, você não achou que eu era tão preta?

— Bom, o seu último nome é Santiago, você tem a pele mais clara e os seus cabelos são encaracolados. Eu pensei que você tinha descendência espanhola — diz ele, tocando algumas mechas dos meus cabelos. Bato na mão dele.

— Não encosta em mim, garoto — exijo. — Meu pai é porto-riquenho e é mais escuro do que a minha mãe era, e toda a família dela é preta, vinda das Carolinas. E o cabelo *dela* era tão encaracolado quanto o meu. Nem todas as mulheres pretas, ou latinas, têm a mesma aparência.

Ele joga as mãos para o alto em redenção.

— Foi mal. Não tive a intenção de ofender. Eu só queria saber de onde você era, já que não se parece com os outros pretos.

---

[2]. Celebração norte-americana que se inicia no dia 26 de dezembro e se encerra no dia 1 de janeiro do ano seguinte. Tem como princípio refletir sobre princípios como a valorização da vida e da comunidade e honrar aos antepassados. (N. T.)

Respiro fundo. Porque sei que ele não quis dizer nada com essa pergunta.

— Entendo o que você quer dizer. E sim, sou preta de ambos os lados. Ainda que meu lado porto-riquenho fale espanhol e o americano fale inglês.

— Agradeço a aula sobre raça.

Ele está tentando me encantar. E eu não quero saber disso.

— Posso ajudar? O que você queria? — pergunto, virando uma esquina. Quem foi que disse para esse menino que eu tinha tempo para ele? Me fez desperdiçar todas as minhas palavras boas.

Mas, então, ele sorri. Covinhas aparecendo em ambas as bochechas como marcas de alegria, e eu tropeço nos meus pés. Que merda, esse sorriso deveria vir com um aviso de gatilho. Porque *blao!* está brincando de dardos com as minhas emoções. Até me fez dizer palavras feias. Agora estou muito irritada.

— Não, Santiago. Eu só queria dizer *oi*. Fico feliz que tenhamos essa aula juntos. Adoraria provar a sua comida.

Estreito os olhos.

— Isso teve alguma conotação sexual?

Ele arregala os olhos e deixa escapar uma risada.

— Eita, porra! Só estou tentando ser legal. Que mente poluída!

— Ah sim, claro. Eu acho que na aula iremos provar algumas coisas. — Eu paro na frente da sala de Inglês. Angélica está sentada próxima à porta e vejo que ela já está fazendo anotações. — Eu fico por aqui... — E, então, porque Buela não me criou para ser rude: — Obrigada por vir comigo até a sala.

— Disponha, *Santi.*

Preta como eu

Durante toda a minha vida, as pessoas questionaram qual era a minha etnia. Não necessariamente os amigos com quem cresci. Em Fairhill, nós somos, em maioria, caribenhos falantes de espanhol e negros americanos criados na Filadélfia e com raízes no sul. Isso significa dizer que, onde moro, todos os pais ou bisavós têm um tipo de sotaque que não é da Filadélfia. Mas quando pessoas de bairros diferentes me veem pela primeira vez, começam a se perguntar por que eu não me encaixo em certos padrões. As avós latinas e os latinos donos de lojas fazem *tsc-tsc* quando me perguntam algo em espanhol e respondo me embolando nas palavras ou, ainda pior, em inglês. E não tenho habilidade suficiente para explicar para eles que Buela não me criou falando espanhol. Eu consigo compreender bastante do idioma por causa dela, mas inglês foi a língua que aprendi na escola e assisti na televisão e, durante a maior parte do tempo, é a língua que falamos em casa. Tento não ficar insegura quando penso quão pouco sei de espanhol, mas há dias em que parece que não falar espanhol automaticamente faz com que eu seja uma má *boricua*. Uma que se esquece das suas raízes.

Mas, por outro lado, as pessoas se perguntam se eu sou suficientemente negra americana. É como se meu lado porto-riquenho apagasse a minha negritude, apesar de que, se formos contar apenas a cor da pele, meu lado porto-riquenho é tão preto quanto meu lado negro americano. Sem mencionar que Júlio pode ser muitas coisas, mas ele com certeza tem orgulho de suas raízes africanas e se certificou de que eu nunca esquecesse a nossa história. E Buela também não nega suas raízes negras, ainda que fale disso com menos frequência. Eu não sei dizer quantas vezes alguém perguntou por direções na rua para Buela e, no momento em que ouviram seu sotaque, deixaram escapar, com tom de surpresa, a pergunta "Ah, você fala espanhol?".

Eu frequentemente tenho que dar aulas de Geografia e História para as pessoas a fim de que entendam que a terra natal da minha avó é 65%

afro-porto-riquenha, que a maioria das pessoas escravizadas foram largadas no Caribe e América Latina, que o fato de nossa negritude vir com *bomba* e *mofongo* não a torna menos válida. E parece que tenho sempre que defender as partes que herdei da minha mãe: as raízes que vêm desse país, os fatos que tia Sarah me conta sobre o nosso povo na área de Raleigh, os pequenos dizeres que ela deixa escapar em seus e-mails e que sei que vêm da mãe dela, e da mãe da mãe dela, e da mãe da mãe da mãe dela, até a primeira mãe africana a colocar os pés nessa terra. A mesma sabedoria que sussurro para Nenezinha de vez em quando, um lembrete de onde e de quem viemos.

Isso tudo é muito complicado. Mas é como se eu fosse uma grande equação matemática que as pessoas querem dividir, sem me ouvir quando digo: eu não reduzo, pessoal. Todas as minhas partes são pretas. Todas as minhas partes são eu.

A leitura

— Quem era aquele com quem você estava falando? — Angélica coloca um grande chiclete vermelho na boca enquanto o sinal toca após a aula de Inglês e todos se apressam pelo corredor, na direção de seus armários.

— Quem? — pergunto, pegando um de seus chicletes antes que ela possa devolver o pacote para a bolsa.

— Não se finja de boba, Emoni — diz ela, cutucando minha costela. — Você não fala com nenhum dos meninos da escola e eu definitivamente vi um moleque bem gatinho vir com você até a sala. Ele é novo?

Pega no flagra.

— Ah, nós temos a aula de orientação e a aula de Arte Culinária juntos. Malachi. Foi transferido para cá de Newark ou algo assim.

— Newark? Ah, ele é muito corajoso de se enfiar aqui. Um menino corajoso e bem do gato... Então, como foi a aula? Você parecia nervosa hoje quando nos encontramos no almoço.

Angélica está olhando para mim e, portanto, não vê a multidão de calouros com caras de perdidos vindo na sua direção. Eu a puxo para que eles não esbarrem nela.

— Foi tranquila. Falamos sobre facas. Você falou sobre ferramentas na sua aula de Artes?

Angélica me lança um olhar enigmático antes de parar na frente do nosso armário. Ela coloca o código para abrir seu armário, o de cima.

— Ferramentas? Nós falamos sobre os diferentes programas de design que iremos usar. Nós não vamos começar nenhum projeto por uma ou duas semanas, até aprender esses sistemas.

Hm. Talvez o Chef tivesse razão; é um tipo diferente de ferramenta, mas me parece que Angélica também não ia pular direto para a parte de criação do design.

— Me conta mais sobre esse tal de Malachi. — Ela tira os livros do armário.

— Gelly, por favor. E vê se vai mais para lá. — Jogo gentilmente meu corpo contra o dela e abro o meu armário, o de baixo. Coloco um dos livros lá dentro e depois o fecho novamente.

— Estou só falando. Ele seria uma boa companhia para a formatura — diz ela, fazendo uma bola de chiclete que se estoura bem perto do meu rosto.

— E eu estou só falando — reforço, caminhando na direção da saída da escola — que, a não ser que eles permitam que crianças de dois anos ou mulheres de meia-idade compareçam, eu não tenho planos de ir para a formatura.

Salgado

— Bem-vinda à Burger Joint. Como posso ajudá-la, senhora?
— Bem, deixe-me ver. Qual hambúrguer você recomenda?

O gerente, Steve, vem até mim, para quase grudado no meu ombro e imediatamente começa a falar sem parar.

— Todos os hambúrgueres são deliciosos aqui, senhora. Aconselharia provar o Especial Joint. Vem com bacon extra e queijo.

Eu acho que deveria ganhar pontos a mais por conseguir manter meu rosto impassível. Steve está sempre tentando se aproximar dos clientes, se intrometendo até na hora que vão pagar. Consigo sentir o hálito quente em meu pescoço e tenho que me esforçar muito para não lançar um olhar feio em sua direção. Fato (1) Aquele pedaço estranho e congelado com infusão de coloração caramelo *não* é bacon, Fato (2) Não sei por que qualquer pessoa iria querer um falso queijo calórico e com sabor de papelão em seu sanduíche. Fato (3) Se ele quer fazer meu trabalho por mim, então por que me contratou?

A mulher concorda com a cabeça e, então, olha diretamente nos meus olhos. Ela parece ser uma professora. Seus óculos repousam no nariz e ela tem o tipo de postura que me faz pensar que está acostumada a comandar a atenção dos alunos em uma sala de aula.

— E você, jovenzinha? Qual a sua preferência? — O olhar, diretamente sobre o meu, parece me dizer para não inventar moda.

Abro o que acredito ser um sorriso convincente.

— O milk-shake de baunilha é bom. É feito com sorvete de verdade. E o número seis é, hm, popular? — Eu não estava a fim de inventar moda.

Ela concorda novamente.

— Obrigada, querida. Não tenho certeza de que quero um hambúrguer, afinal de contas.

Ela vai embora, e um rapaz que conheço da escola chega. Não estamos tão longe de Schomburg e, por isso, não me surpreende ver alguém que reconheço. Retiro o pedido dele e, quando me viro para pegar as batatas, dou de encontro com Steve.

— Desculpa — murmuro, mas ele me segue até a área de preparação.

— Por que você não apoiou o que falei, Emoni? Nós perdemos dinheiro com aquela cliente.

— Eu só quis dar mais escolhas para ela, Steve. — Coloco algumas batatas no pacote. Os cristais de sal brilham como se fossem os diamantes na corrente de um rapper.

Steve não desiste.

— Você sabotou uma venda. Você nem ao menos respondeu à pergunta dela.

Dou de ombros e abro o que espero ser um sorriso de desculpas.

Coloco as batatas e uma torta de maçã em uma bandeja e vou até a máquina de fazer milk-shakes. Steve caminha comigo.

— Qual *é* o seu sanduíche favorito, Emoni?

Ô-ou. Cara, eu *não* como os hambúrgueres daqui. Tenho dificuldade em comer coisas que consigo fazer mil vezes melhor na minha própria cozinha. Mas preciso desse emprego, então suspiro e digo:

— Assim, todo mundo gosta do número seis, né?

Steve estreita os olhos.

— Emoni, eu realmente preciso que você aprenda a trabalhar como parte de um time. Ou talvez, quem sabe, esse não seja o time certo para você?

Após dizer isso, Steve sai de perto e marcha irritadamente para seu escritório; sua atitude tão seca e envelhecida quanto suas batatas.

Birras e a fase dos dois anos

— "Coma uma cenoura", disse a mamãe coelha. Fim.

Fecho o livro de ilustrações e beijo a testa da Nenezinha. Ela está aconchegada em mim, com o dedão na boca.

— Nenezinha, eu falei para você parar de chupar o dedo. É uma mania feia — digo, colocando a mão dela entre as minhas para impedi-la de colocá-la nos lábios.

Quando a solto, ela espera um segundo e, depois, enfia novamente o dedão onde estava.

— Lê de novo, mamãe — diz ela mordendo o dedo que eu gentilmente tiro de sua boca outra vez.

— Hoje não, nenê, está na hora de dormir. A mamãe tem que fazer a lição de casa.

Não sei o que deu nesses professores durante o final de semana, mas tenho o equivalente a uma hora de lição de casa para cada uma das minhas aulas e, por isso, sei que essa noite será longa. Coloco as pernas da Nenezinha em volta da minha cintura e juntas subimos as escadas até nosso quarto.

— Eu quero de novo! — berra ela, e sei que vai interromper o jogo dos Eagles que Buela está assistindo.

É a primeira semana dos jogos da temporada e Buela fica mal-humorada se não consegue assistir ao seu time. É o único capricho que ela se permite ter, pagar pelo canal que a possibilita assistir ao time mesmo quando os jogos não passam na televisão aberta.

— Emma Santiago — repreendo, usando o nome completo porque é o único modo de impedir as birras. — Gritar não vai funcionar. Sei que você *quer* que eu leia de novo. Mas nós já lemos três vezes e você precisa aprender que nem tudo funciona do jeito que você quer.

Há dias em que me convenço que Nenezinha é uma alma antiga; do tipo que me faz pensar que ela estava meditando e fazendo poses de ioga na minha barriga. Nos últimos tempos, quanto mais ela fica com o pai, menos me convenço dessa ideia. Não sei se eles a têm mimado, ou se mudaram toda a sua rotina, mas com certeza é uma batalha para readaptá-la a fazer as coisas do jeito Santiago quando ela volta dos finais de semana por lá. Então, quando ela começa a chorar, espernear e jogar os bichinhos de pelúcia para fora do berço, tudo o que posso fazer é respirar fundo e contar até dez.

— Você também era assim, sabia? Quando você queria alguma coisa, fazia com que o mundo inteiro soubesse disso.

Não viro na direção da Buela, que está parada na porta. Ela não entra no quarto. Buela me deixa lidar com as birras sozinha. Antes, eu ficava brava com ela, afinal que raios eu sei sobre fazer um bebê parar de chorar? Mas aprendi a valorizar sua falta de intervenção. Ela me deixa ser a mãe.

— Nenezinha — digo, andando até o berço. — Nós podemos ler a história quatro vezes amanhã. Fico muito feliz que você goste de ler. Mas, agora, está na hora de ir dormir.

A resposta dela é jogar uma boneca em mim.

— Já chega, Emma. — Não costumo usar a minha voz raivosa com frequência, mas, agora, ela sai. — Não é porque você está brava que pode jogar coisas nas pessoas.

Ela se deita, curvada, ainda chorando alto, mas claramente exausta. Seu pequeno corpo treme com os suspiros, e cada parte do meu corpo quer somente acarinhar sua delicada cabeça e ler a porcaria da história de novo. Dar o que ela quer para que não fique triste. Mas fico imóvel até que ela se aquiete, até que sua respiração fique mais pesada. Quando ela finalmente dorme, pego os bichinhos de pelúcia e os coloco aos pés dela e, então, seco as suas bochechas. Ligo a luz noturna e fecho a porta do nosso quarto. Trinta minutos desperdiçados e tudo culpa do coelho.

Buela me segue até o andar de baixo, na sala de estar, onde substituo *O coelhinho fugitivo* por *Matemática aplicada: equações no mundo real*.

— Desculpa por termos interrompido o jogo — digo, sentando-me no sofá.

— Estava no intervalo, *nena*. E estamos jogando muito mal; eu espero que meus meninos consigam melhorar em breve. — Ela se senta próximo a mim e retira o livro das minhas mãos. Suspiro e coloco minha cabeça no ombro dela. Ela acarinha meu rosto e eu me aconchego ainda mais nela.

— Você quer que eu leia para você?

— Não acho que o livro de *Matemática aplicada* vai deixar você inventar vozes para os personagens — digo, fechando os olhos. Ela se mexe delicadamente, e eu ouço quando ela pega outro livro.

— Era uma vez um pequeno coelhinho que queria fugir.

Paternidade seletiva

Meu pai sempre gostou de ler para mim. Posso questionar muitas de suas atitudes, mas as ligações de San Juan e as tentativas de instilar o amor pelo conhecimento em mim não são uma delas. Mesmo em minhas memórias mais tenras, me lembro da voz dele em meu ouvido, narrando um trecho de qualquer que fosse o livro que ele estivesse lendo no momento. Júlio não acreditava em livros infantis. Ele achava que tinha que ler para mim exatamente o que estava lendo sozinho na época. Os livros eram sempre de não ficção e raramente adequados para uma criança, mas eu amava ouvir a voz dele.

Hoje em dia, ele não lê para mim quando vem me visitar e vem sempre no mesmo período do ano, todo ano. Júlio chega no começo de julho, geralmente com uma programação completa. No verão passado, ele alugou uma cadeira na barbearia no fim da rua e cortou cabelos pela manhã, voluntariou no centro cultural durante a tarde e frequentou aulas de verão e leituras em qualquer universidade da cidade que tivesse tais eventos.

Todos os dias, me convidava para ir com ele em suas aventuras vespertinas, mas não sou dada a aulas e o meu relacionamento com meu pai é complicado. Sem mencionar que meu trabalho não me permitia simplesmente não aparecer a cada vez que ele me chamava.

Durante a noite, Júlio era a visita perfeita.

Nos ajudava a lavar os pratos, ainda que estivesse sempre atrasado para jantar conosco. Buscava o remédio da Buela na farmácia ou qualquer coisa que precisássemos da mercearia. Ele brincava com Nenezinha e fingia que ia raspar os cabelos dela até que ela se engasgasse de tanto dar risada e golpeasse o barbeador dele. Júlio era uma das poucas pessoas que conseguia fazer com que ela parasse de chorar quando estava fazendo birra. Eu tinha um vislumbre do tipo de pai que poderia ter sido se minha mãe estivesse viva.

Se ele tivesse escolhido ficar.

Mas Júlio nunca fica por muito tempo e nunca dá avisos. A um dado momento, quando agosto começa a dar as caras, Júlio começa a procurar por voos para voltar para Porto Rico.

No final de julho deste ano, quando Buela e eu chegamos em casa vindas do supermercado, todas as coisas dele haviam sumido da sala. A mala dele não estava mais no canto. O cobertor dele estava cuidadosamente dobrado, em cima do sofá. A caixa de ferramentas com seus utensílios da barbearia não estava visível em lugar nenhum. Nenezinha estava na casa do Tyrone naquele final de semana, então, além de não ter se despedido de nós, ele também nem ao menos se despediu dela. E, àquela altura, ela já estava começando a se apegar ao "Pop-pop", como ela o chamava.

Mas *puf!* Houdini em carne e osso. O melhor truque de desaparecimento. Ele não deixou bilhete algum, não enviou uma mensagem de despedida. Ligou uma semana depois como se nada tivesse acontecido e perguntou se eu poderia passar a senha da Netflix da Angélica para que ele pudesse assistir a um documentário sobre os Young Lords[3].

E, porque eu demoro para aprender determinadas lições, essa me levou anos e anos para assimilar: não se pode liberar demasiado espaço na vida para um pai como o meu. Porque ele fará de tudo para se aproximar e fazer parte da sua vida e, quando for embora, tudo que sobrará será um espaço vazio – um buraco no seu coração onde um pai deveria estar.

---

3. Grupo formado em Chicago e que buscava o empoderamento e a defesa dos direitos de porto-riquenhos e latinos de forma geral. (N. T.)

Exaustão

— Santi, você estava muito calada na aula de orientação hoje — diz Malachi. Não sei quando foi que ele decidiu começar a abreviar meu sobrenome ou se achou no direito de me dar um apelido. No entanto, estou cansada demais para corrigi-lo. Estamos apenas no meio da segunda semana e, apesar de nos vermos na sala de aula, não conversamos muito.

— Pois é. Fiquei acordada até tarde estudando. E a srta. Fuentes me deu coisa para car...amba para editar no rascunho da minha redação da faculdade.

Malachi ergue uma das sobrancelhas quando percebe o palavrão que evitei dizer, mas a abaixa novamente.

— Sobre o que é a sua redação? —pergunta.

Viro na esquina, a caminho da minha próxima aula.

— Nossa aula de Arte Culinária é só mais tarde, Malachi; onde você está indo?

— Só caminhando com você até a sua aula, Santi.

Eu paro abruptamente perto de um bebedouro.

— Malachi, nós não somos amigos. Podemos ser amigáveis um com o outro, mas não quero que você confunda as coisas. Eu sei que você é novo por aqui e não quero ser grossa. Mas só quero deixar explícito... nós, você e eu? Não somos amigos.

Antigamente, eu não conseguiria dizer isso com facilidade para alguém. Eu era tão quieta e tímida que me surpreendia quando ganhava qualquer tipo de atenção. Mas todos os livros infantis sugerem que as mães pratiquem uma linguagem direta e clara, gerenciando as expectativas, dando instruções explícitas, etc. Às vezes, acho que meninos são como bebês quando querem alguma coisa - e precisam que alguém lhes diga que *não*, firmemente e sem rodeios.

Malachi estica o braço e coloca um dos meus cachos para trás.

— Está bem, Santi. Não somos amigos. Posso caminhar na mesma direção que você até você chegar na sua sala de aula?

— Você não vai se atrasar para a sua aula?

Ele dá de ombros.

— Nós, você e eu, não somos amigos, então não se preocupe com o meu registro de frequência, Santi. — Ele abre um sorriso e, ao ver as suas covinhas, quase derreto. — Além disso, você é uma das únicas pessoas com quem conversei por aqui. Por que você não me diz algumas coisas que eu não posso deixar de ver nessa cidade?

E, ainda que eu não queira encorajar Malachi mais do que o necessário, estou sempre procurando por motivos para falar bem da minha cidade.

— Bom, vamos começar com o *cheesesteak*[4]. Os lugares em que os turistas geralmente vão para comer? *Basura*. Os melhores *cheesesteaks* estão...

---

4. O *Philly Cheesestake* é um prato tradicional da Filadélfia. Ele consiste em um sanduíche de carne cortada bem fina com queijo derretido. (N. T.)

Um conto de duas cidades

Eu venho de um lugar na Filadélfia que me faz lembrar de um livro do Charles Dickens que lemos para a aula de Inglês. *Um conto de duas cidades*, que se passa em Paris e em Londres durante e após a Revolução Francesa. Mas o lugar de que venho não é nada parecido com a Europa. Eu sou de Fairhill. O nome parece bonito, não é mesmo? E, para muitas pessoas que não são daqui, o nome é a única coisa de bonito.

A maioria das pessoas daqui são porto-riquenhas. Papi me disse que esse bairro tem o maior número de porto-riquenhos fora da ilha. Contudo, não sei dizer o porquê. Não se parece em nada com as fotos da ilha que já vi. Quarteirões e quarteirões de casas de dois andares, concreto, quintais com cercas e terrenos vazios. As pessoas têm muito a dizer sobre a nossa área, mas, de forma geral, elas não deveriam enfiar o nariz onde não são chamadas. Essa parte do norte da Filadélfia tem uma das taxas de criminalidade mais altas da cidade, ou ao menos é o que os jornais dizem. Eles dizem que aqui é um território ruim, mas, se você frequenta nosso bairro, sabe que há muito mais coisas boas do que aquilo que é mostrado nas notícias.

Sim, temos brigas de gangue com a trilha sonora de tiroteios, mas também temos grupos de dança que se apresentam nas festas de verão do bairro. Nós temos *el Centro de Oro*, uma área de lojas porto-riquenhas em que é possível comprar de tudo, de bandeiras gigantescas a temperos da ilha, morteiros feitos à mão e pilões. Nós temos donos de lojas que distribuem doces durante o Halloween, e a barbearia da esquina mantém um cooler com água gelada do lado de fora durante o verão. Temos o centro de recreação onde a maioria de nós cresceu, fazendo nossas lições de casa, e temos o centro cultural a alguns blocos de distância, que tem noites de bingo, aulas gratuitas de Inglês e que até mesmo traz bandas para concertos.

Talvez seja mais do que um conto de duas cidades, um conto de duas vizinhanças. Por um lado, as pessoas têm medo de vir até aqui porque dizem que essa parte da cidade é perigosa, "subdesenvolvida", e uma parte de mim pensa *que bom, não apareça por aqui, então*. Mas todos sabem que as coisas boas como os mercados de agricultores, as mercearias novas e a coleta de lixo consistente só acontecem quando pessoas de fora se mudam para cá. E por mais que pareça que o nosso bairro é esquecido, a mudança está vindo. Tenho visto cada vez mais locais em construção e muitas casas com placas de *VENDIDO*; e, mais do que nunca, pessoas brancas descem na nossa estação quando o trem para, comendo nos restaurantes locais, usando seus casacos chiques das universidades e parecendo que estão andando apressadamente para chegar em casa. Casa. Venho de um lugar que é tão doce quanto a cereja mais fresca e tão amargo quanto leite estragado; um lugar em que sonhamos em ser donos de mansões, em sairmos do nosso bairro, mas que não conseguimos nos imaginar sendo criados em outro local. As pessoas se perguntam por que caminho com tanta pressa, por que raramente sorrio para estranhos, por que estou sempre de cara amarrada e carrego cascalhos como se fossem moedas em meu bolso.

E todo mundo na Filadélfia representa a sua quebrada do mesmo modo que eu. Uma das primeiras coisas que você pergunta e aprende sobre alguém é onde ele mora. O lugar de onde viemos deixa marcas em nós, e se você sabe como ler os sinais de um lugar, sabe um pouco mais sobre como alguém é.

E eu? Eu sou totalmente de Fairhill, mas eu também tenho mais de uma cidade, mais de uma quebrada dentro de mim. E qualquer pessoa que queira me conhecer tem que saber como apreciar essa multiplicidade.

Fracasso

— Em que condições se proliferam os agentes patogênicos que contaminam a comida? — Chef Ayden escaneia a sala com os olhos. — Sharif?

Sharif olha para baixo em sua estação, como se a resposta estivesse ali escrita em tinta invisível. Ele dá de ombros. Chef Ayden faz uma anotação em sua prancheta. Hoje fomos surpreendidos com uma chamada oral. Além de estudarmos os ingredientes de uma receita, aprendermos a colocá-la adequadamente no prato e a servi-la, Chef Ayden também quer que nos preparemos para um teste do certificado de segurança de alimentos, o ServSafe. Ele raramente nos passa um teste por escrito, como os outros professores. Em vez disso, faz perguntas em voz alta, e é preciso responder rapidamente. Ele diz que, em uma cozinha de verdade, temos que saber responder de forma ágil e eficiente. Apesar de odiarmos as perguntas, todos queremos passar no teste do ServSafe. Se passarmos, não somente seremos aprovados na aula, mas também receberemos um certificado que comprova que sabemos como manipular comida com segurança e que, portanto, podemos trabalhar em um restaurante. Tecnicamente, com esse certificado eu poderia me inscrever para pegar a posição de Steve na Burger Joint. Não *quero* a posição de Steve, mas gosto de saber que tenho as credenciais para tal, caso eu queira.

— Emoni.

Paro de brincar com as pontas do meu lenço de cabelo. O Chef disse que eu poderia usá-lo no lugar de um chapéu, contanto que o lenço mantivesse meus cabelos longe do meu rosto e das panelas. O chapéu não me servia adequadamente por causa dos meus cachos.

— Sim, Chef Ayden?

— Qual é a temperatura mínima de cozimento de um frango?

Ergo as sobrancelhas. Não havia prestado atenção nos parágrafos de temperatura do guia de estudos... O frango fica pronto quando fica pronto.

— Emoni?

Fecho os olhos.

— Ao cortar o frango, você deve se certificar de que a parte de dentro esteja branca, já que o frango irá...

Ele faz uma anotação em sua prancheta.

— Emoni, quais informações precisam estar na etiqueta da comida que você pretende guardar no freezer?

— A data de expiração. Quer dizer, a data em que a comida foi preparada. E a hora em que a comida foi preparada. O nome da comida?

Olho acima do ombro do Chef; não consigo olhá-lo nos olhos. Ele faz mais uma anotação em sua prancheta.

— Sua resposta não está errada. Mas, tecnicamente, também não está certa. Você faz ideia de como as coisas funcionam. Consegue entender na prática. Contudo, você ainda necessita aprender as questões técnicas. Cozinhar é uma ciência; é mais do que somente instinto.

Apesar de querer abaixar a cabeça, mantenho meu queixo erguido. Era exatamente isso que eu temia, que essa aula fosse mais sobre memorizar informações do que colocar a mão na massa. A maioria de nós se inscreveu nessa aula para viajar e cozinhar, e ainda não falamos sobre isso também.

Chef Ayden parece esperar que eu diga alguma coisa, mas apenas o encaro em silêncio. Ele balança a cabeça.

— Leslie, me fale mais sobre guardar a comida. Qual o melhor lugar para manter alimentos secos?

Quando a atenção de todos se muda para Leslie Perfeitinha, finalmente olho para outro lugar, sentindo-me envergonhada, como se as bactérias sobre a qual Chef Ayden perguntou estivessem se espalhando pela minha pele.

Catarse

Buela entra na cozinha e liga o rádio. O som de Marc Anthony cantando com uma orquestra preenche o ambiente. Eu embrulharia minha alma para presente e a venderia por qualquer preço para ter a oportunidade de cozinhar para Marc Anthony. Esse homem sabe cantar de verdade. Buela pega os temperos que compra diretamente de Porto Rico e os coloca no balcão. O doce cheiro da *yerba buena*, o orégano caribenho. Ela me entrega a faca antes mesmo que eu peça, lava a tábua de cortar antes mesmo que eu perceba que ela precisava ser lavada.

Nos dias em que me sinto assim, como uma panela cheia de água em fogo alto, eu não sei o que cozinhar. Planos e ideias escapam da minha mente e, em vez disso, deixo meu coração e minhas mãos liderarem o caminho, guiados por uma voz interna que me diz o que vai aonde.

Deixo de lado, ou melhor, empurro para frente, tudo aquilo que sinto. A irritação por ter que deixar Nenezinha ir embora durante alguns finais de semana. Por ter que vesti-la como uma boneca para que a avó paterna possa amá-la. O conflito a respeito dessa maldita eletiva que me convenci a fazer e que agora está se tornando uma das minhas aulas mais difíceis. A chateação por ter um emprego tapa-buraco servindo uma comida sempre igual e me enfiando em problemas por cometer erros pequenos. A confusão pelo pai que amo, mas nunca está aqui. O nervosismo pelo fato de estar no último ano do ensino médio e não saber se a faculdade é o caminho certo para mim. E por não saber qual é o outro caminho, caso não seja esse.

Minhas mãos se movem sozinhas, pegando e cortando e picando. Buela e eu fazemos uma música diferente daquela no rádio, o barulho das panelas, o pilão batendo, nossas vozes cantarolando.

Quando todos os sons param, incluindo o rádio, é como se eu acordasse de uma neblina. O fogão está desligado. Buela limpa o balcão e dobra o pano antes de se virar para mim. Levanto as tampas das panelas e vejo que fiz um arroz amarelo com coentro que está muito cheiroso. De alguma forma, o feijão fradinho encontrou o caminho para dentro do arroz, mas posso dizer pelo cheiro que funcionou muito bem. O frango parece delicioso, enfeitado com cebolas, cozido perfeitamente *sem um termômetro*. A salada verde com base de espinafre está crocante. Não é um jantar elaborado, mas feito para confortar.

Eu sirvo a porção da Buela usando uma das lições que aprendi no livro de Arte Culinária: os carboidratos embaixo e a proteína em cima, o molho despejado com uma concha no topo; uma tigela separada para a salada.

Após a primeira mordida, Buela fecha os olhos e, quando os abre novamente, eles estão cheios de lágrimas. Ela ri e os enxuga.

— Olhe para mim, chorando! Como se isso não acontecesse toda vez, *nena*.

Não costumo perguntar com frequência sobre as reações das pessoas a respeito das comidas que preparo. Sinto um frio na barriga só de imaginar que meus pratos possam causar um efeito que eu não tenha planejado; como se algo dentro de mim deslizasse para dentro dos potes e das panelas sem permissão. Mas hoje preciso saber.

— Como você se sentiu após comer, Buela?

Ela aperta o guardanapo em sua mão e não olha para mim ao mover o garfo no prato, de um lado para o outro.

— Me trouxe lembranças de quando eu era criança, olhando para o oceano. E querendo com todas as minhas forças pular nele e nadar para longe, bem longe, com medo de que, se a água fosse acima do meu pescoço, iria me engolir por inteira e nunca mais me cuspiria de volta.

Eu concordo com a cabeça e como um pouco da comida no meu prato. Nenhuma lembrança me vem, nenhum sentimento novo. A única coisa que acontece é a resposta das minhas papilas gustativas aos sabores picantes e salgados.

— Essa lembrança de esperar por algo que eu tinha medo me aquece. Como uma vela sendo acesa por dentro. Você tem poderes mágicos, *nena*.

Deixo escapar o ar que não percebi estar segurando. Não sei muito a respeito de agentes patogênicos e armazenagem de açúcar, mas, raios, sei como fazer uma comida boa, uma comida que faz com que as pessoas fiquem mais cheias de vontade, que faz com que se lembrem que a comida serve para mais coisas do que somente para encher um estômago vazio. Ela também alimenta o coração. E isso é uma coisa que você nunca vai aprender em um livro didático.

Pudim com um toque especial

O que ninguém conta a respeito de uma aula de Arte Culinária é que é muito esforço. Mais do que quando você prepara os alimentos em sua própria cozinha. Nos encontramos três vezes por semana, na segunda, quarta e sexta-feira. E agora que as aulas introdutórias supostamente acabaram, cada uma das aulas será dividida em categorias diferentes: dia de demonstração, quando Chef Ayden nos ensina uma habilidade nova e nós praticamos; dia de receita, quando Chef Ayden nos passa uma receita nova; dia de avaliação, em que seguimos a receita por conta própria e somos avaliados. Questionários técnicos acontecem no final de cada aula, enquanto nos preparamos para o teste do ServSafe. Mas ainda temos que fazer uma receita por conta própria.

E, por isso, durante as últimas duas semanas, dia sim, dia não, eu, no penúltimo período, entro na cozinha, aboto minha farda branca, faço um coque abacaxi nos meus cabelos e arrumo o lenço em volta deles, pronta para colocar mãos à obra. Mas, para ser honesta, passamos mais tempo limpando do que cozinhando. Estamos sempre lavando as nossas facas, limpando as nossas tábuas de cortar, abrindo espaço nas nossas estações, higienizando as nossas áreas, guardando as coisas que estão no escorredor. É um trabalho exaustivo e sei que, assim como eu, outros dos alunos mais velhos esperavam que essa aula, por ser optativa, fosse menos intensa. Duas pessoas já desistiram da aula; Sharif e uma menina chamada Elena decidiram que preferiam trocá-la por um período de estudos individuais e, portanto, a nossa turma conta apenas com um pequeno grupo de dez pessoas.

Apesar de temer os questionários, que abordam desde a hora de servir a comida até a sua preparação, gosto das pequenas coisas que aprendemos sobre comandar não somente uma cozinha, mas um restaurante. Eu odiaria saber que alguém passou mal ao comer a minha comida, e é isso que tento ter em mente ao estudar para os questionários. Mas quero apenas ir direto para a parte em que sou boa: cozinhar.

E hoje, pela primeira vez, recebemos uma receita de verdade: fazer pudim de chocolate do zero. Mexemos o cacau, a maisena e o açúcar juntos e, então, acrescentamos o leite e mexemos. O Chef nos guia passo a passo e todos limpamos as nossas estações enquanto o pudim esfria. Enquanto estou guardando os ingredientes, um pequeno vidrinho vermelho na despensa chama minha atenção. Eu o pego e salpico um pouco no meu pudim. Quando Chef Ayden nos chama para provar os pratos, sou a primeira aluna a colocar a tigela na frente dele. Ele pega uma colher de plástico limpa e puxa meu prato para mais perto, inclinando-se para inspecioná-lo, virando-o lentamente.

— Hmm. Boa cor do chocolate, textura suave; você se certificou que o creme não quebrasse, o que é ótimo. E estou curioso sobre o que seria isso no topo.

Ele pega uma pequena colherada e a coloca na boca e, no momento em que a sua boca se fecha ao redor da colher, suas pálpebras também se fecham. Eu me pergunto se a minha surpresa culinária irá funcionar nele.

— O que é isso? — pergunta Chef Ayden, com os olhos ainda fechados. Eu presumo que ele esteja falando do tempero no topo e não de seja qual for a memória que meu pudim trouxe de volta. Seus olhos se abrem e percebo que a pergunta de fato foi feita para mim.

— Eu usei um pouco de páprica —digo. Sinto o calor subir pelo meu pescoço. Eu não havia nem ao menos pensado no que aconteceria se usasse um ingrediente que não estava na receita original.

— Você está tentando se mostrar, Emoni? — Chef Ayden pergunta, muito sério.

— Não, Chef. Eu não estava.

— Os antigos Astecas também combinavam chocolate com páprica, pimenta caiena e outros temperos, algo que não é muito comum hoje em dia. Por que você adicionaria isso?

— Não sei. Eu vi na despensa e senti que essa mistura de sabores iria combinar.

Ele dá outra colherada. O Chef nos disse desde o começo que, uma vez que deve avaliar cada um dos estudantes, raramente comeria mais do que um pedaço do mesmo prato. Surpreende-me que o faça agora, mas ele fecha os olhos novamente como se a escuridão por trás de suas pálpebras fosse ajudá-lo a sentir melhor os sabores. Seus olhos se abrem.

— Isso não está mal. — Chef Ayden solta a colher. — Emoni, eu acho que criatividade é bom. E isso, isso... — Ele dá uma risada abafada, como se estivesse surpreso pelo fato de não saber o que dizer. Chef Ayden pigarreia e parece até que uma lembrança fez com que ele se engasgasse.

— Isso está delicioso, mas eu quero me certificar de que vocês sigam a lista de ingredientes. Se você trabalha com um chef e ele der instruções diretas, é falta de respeito modificar a receita sem consultá-lo primeiro. Por mais que você acredite que os sabores podem funcionar bem.

Ele dá outra colherada no meu prato.

— Classe! Peguem todos uma colher. Venham comer o pudim de chocolate da Emoni.

Alguns dos meninos dão risinhos e eu sei que eles levaram esse comentário para o lado maldoso. Não abaixo a cabeça, mas sinto que estou corada, uma mistura de orgulho e vergonha.

Quando saímos da aula de Arte culinária, Malachi vem correndo atrás de mim.

— Ei, Santi, você devia ter visto a sua cara! — Ele ri.

Apesar de a aula ter acabado minutos atrás, sinto que ainda estou ruborizada.

— Não consigo acreditar que ele tenha dito aquilo como se não soubesse que vocês são todos maliciosos!

Malachi ri novamente.

— Eu não acho que o Chef veja pessoas quando olha para nós, apenas casacos brancos e chefs em treinamento. — Ele abaixa a voz. — E, para ser sincero, o pudim estava muito bom.

Eu o empurro pelo braço.

— Pode parar com isso. Meu Deus, nunca mais volto para essa aula.

Ele ri de novo.

— Você vai ficar de boa.

— Sua risada é bonita — digo, e devo parecer tão surpresa quanto ele ao ouvir essas palavras saírem da minha boca. — Nós continuamos sem ser amigos. Não sei por que eu disse isso.

— Obrigado. Você também uma risada bonita, apesar de eu raramente a ouvir.

— Não agradeça. E não precisa devolver a afirmação. Não foi um elogio. Foi apenas uma observação.

Malachi dá de ombros e fala por cima do ombro.

— Não vou, Santi. E também não tenho rido muito ultimamente. Então, obrigado por isso também.

Vivendo em grande estilo & esbanjando

No ônibus, voltando para casa depois da escola, Angélica está listando todas as faculdades com programas de design gráfico para as quais quer prestar: *NYU, Pratt, Savannah College of Art and Design*. Eu ouço, quieta, enquanto ela discorre acerca dos prós e contras de cada um dos programas e lista os diferentes professores com os quais quer trabalhar em cada uma das faculdades.

— Não sei se vou conseguir entrar. Todos esses programas são maravilhosos. Eles só aceitam os melhores dos melhores.

Eu balanço a cabeça.

— Está doida, Gelly? Você é uma artista incrível. Por que você acha que a nossa escola sempre pede para você desenhar os pôsteres esportivos e fazer a decoração dos bailes escolares? Por que todo mundo na nossa sala de aula pede sua ajuda quando precisa desenhar alguma coisa? Você vê o mundo como ninguém mais consegue. Essas faculdades deveriam beijar seus pés por sequer querer entrar.

E não estou sendo puxa-saco. Seja desenhando uma roupa, criando um logo ou montando um flyer, se você der um lápis de cor para essa menina, ela vai te entregar algo que deveria ser colocado em uma galeria de arte.

— É, pode ser. O orientador educacional acha que tenho boas chances, e o meu mentor no museu diz que o meu portfólio é foda, mas estou com medo. E você, quais são as faculdades que a Fuentes sugeriu?

Olho pela janela do ônibus.

— Fuentes sabe que eu só posso tentar faculdades na Filadélfia. Ela me falou para pesquisar sobre *La Salle, Temple, St. Joseph's*. Ela quer que eu vá para *Drexel*, que tem um programa de Arte Culinária, mas você sabe que não vou muito bem na escola, então uma bolsa está fora de questão. Não quero nem pensar em pegar empréstimo. Ou em como eu daria conta de trabalhar em período integral, ir para a faculdade em período integral e criar a Nenezinha em período integral. Acho que, na ordem de importância, a faculdade é a última, não?

Tamborilo os dedos na janela e luto contra a vontade de roer as minhas unhas.

Angélica fica quieta por um longo instante e me sinto grata por ela não se apressar em me tranquilizar com palavras irrealistas.

— Mas e se você conseguir uma ajuda financeira? Você não pode desistir de tudo e começar a trabalhar na Burger Joint em período integral.

— Não é um trabalho ruim. Recebo meu salário e posso, quem sabe, ser gerente um dia.

Mas como posso responder a Angélica se nem eu mesma sei sobre o futuro? Paro de olhar pela janela e abro um sorriso forçado.

— No momento, vou continuar trabalhando no menu do seu aniversário de namoro. O que você acha de lagosta? Super romântico.

Ela balança a cabeça.

— Está bem, garota. Vou parar de falar disso. Mas, só para que saiba, acho que você tem mais para oferecer ao mundo do que você acredita.

Eu olho para a Angélica e sorrio.

— Digo o mesmo, amiga. Pegue esse conselho emprestado para você usar. Se uma dessas faculdades fizer de você uma artista mais forte, preencha a aplicação e tente a sorte. Para você, as estrelas e além.

Impossibilidades

É quarta-feira e estamos trabalhando em uma receita nova. Fico contente que já se passou uma semana e as pessoas pararam de pedir para experimentar meu pudim. Ajeito as pontas do lenço e me sinto pronta. Vestir o casaco e o lenço de cabelo sempre faz com que eu me sinta como uma jogadora de basquete uniformizada e pronta para entrar na quadra.

— Hoje vocês irão trabalhar com açafrão. Não é um tempero comum; ele mancha e é caro. Um amigo me trouxe da Europa, então sejam precisos ao utilizarem as facas. Façam duplas; não temos ingrediente suficiente para trabalharmos individualmente. — Chef Ayden bate uma palma.

Eu olho em volta da sala enquanto as pessoas se ajeitam em duplas. Na estação de Malachi, a Leslie Perfeitinha aperta o braço do garoto e sorri. O olhar dele encontra o meu e ele dá de ombros, como se dissesse *Não sei por que a menina bonita fica encostando em mim*, e olha novamente para Leslie.

Chef Ayden nota que ainda estou sozinha.

— Emoni, parece que temos um número ímpar de alunos hoje na aula. Tudo bem se você trabalhar sozinha ou você prefere se juntar com outro time para fazer a três?

Balanço a cabeça. Chef Ayden insiste em me colocar em situações constrangedoras com esses comentários de duplo sentido. Nem consigo me irritar com as risadinhas.

— Eu fico bem sozinha.

Chef Ayden não estava errado. Cozinhamos durante quase toda a extensão da aula, deixando apenas dez minutos para servir nossos pratos de linguiça para que sejam provados.

— Bom trabalho, classe. *Pinchos* são um tipo poderoso de receita de *tapa* da Espanha. O *chorizo* em suas tábuas de cortar não é da melhor qualidade, mas, quando usado nessa receita, é um tanto quanto especial, um prato rápido que é feito na maioria das casas andaluzas. — Ele pigarreia. — Eu tenho um anúncio a fazer.

Todos olhamos na direção dele. Pô, será que ele vai se demitir? Só se passaram três semanas.

O Chef ainda está falando.

— Como vocês devem se lembrar da descrição do curso, temos uma viagem para Sevilha, na Espanha, no recesso de primavera, no fim de março.

Meu coração começa a bater mais forte. Durante anos, assisti reprises dos programas do Anthony Bourdain em que ele prova comida de outros lugares ao redor do mundo. Eu ouvi chefs no *Chopped* falarem de treinamentos em Paris e em Londres. Me imaginei viajando para lugares remotos que tinham ingredientes que eu sequer sabia que existiam.

— Não queria falar dessa viagem até termos o orçamento confirmado. A administração me forneceu alguns números iniciais e agora tenho certa ideia de quanto cada estudante precisará arrecadar. Cada estudante deve pagar oitocentos dólares até quinze de dezembro para poder ir para a viagem. Nós iremos, é claro, planejar alguns eventos para arrecadar dinheiro a fim de ajudar a reduzir esse custo.

Sinto uma dor no coração. Oitocentos dólares em o quê, um pouco mais de dois meses e meio? Eu não tenho horas suficientes para conseguir nem metade desse dinheiro até o prazo. É claro que alguns alunos serão capazes de pagar mesmo sem um evento: Amanda, cujos pais são donos de uma pequena empresa de contabilidade em Port Richmond. Talib, mora em Chestnut Hill com o pai, advogado. Tenho certeza de que eu e provavelmente a Leslie Perfeitinha, que é do mesmo bairro, não conseguiremos arranjar oitocentos dólares do nada; dinheiro esse que seria mais bem gasto na conta de luz e nas compras de supermercado ou comprando sapatos novos para Nenezinha.

Uma semana na Espanha iria mudar minha vida; seria algo enorme, seria maravilhoso... seria impossível. Sinto meu estômago se retorcer em nós. Eu quero muito ir, mas seguro a esperança por entre os meus dedos e a quebro em pedacinhos. Não há sentido em ter esperanças de algo impossível.

Santi

Sou uma das alunas que mais demora para limpar a estação e, quando saio da sala de aula, Malachi está encostando na parede falando com Leslie Perfeitinha. Ela ri de algo que ele diz, mas, ao sentir que eu estava olhando, os olhos dele se viram na minha direção. Ergo a sobrancelha e passo rapidamente por eles.

— Ei, Santi — diz Malachi.

Não quero ser grossa, mas também não quero conversar com Leslie Perfeitinha, então balanço a cabeça e continuo andando.

— Santi, eu quero perguntar uma coisa para você.

Paro no meio do corredor e espero até que ele me alcance. Ele não se apressa em vir, Leslie Perfeitinha grudada nele.

— E aí? — digo. Cumprimento Leslie Perfeitinha com a cabeça, e ela alterna o olhar entre mim e Malachi, franzindo suas sobrancelhas perfeitamente desenhadas.

— Estou bem, Emoni. Como você está? — Ela estoura uma bolha de chiclete e abaixa a voz, em um sussurro falso. — Como está a sua filha?

Eu me forço a continuar sorrindo. Não tenho vergonha da minha filha. Não tenho vergonha de ter tido uma filha. Não tenho vergonha de ser mãe. Ergo mais alto o meu queixo.

— Nenezinha está ótima. Ela começou a ir para a creche faz pouco menos de um mês. Obrigada por perguntar.

Eu olho no fundo dos olhos de Malachi. As covinhas sumiram.

— Que ótimo! — diz Leslie. — Eu não sei como você consegue, garota. Não consigo nem imaginar ser mãe no ensino médio. Não é, Malachi?

Mas Malachi não está ouvindo o que Leslie diz. Seus olhos estão em mim. Se tem uma coisa que aprendi quando a minha barriga começou a aparecer é que você não pode controlar como as pessoas olham para você, mas pode controlar o quanto você endireita os ombros e ergue o queixo. Os meninos pensam em apenas duas coisas quando descobrem que você teve um filho: a coisa (1) é que você tem todo esse drama de mãe e bebê, e a coisa (2) é que você é fácil. Malachi sai de perto da parede, mas eu fico tão ereta quanto uma dançarina esperando a deixa antes de começar a girar.

— Você me chamou porque queria me perguntar alguma coisa?

— Santi, você gosta de sorvete?

Olho para a Leslie Perfeitinha. Ela parece tão surpresa quanto eu.

— Hã, sorvete?

— Eu estou com muita vontade de sorvete. Se você não estiver ocupada depois da escola, quer ir tomar sorvete?

Nunca o vi tão sério quanto agora. Alterno meu olhar entre ele e Leslie Perfeitinha. O falso sorriso simpático que ela mantinha no rosto deu lugar a uma expressão da mais pura confusão. Malachi está me convidando para um encontro? Na *frente* da Leslie Perfeitinha?

— Quer dizer, eu sei que não somos amigos nem coisa do tipo. — Ele sorri. O ar brincalhão retorna ao seu olhar. — Mas esperava que pudéssemos conversar.

Deixo escapar um suspiro.

— Encontro você na entrada principal após o sinal.

Apesar de Buela ter me criado corretamente, ela não me criou para ser capacho de ninguém, então nem me preocupo em me despedir de Leslie.

E pode ter certeza que caminho com muito estilo para a aula de Inglês.

Um é pouco, dois é bom, três é demais

— Calma, espera aí. Volta um pouco a fita. A vaca da Leslie Perfeitinha basicamente tentou expor você para esse cara, e ele basicamente cagou para ela e convidou você para um encontro? Na frente dela? Eu preciso conhecer esse cara imediatamente.

Dou risada da fala de Angélica e pego meu suéter no armário. Está ficando mais frio - finalmente - e a última coisa de que preciso é de um resfriado.

— Ela não tentou me "expor". Não faço segredo que sou mãe. E cuidado com o palavreado, Gelly!

Angélica bate a porta do armário.

— Pare de censurar meu linguajar, Emoni. Mas, sério, ele não sabia, né? Então era uma coisa que você própria deveria contar, não ela.

— Eu nem sei se ela fez de propósito. Talvez ela estivesse apenas tentando ser legal.

Gelly enrosca o braço dela no meu.

— Emoni, nem mesmo você pode ser tão inocente. Eu não eduquei você corretamente? Ela estava tentando marcar território nele.

— Gelly! Do que você está falando? Vamos virar aqui à direita.

Nós viramos.

— Você sabe do que eu estou falando. Ele era um hidrante e ela estava marcando território, mas, em vez de permitir isso, o hidrante criou pernas e foi para baixo da sua árvore.

Gelly e sua imaginação vívida.

— Não acho que essa metáfora estendida esteja funcionando.

Angélica franze a testa, pensando.

— Não? Eu acho que seria uma pintura muito interessante. Aonde estamos indo mesmo? Por que viraríamos aqui?

Mas já estamos na entrada principal e lá está Malachi. Parado com um grupo de outros meninos, todos rindo. Como que ele faz amigos tão rápido?

Angélica dá uma olhada nele e suas sobrancelhas se levantam até a franja.

— Não é esse o gatinho que eu vi levar você até a sala de aula? *Esse* é o Malachi? É por isso que viemos por esse caminho? Arrasa, garota!

Belisco o interior do braço dela para que ela não faça mais perguntas.

Malachi nos nota e se despede dos outros garotos antes de sair do círculo e vir até mim.

— Você veio mesmo. Ainda há esperança nesse mundo — diz ele, sorrindo. Então se vira para Gelly, assim, sem ao menos esperar por uma introdução.

— Meu nome é Malachi. Fui transferido de Newark.

As sobrancelhas de Angélica continuam erguidas ao olhar para ele.

— Olá, Malachi. Eu sou a Angélica. Qual o seu interesse na minha amiga?

— Engraçado você ter perguntado. Por que você não vem conosco tomar sorvete? Podemos conversar sobre isso. Tem algum lugar aqui por perto em que podemos ir?

Angélica e eu nos entreolhamos. Não há nenhum lugar para tomar sorvete por perto. E, de qualquer modo, nenhuma de nós quer passar tempo perto da escola. Só tem um lugar em que podemos ir.

— Você já foi até Schuylkill? — pergunto.

Nós cruzamos a rua até a estação de trem na rua Broad. Caminhamos silenciosamente e começo a ficar nervosa pensando se Malachi e Angélica terão uma interação estranha. Se ele disser algo de errado, Angélica não hesitará em colocá-lo no lugar.

Mas, assim que entramos no trem, Malachi faz um milhão de perguntas sobre mim para Angélica, e aquela traidora começa a contar para ele todas as minhas histórias vergonhosas do ensino fundamental. Fico feliz pelo trem estar tão cheio que as pessoas não conseguem bisbilhotar a conversa deles ou ver as minhas bochechas coradas. Angélica pergunta novamente sobre as intenções dele, mas era óbvio que ela já estava derretida e o pequeno movimento de ombros e doce sorriso de Malachi parecem ser uma resposta convincente o suficiente para ela. Mudamos para um segundo trem e levamos doze minutos para chegar na parada correta e, então, cinco minutos caminhando pelo calçadão até achar o lugar que vende as granitas que Angélica e eu amamos.

— Isso não é sorvete — diz Malachi quando entramos na loja.

— Não, não é. É melhor ainda —responde Angélica. Nós duas olhamos para ele, desafiando-o a argumentar que granita não é um presente vindo diretamente dos deuses.

Malachi é claramente um rapaz inteligente, porque não ousa dizer uma palavra. Ele apenas pede uma granita sabor limão e caminhamos na direção do rio. Está um lindo dia, e a forma como a luz bate na água faz eu me sentir grata por ser de onde sou. Olho para a ponte, o contorno da cidade, as pessoas em canoas dentro da água, crianças correndo para se molhar em um irrigador por perto.

Angélica dá uma colherada em sua granita de cereja e quebra o silêncio.

— Vocês estão gostando da aula de Arte Culinária?

Malachi come cuidadosamente a sua granita.

— Eu gosto. Emoni contou para você do dia em que todos lambemos o pudim dela?

Angélica afasta a franja vermelha de seus olhos.

— Espera aí, como é que é?

Eu dou um tapa no braço de Malachi.

— Isso soa tão errado...

— Ai. Você tem a mão pesada. Vou adicionar isso na lista de coisas que aprendi sobre você hoje.

Todos ficamos quietos. Então, Angélica abre um brilhante sorriso.

— Bom, eu vou me encontrar com a Laura. A escola dela é aqui perto e está quase na hora da saída dela. Emoni, dê um abraço na minha afilhada por mim. Malachi, certifique-se de que ela chegará em casa sã e salva. — Ela aponta para ele enquanto se levanta. — E não me faça ter que ir atrás de você.

Malachi levanta as mãos em redenção.

— Sim, senhora. Eu vou tratá-la bem como os amigos que não somos. — Ele dá um largo sorriso. Vejo Angélica fraquejar. Angélica, que nem ao menos pisca duas vezes ao ver Idris Elba, quase tropeça em si mesma ao ver o sorriso de Malachi. Eu vejo a artista nela despertar.

— Que lindo sorriso — diz Angélica suavemente, como se estivesse falando mais consigo mesma do que com ele. — Esse, o sorriso verdadeiro que você tem agora. É quase como se você estivesse escolhendo dar um dedo do meio bem iluminado para esse mundo de merda. — Ela estica um dedo e encosta em uma das covinhas dele, com cuidado. — Tenha cuidado com esse sorriso. — Ela ergue uma sobrancelha e olha na minha direção; o aviso claramente é para mim. Gelly acena dizendo adeus ao se afastar.

Quando me viro para olhar para Malachi, o sorriso já foi embora. O silêncio cresce, pesado.

Jogo o meu copinho vazio em um lixo por perto e limpo o suco pegajoso de meus dedos com um guardanapo extra.

— Ela não quis dizer nada com aquilo. E ela nem gosta de homens, então não leve tão a sério ela ter tocado suas covinhas.

— Tem certeza? Eu achei que rolou um clima. — Mas posso dizer que ele está brincando.

— Por que você fez aquilo? Ignorar a Leslie Perfeitinha daquele jeito? Me convidar para tomar sorvete?

Ele está comendo a granita bem devagar e ainda tem metade no seu copinho.

— Eu sei como é ter segredos, ou melhor, coisas privadas. Não se deve usar a família daquele jeito para tentar impressionar um cara qualquer. Além disso, eu queria conhecer você melhor. Sei que não somos amigos... mas talvez possamos virar amigos.

Eu finjo que dou um peteleco no rosto dele, e ele cospe um pouco da sua granita, tentando se afastar.

Malachi aponta para mim.

— Sacanagem, Santi, sacanagem. — Ele limpa o casaco com o guardanapo que entrego. — Você não vai me perguntar o que é?

Eu ergo uma sobrancelha.

— O segredo a respeito da minha família.

Dou de ombros.

— Se você quer que eu saiba, deve me contar por conta própria.

— Então você não queria que eu soubesse da sua filha?

Abro os braços, como um livro aberto.

— Malachi, eu estive grávida durante todo o meu primeiro ano. Todo mundo sabe. Não é um grande segredo. Mas, por falar da minha filha, preciso ir para casa. Obrigada por ter me convidado.

Malachi e eu viramos de costas para o rio e ele caminha do lado de fora da calçada, protegendo-me dos carros enquanto vamos até a estação de trem. Eu me seguro para não falar as palavras na ponta da minha língua: *também quero conhecer você.*

Ligação

Convenço Malachi de que podemos ir juntos no trem, mas ele não precisa descer. Ele mora algumas estações depois da minha e não faz sentido que desça somente para ter que subir novamente. Eu percebo que ele quer argumentar comigo, mas ambos sabemos que não há motivo para passar uma hora extra no trem.

O sorriso que ele me coloca no rosto ainda está pendurado em meus lábios quando entro pela porta de casa.

— Buela! Cheguei!

Ela corre para me encontrar e, ao ver a sua testa franzida, meu sorriso perde a força e cai de meu rosto.

— Buela, o que houve? É a Nenezinha? — Faço que vou na direção da sala de estar, mas ela me bloqueia com o seu corpo.

— Onde você estava? Era para você estar em casa meia hora atrás. Eu liguei para você, e a ligação foi direto para a mensagem de voz — diz ela.

Inspiro. O que quer que tenha acontecido de errado não é tão grave assim, se ela ainda tem tempo de reclamar.

Deixo cair a minha bolsa.

— Desculpa. Fui comer granita com a Angélica e um amigo, e você sabe que meu celular fica sem sinal quando estou no trem. Perdi a noção do tempo.

— Sim, perdeu. Por que você não me enviou uma mensagem? Eu precisava ter saído quinze minutos atrás, tenho uma consulta no médico.

— Outra consulta? A mão está incomodando de novo?

Essa é a segunda consulta este mês. Buela ia bastante ao médico quando se machucou no trabalho anos atrás, mas nem naquela época era assim com tanta frequência. Buela trabalhava na Macy's da rua Walnut antes mesmo de a loja ser uma Macy's, quando ainda se chamava Wanamaker's. Ela era costureira no departamento de ajustes. Trabalhou lá durante mais de trinta anos, passando por diversas transformações da loja, da primeira semana que chegou na Filadélfia até o dia em que sofreu um acidente de trabalho. As unhas da sua mão direita ficaram presas em uma máquina e, mesmo após a cirurgia, a mão dela nunca mais foi a mesma. Eu ainda estava no fundamental e não havia ninguém para me pegar na escola. Todas as outras crianças já haviam ido embora até que a sra. Martinez, nossa vizinha do lado, veio me buscar, explicando que Buela havia sido levada em uma ambulância para o hospital. Fiquei assustada para caramba, porque a vida inteira havia ouvido Buela dizer o quanto ambulâncias são caras e que ela preferiria chamar um táxi do que ter que pegar uma; então, eu sabia que o que quer que tivesse acontecido com ela devia ter sido sério.

Quando Buela finalmente ligou do hospital, tentou fazer com que sua voz parecesse normal e fingir que nada de mais havia acontecido, ainda que o acidente tenha sido sério o suficiente para ela voltar para casa com o braço enfaixado e os dedos cheio de pontos, e ainda que ela nunca mais tenha tido a mesma capacidade trabalhando como costureira. Agora, minha mente me faz pensar em cenários mais assustadores: a mão dela está lhe causando dor; ela está doente, muito doente, e não quer me contar a verdade. Tenho medo da resposta dela. Sei que parece egoísta, mas a primeira coisa que penso é: o que vou fazer sem Buela? Ela é como a minha espinha dorsal, a única mão capaz de tirar as rugas de preocupação de minhas sobrancelhas, os braços que me seguravam quando sentia que estava prestes a ter um colapso. Não consigo imaginar a vida sem ela. Meu rosto deve estampar meus pensamentos.

— Estou bem, *m'ija*. É só uma consulta rápida, de rotina. Nada que você deva se preocupar. — Ela acaricia o meu braço. — Fiquei preocupada porque você estava atrasada e o Júlio ligou. Você sabe como fico nervosa quando falo com ele.

Quero fazer mais perguntas sobre a consulta com o médico, mas ouvir o nome de Júlio faz com que pausemos a conversa. Meu pai é um ativista, um grande organizador da comunidade que faz reuniões mensais e dá aulas na sua barbearia em San Juan e, por isso, está ocupado com frequência. Ainda assim, ele ligou duas vezes nas duas últimas semanas. Mas tenho evitado as suas ligações devido ao modo como ele foi embora no verão passado.

Ela deixa os braços caírem e vou até a sala de estar, onde Nenezinha está dançando ao som de *Bubble Guppies* na televisão. Ainda estou abalada pela forma como Buela falou, pela notícia de que ela tinha outra consulta com o médico e de que Júlio ligou novamente.

— Você tem que ligar para o seu pai, *nena*. Sabe como ele fica quando você demora para retornar as ligações.

— Mas ele não ligou para mim. Ele ligou para você. — Mordo minha língua ao ouvir quão chorosa minha voz soa, mas Buela não ignora esse fato.

— Não comece a falar nesse tom, Emoni. Ele liga para mim porque é meu filho. E ele pediu para que você ligasse para ele. Agora, você liga porque é filha dele.

Eu me abaixo na frente da minha filha.

— Ei, Nenezinha, vem dar um abraço na mamãe. Não se preocupe, quando você crescer, vou ligar para você e você vai me ligar, ninguém vai agir como se fosse o dono do mundo. — Mantenho minha voz leve e alegre, esticando meus braços na direção dela. Ela rapidamente vem na minha direção.

Meu pai não é uma má pessoa. Ele ajuda muita gente. Tem sempre livros infantis em sua barbearia para encorajar as crianças da comunidade a ler. Ele constantemente convida palestrantes para discursar sobre os direitos dos porto-riquenhos e as preocupações da comunidade e, quando engravidei da Nenezinha, ele começou uma campanha de doação de alimentos para ajudar mães solteiras. Mas os gostos dele me confundem. Ainda que angarie dinheiro para as causas dele, nunca nos envia nada. Ainda que cuide da comunidade, a família não recebe o mesmo tratamento. É como se a melhor parte dele fosse reservada para estranhos. Isso me embaralha todinha, como quando a gente não mistura a massa direito e umas pelotas ficam assando embaixo da superfície.

Eu me forço a respirar fundo. Nenezinha emana um cheiro de bebê e sabão, mas seu rosto tem um leve odor de leite velho. Pego um lenço do saco de bebê e limpo a bochecha dela. Eu a solto para que ela possa continuar dançando. Minhas mãos passeiam pelas almofadas e pelo plástico da cobertura do sofá enquanto tento manter as emoções sob controle. Olho na direção da porta da sala, onde Buela está parada com os braços cruzados.

Pensar no Júlio faz a minha pele coçar. Ele me faz querer gritar; faz a minha garganta se fechar. Amo o meu pai, mas pode ser que eu seja alérgica a ele.

Não digo nada para Buela e, após um longo momento, ela pega a bolsa pendurada no bengaleiro perto da porta.

— A pequena comeu um lanchinho, mas pode ser que em breve sinta fome de novo. Não precisa guardar janta para mim. Vou comer alguma coisa depois da minha consulta. *Te quiero, nena.*

— *Te quiero también,* Buela — sussurro para a porta fechada.

Júlio, oh, Júlio

— Hola, Emoni. Como vai você? Finalmente você ligou para o seu pai.

Sei que Júlio está na barbearia. Consigo ouvir o zunido das lâminas e o barulho de fundo dos homens crescidos conversando. Consigo imaginá-lo, a cabeça inclinada para o lado para que possa segurar o celular na orelha usando o ombro, seus dreadlocks longos em um rabo de cavalo baixo nas costas enquanto ele esculpe a linha do cabelo de um cliente em um ângulo perfeito.

— Estou bem, Júlio. Como você está?

Bzz, bzz, bzz.

— Você sabe que eu estou sempre bem. *Aquí*, ocupado, ocupado. Sua avó me contou que você está fazendo aula de culinária na escola. E que você vai para a Espanha. É verdade?

Buela. Ela ficou me perturbando para que eu ligasse para meu pai, mas já contou tudo a ele.

— Só se eu conseguir pagar.

— Hmm. E por que Espanha? Se eles querem que você aprenda a cozinhar comida de verdade, eles deveriam trazer você aqui.

Meu pai é um grande fã da ilha. E não é muito fã da Europa. Tem muitas opiniões sobre o modo que eles trataram a América Latina e o Caribe quando estavam no poder e acredita que eles (e os Estados Unidos) são a única razão pela qual muitos desses países têm problemas agora. E para o caso de eu me esquecer como ele se sente a respeito disso, ele nunca hesita em começar uma das suas aulas de História.

— Você sabe que não é porque eles eram *un poder colonial* que eles são o centro do mundo, certo, Emoni? O que foi que eu sempre disse para você? Tenha orgulho de quem você é para que você não tenha que imitar ou reverenciar o opressor.

Ai, caramba. Júlio desliga o barbeador, o que me indica que, se eu não falar alguma coisa agora, ficarei no telefone durante uma hora ouvindo um discurso sobre como somos ensinados a idolatrar super-poderes internacionais.

— Júlio, não acho que vamos para a Espanha por eles terem sido uma potência colonial. Acho que é porque o meu professor gosta muito da culinária espanhola.

— Pfff. Tudo que eles sabem fazer lá aprenderam aqui.

Não tudo, provavelmente. Tenho certeza de que *houve* uma troca de tradições gastronômicas, em especial no que tange aos temperos, mas duvido que *todos* os pratos tenham surgido em Porto Rico antes de ir para lá. A maioria das crenças do meu pai são baseadas em fatos verdadeiros que, de vez em quando, são temperados com hipérboles.

Ele deve ter percebido que não vou respondê-lo porque, após um breve instante, muda de assunto.

— Como está a minha pequenininha?

Eu descrevo o dia a dia da Nenezinha, as novas palavras que ela está aprendendo. Júlio faz um resumo da biografia de Roberto Clemente que leu recentemente. Quando ele diz que precisa desligar, tenho certeza de que já cortou dois cabelos e está começando o terceiro. Mas, ainda assim, quando desligamos, nenhum de nós diz eu te amo. Nenhum de nós diz que sente saudade. Nenhum de nós diz "venha morar aqui, comigo". Ele não diz "sinto muito por ter ido embora". E eu não digo "estou muito brava porque você se foi".

Faculdade

— Certo, pessoal. Sei que temos falado sobre as faculdades para as quais vocês pretendem prestar, e eu vou andar pela sala para conversar com cada um de vocês a respeito de suas escolhas. Enquanto estiver esperando, preencha o formulário à sua frente com cursos diferentes, oportunidades de emprego e áreas para considerar.

Aceno com a cabeça para Malachi, que entra atrasado na aula. Antes de nos separarmos no trem, ele salvou o número dele no meu celular. Depois de falar com Júlio, enviei uma mensagem para ele para avisar que cheguei bem em casa, mas ele demorou uma hora para responder, e aí eu fui fazer o jantar, depois tive que dar banho na Nenezinha para colocá-la na cama e, por fim, mergulhei direto nas lições de casa. Não consegui arrumar tempo para responder à mensagem dele. Foi muito legal tomarmos a granita juntos, mas a reação da Buela ao meu atraso veio como um lembrete de que não tenho tempo para desperdiçar flertando e jogando conversa fora.

Encaro o questionário da srta. Fuentes, preenchendo com respostas a respeito do meu temperamento, a minha escala de trabalho ideal, salário desejado e experiência. Estou na terceira página quando ela se senta na mesa vazia à minha frente.

— Ei, srta. Santiago. No que você está pensando?

Dou de ombros.

— Sei que já falamos um pouco a respeito disso, mas a orientadora educacional diz que as minhas notas escolares "deixam muito a desejar". Ela acha que a maioria das faculdades que eu estava olhando aqui na cidade seriam bem difíceis de entrar. Estou me perguntando se faria mais sentido conseguir um bom emprego após o ensino médio e focar nisso em vez de pensar em me inscrever nas faculdades de fora da cidade.

— Por causa da Emma?

Hesito por um instante, porque dizer que Nenezinha é o motivo para essa escolha seria muito mais fácil. Mas não sei se isso é totalmente verdade.

— Não posso pedir para que a minha avó tome conta da Nenezinha para sempre. Não *quero* que a minha avó faça isso. Quero poder tomar conta dela, e a única coisa que gostaria de estudar é Arte Culinária, mas por que tentar aprender isso em uma faculdade quando eu poderia aprender em um restaurante de verdade, ganhando dinheiro em vez de gastando?

Percebo que a srta. Fuentes não gosta dessa resposta. Ela franze o cenho com tanta força que suas sobrancelhas se encontram no meio.

— Não acha que seria melhor para sua família, a longo prazo, se você tivesse um diploma da faculdade? Assim, se ser cozinheira não der certo, você teria outras opções. Eu só quero que você construa algo para si mesma — diz ela.

Comprimo os lábios. Amo a srta. Fuentes, mas, às vezes, ela fala coisas muito idiotas.

— Acho que há muitas formas de "construir algo para si mesmo" e, ainda assim, dar suporte para a família. A faculdade não é a única opção.

Ela concorda.

— É claro. Desculpa se o que eu disse soou errado. Eu só quero que você não desista de tentar a faculdade porque assim, quando abril chegar, ao menos você tem a opção de decidir fazer outra coisa. Ao menos assim, terá escolhas. E, quem sabe? Pode ser que o seu pensamento a respeito da faculdade mude em alguns meses.

Olho para a srta. Fuentes. Ela é nova, talvez no começo dos trinta, ao contrário de muitas outras professoras na escola. E ela é antenada em muitas coisas, como moda e música, mas não tem filhos. Ela não tem uma avó que passou os últimos trinta e cinco anos de sua vida criando um filho e, depois, a filha desse filho e, agora, a filha da filha desse filho. Não, a srta. Fuentes tem um emprego do qual ela parece gostar, consegue pagar por perfumes legais, roupas bonitas, ir à manicure e dar conselhos para quem não perguntou nada.

Não digo à srta. Fuentes que simplesmente não acho que estudar mais seja a solução para mim. Que prefiro guardar meu dinheiro para que a minha filha vá para a faculdade quando for mais velha. Que quando penso nas minhas esperanças e sonhos, não acho que possa alcançá-los em uma sala de aula. Que, se os meus sonhos e esperanças parecem estar tão fora do meu alcance que tenho que piscar repetidamente para conseguir vê-los, então, como posso correr atrás deles?

Evoluindo

— Angélica, isso está incrível. — Olho para o *mock-up* da capa de álbum que ela criou para um rapper que se formou ano passado. Ele tem uma *mixtape* que será lançada em um mês e todo mundo na Schomburg sabe que, se você precisa que alguém crie a arte para um projeto, Angélica é a pessoa a quem recorrer. Ela tem esse trabalho paralelo há anos, e é uma das formas que arranjou de conseguir se vestir como se estivesse em seu próprio *reality show*. O sanduíche de pasta de amendoim de Angélica está na metade do caminho até a sua boca.

— Você gostou? Foi um trabalhinho tranquilo. Ele não tinha um orçamento muito grande para investir.

Balanço a cabeça. O "trabalhinho tranquilo" da Angélica é algo que a maioria das pessoas mandaria emoldurar. A capa mostra o rapper desenhado à mão; o contorno da cidade atrás dele, feito a lápis, termina em um loop elegante em que se lê o nome do álbum. Essa arte está boa demais para ser usada somente em uma *mixtape*. Por um momento, sinto um aperto na garganta. Angélica ainda será muito grande um dia. Ela será aquela pessoa a quem todos os famosos recorrem quando querem uma arte. E fico muito, muito feliz por ela. Mas eu continuarei aqui, deixada para trás.

Eu me forço a sorrir.

— Se você não conseguir uma bolsa de estudos completa, vou brigar com o comitê de admissão. O seu portfólio deve ser cem vezes melhor do que dos outros concorrentes.

Ela dá de ombros e morde o sanduíche.

— Assim esperamos, amiga.

Misturo shoyu, ketchup e um pacotinho de açúcar, tentando fazer um molho de barbecue coreano para os nuggets de frango.

Angélica coloca a mão dela na minha.

— Pare de brincar com a sua comida, Emoni. Você só brinca com a comida quando está chateada. O que houve?

Agora é a minha vez de dar de ombros.

— Acho que muitas coisas. Meu pai ligou ontem à noite e, ainda que a nossa conversa tenha sido bem longa, sei lá, ainda estou brava com ele. Buela tem ido ao médico com frequência e diz que não é nada, mas não acredito nela; ela não me olha nos olhos quando diz isso. E não sei o que fazer em relação à faculdade. — Eu não menciono o misto de sentimentos que tenho a respeito de Malachi.

— Hmm, tem muita coisa acontecendo. Espero que a *Abuela* Glória esteja bem. Talvez as consultas dela sejam só exames de rotina ou algo assim? O que a srta. Fuentes falou com vocês sobre faculdades? O sr. Goldberg falou sem parar das candidaturas para a faculdade e sobre como teremos que entregá-las em breve. Meu Deus, não estamos nem em novembro ainda.

— Sim, mas semana que vem já é o meio de outubro. Antes que você perceba, já será dezembro, quando os prazos acabam — digo. Tenho todas as datas-limite anotadas no meu calendário mental; eu só não sei o que fazer com elas.

— Do que você vai se fantasiar no Halloween? — Angélica pergunta, terminando o sanduíche.

— Hein? — Dou risada. Ela sempre foi assim. Com grande habilidade de pular de um assunto para o outro e capaz de saber exatamente quando falar de outra coisa comigo. Mas sei que ela também está tentando tirar minha cabeça dos problemas que nenhuma de nós consegue consertar. — Em que dia da semana cai esse ano?

— Uma quinta-feira — diz Angélica, checando o calendário do celular.

Eu assinto.

— Geralmente trabalho às quintas. Mas talvez eu deva começar a pensar na fantasia que colocarei na Nenezinha caso Buela queira levá-la para sair.

Angélica arregala os olhos.

— Nós devíamos fazer uma fantasia para ela! Seria tão fofo.

Dou risada de novo e como outro nugget de frango. O molho parece até um pouco mais doce.

Basura

No dia seguinte, sirvo meu prato na frente do Chef Ayden, que o vira de um lado para o outro. Eu espero que ele pegue o garfo e a faca.

— Jogue no lixo — diz ele, sem olhar para mim.

— P-perdão? — gaguejo. Será que ele está brincando? Olho ao redor na sala, mas nenhum dos outros estudantes olha para mim. Esstão todos em pé, esperando para apresentar os seus pratos, mas a nossa sala, em geral barulhenta, está surpreendentemente silenciosa. Malachi é a única pessoa que não finge estar fazendo outra coisa e suas sobrancelhas se franzem em confusão, demonstrando que também ficou surpreso com o comando do Chef.

— Jogue no lixo — repete o Chef, mas, dessa vez, olha diretamente nos meus olhos.

— O que há de errado com ele? — pergunto. Sei que meu maxilar deve demonstrar minha indignação. Não consigo acreditar que ele me diria para jogar fora um prato que nem ao menos experimentou!

— Não é a receita que eu dei para você. Não tem os mesmos ingredientes e os cortes estão errados.

— Está gostoso, bem-balanceada como você nos diz para fazer e a apresentação é impecável — defendo entredentes.

Chefe Ayden pega um garfo, espeta a comida e a coloca na boca. Fica quieto por um longo instante. Consigo perceber que ele *amou*. Está estampado em seu rosto. Ele balança a cabeça.

— Cominho, manjericão, orégano. — Seus olhos se arregalam. — Nenhum desses ingredientes estava na receita. Esse não é o mesmo prato. Não posso dar nota para algo que é mais sobre criatividade do que execução. Esse não era o objetivo da avaliação de hoje. Então, vou dizer novamente, jogue no lixo. — Ele abaixa o garfo.

Sinto meus olhos arderem, mas mordo o lábio e pego meu prato. Bato o prato de plástico na lateral do lixo e a comida escorrega para dentro. Com as mãos tremendo, desabotoo a minha jaqueta de chef, tiro o lenço.

Quando o sinal toca, espero até todos saírem. Malachi é o último estudante na sala além de mim, e ele toca no meu braço ao sair pela porta.

— Vem comigo, Santi. Deixa isso para lá.

Afasto a mão dele.

O Chef está atrás de sua longa mesa de metal, registrando as últimas notas no computador. Ele levanta lentamente a cabeça.

— Pois não, Emoni? Como posso ajudar?

Estou tão brava que sei que está estampado no meu rosto e não me importo se ele perceber.

— Por que você me fez fazer aquilo?

Parecendo responder ao meu tom, a voz dele se torna mais calma.

— Você não preparou o prato corretamente.

— E daí? Estava gostoso.

— Já falei para você antes, às vezes seguir instruções não é sobre aflorar a sua criatividade, é sobre demonstrar respeito. Você desconsidera todas as regras. Tudo bem fazer isso quando você é uma profissional. Mas quando você ainda está aprendendo, precisa seguir as regras antes de poder quebrá-las.

— Isso não faz sentido algum. E se as regras forem idiotas? E se aquela não fosse uma boa receita desde o começo? Por que eu deveria aprender a fazer bem uma receita ruim?

Ele balança a cabeça.

— Não se trata das minhas regras, Emoni. Ou das minhas receitas. Um cliente entra e pede por uma fraldinha malpassada. A que temperatura você tira a carne da grelha?

Paro para pensar.

— Já está queimando, Emoni. A carne está queimando porque você não consegue se lembrar da temperatura ou do tempo certo e, agora, o cliente está irritado porque a carne está dura e não irá mais voltar. E essa foi uma regra pequena, técnica. Imagina se um cliente for alérgico à pimenta caiena e ela não estiver listada nos ingredientes, mas você quiser *expressar a sua criatividade* no último minuto e agora o cliente estiver passando mal? Eu poderia citar mil cenários.

Ele me encara por mais um segundo e, então, volta a olhar para o computador. Não precisa me informar que estou dispensada.

Bato a porta atrás de mim, sabendo exatamente o quanto o Chef se irrita quando os alunos fazem isso. Não me importo. Depois de hoje, não acho que serei aluna dele por muito tempo.

Lar é onde

Falto a aula de Inglês pela primeira vez desde que estava no primeiro ano. Quando eu estava grávida, passei tanto tempo fora da escola que, depois, tentei ter o máximo de consciência a respeito das minhas faltas. Mas, faltando somente uma aula para o fim do período e com as mãos ainda tremendo após a aula de Arte Culinária, não consigo me sentar em uma sala de aula para tentar falar sobre como Baldwin retrata a religião e a raça em sua obra.

O inspetor provavelmente deveria me parar, mas, com tantos alunos do último ano constantemente deixando o prédio para consultas com médicos e entrevistas, ou porque não querem mais estar lá, o segurança mal olha na minha direção antes de acenar.

E, então, vou até a única pessoa que pode fazer com que eu me sinta melhor. A creche da Nenezinha não fica tão longe de casa e, em vez de pegar o ônibus ou o trem, caminho até lá, usando esse tempo para arejar a cabeça e chegar lá bem na hora de pegá-la. Espio pela janela na sala de aula dela. Ela está parada em frente a uma cozinha de brinquedo, mexendo uma grande colher de plástico. É uma das coisas mais fofas que já vi e, por algum motivo, começo a chorar. Não paro de olhar para ela nem mesmo quando sinto o cheiro suave de lavanda.

— Não enche o coração de felicidade? — Buela me pergunta. Eu deveria ter enviado uma mensagem para ela avisando que iria buscar Nenezinha hoje.

Concordo com a cabeça. Não preciso dizer nada. Ela provavelmente consegue ler na minha expressão facial.

— Você não vai me perguntar por que não estou na escola? — digo, finalmente.

Buela ainda está olhando Nenezinha pela janela.

— Em poucos meses você será uma adulta. Eu confio em você cuidando daquela criança, **tenho que confiar em você cuidando de si mesma.**

Ainda que a confiança dela devesse me fazer sentir melhor, sinto uma leve dor no peito. Parece que, a cada dia, Buela está se afastando um pouquinho, me dando controle não somente da vida da Nenezinha, mas também da minha. Sei que deveria amar essa liberdade, mas não acho que estou pronta para que todas as rédeas sejam cortadas. Será que ela não sabe que ainda preciso dela? Que ainda desejo que alguém analise as peças do quebra-cabeças da minha vida e me diga como montá-lo novamente?

Eu cresci

O fato é: esses professores se esquecem de que tenho que tomar decisões difíceis diariamente. Tenho feito isso há quase três anos e sei quando eles estão tentando me convencer a fazer algo que *eles* acham que é certo sem levarem em conta a minha situação. Tive que decidir se seria melhor amamentar ou desmamar Nenezinha cedo para que meu leite não ficasse pingando na sala de aula. Se deveria contar para meu pai como a ausência dele faz com que eu me sinta ou engolir e agradecer por, ao menos, ter um pai. Se seria seguro enviar minha filha para uma creche que não conheço ou se seria melhor tentar convencer Buela a criar uma criança mesmo estando cansada e tendo outras obrigações.

Se eu deveria ou não ter o bebê.

E essa foi talvez a decisão mais difícil que já tive que tomar. Ninguém tinha as respostas certas; ninguém sabia se eu conseguiria ser mãe ou se deveria dar o bebê para adoção. Se eu deveria ter abortado. Apesar de todos os seus defeitos, Tyrone nunca me empurrou em nenhuma direção. Os pais dele queriam que eu tirasse o bebê, mas Tyrone me disse que quem deveria decidir era eu. Buela chorou na noite em que contei que estava grávida, soluços grandes e silenciosos, e sei que foi em partes por mim e em partes por ela – Buela achou que já havia criado a sua última criança.

— Emoni, *pregúntate*, você está pronta? Se você tiver essa criança, sua vida não será mais só sua. Cada decisão que você tomar deverá incluir essa criança. Você não poderá mais ser egoísta; não poderá colocar as suas vontades acima das do bebê. Esta é a última vez que alguém vai perguntar o que *você* quer antes de perguntar o que o seu bebê precisa. *Piénsalo bien.*

Buela é católica não praticante. Ela acredita nos ensinamentos de Deus, mas não empurra sua religião para as pessoas. Nós íamos para a igreja aos domingos, mas ela não me forçou a fazer comunhão ou crisma. E não me forçou a ter a bebê. Ela apenas segurou minha mão e me falou para pensar no que aquilo significaria. Eu tinha quatorze anos; não fazia ideia do que aquilo significaria.

Júlio ficou em silêncio quando eu lhe contei, no telefone. Por fim, ele me pediu para falar com Buela, e ela levou o telefone para o quarto dela. Nós nunca mais falamos a respeito da minha gravidez. Ele não perguntou se eu ficaria com a criança ou não.

Fui para a clínica gratuita. Me sentei na cadeira de plástico. A minha barriga não estava grande ainda, os pés não estavam inchados, ninguém chutando dentro de mim para me lembrar de sua presença. Eu não tinha nada além de um teste de gravidez e a menstruação atrasada como evidência de um bebê. As enfermeiras na clínica foram muito legais. A médica me tratou como adulta e me explicou todas as opções, todos os riscos, todos os procedimentos. Ela não me empurrou para nenhuma direção e não ficou com dó de mim.

E a única pergunta que eu me fazia a todo instante era "Será que eu dou conta?", e então percebi que não havia uma resposta perfeita, somente a resposta certa para mim.

Temporada de furacão

Buela está assistindo ao noticiário antes de o jogo do domingo à noite começar, enquanto eu estudo para o teste do ServSafe que farei essa semana. Nenezinha deve voltar em uma hora e mal posso esperar para abraçá-la. Ao longo do final de semana, Tyrone me enviou fotos dela e me atualizou de tudo, e me parece que enfim estamos encontrando um ritmo durante essas visitas.

Quando ouço Buela arfando suavemente, olho para a televisão, imaginando que veria que um de seus jogadores favoritos estava machucado. Mas, em vez disso, vejo a previsão do tempo, e a imagem das nuvens em espiral no sul faz meu peito estremecer. Buela e eu sabemos o que tempestades significam na Carolina do Norte e, especialmente, em Porto Rico. Pouco tempo atrás, um furacão atingiu a ilha e causou a maior destruição que já havíamos visto.

Naquela vez, não tivemos notícias de Júlio durante três semanas.

Buela mal conseguiu comer e eu dormi apenas algumas poucas horas durante a noite. Ficamos tentando ligar para o celular dele e entrar em contato com linhas diretas para saber se alguém tinha notícias dele. Mas não havia nenhuma novidade. Eu passei dias tentando falar com pessoas no bairro dele apenas para ser informada de que ninguém tinha notícias a seu respeito. Tive mais medo durante aquelas semanas do que quando entrei em trabalho de parto. E eu fiquei bem assustada nesse momento, já que minha mãe não sobreviveu ao trabalho de parto. Mas o medo que você sente pela vida dos outros sempre ofusca aquele que você sente pela sua própria vida.

E agora, quando eles mal conseguiram se reerguer, aparentemente mais uma tempestade se aproxima.

— Você retornou a última ligação do seu pai?

Afirmo com a cabeça. E graças a Deus eu liguei para ele na quarta--feira passada, ainda que aquela ligação tenha sido tensa. Mesmo me sentido ferida, ignoro meus sentimentos, guardando-os em um cantinho em meu coração. Nesse momento, eles não importam.

— Emoni! Duas vezes na mesma semana, deve ser meu aniversário.

Já estou falando antes que ele termine a frase.

— Júlio, tem uma tempestade se formando perto de vocês. Você viu? Deve chegar aí em uma semana.

Espero que ele dê de ombros, como geralmente faz sempre que há uma tempestade. Ele sempre faz questão de dizer que nada nem ninguém fará com que ele saia da ilha, mas há uma pequena pausa após a minha pergunta, como se Júlio estivesse tentando achar as palavras certas para me responder.

— Eu vi, claro que vi, Emoni. Estamos guardando provisões na loja e checando os geradores para ter certeza de que estão funcionando, caso fiquemos sem energia. O *barrio* tem um plano e eu estou verificando se todos estão seguros.

Então, ambos ficamos quietos, porque não sei como dizer que ele deveria sair do caminho do perigo. E não acho que ele saiba como dizer essas palavras, também.

Buela nos salva.

— Pergunte ao Júlio se ele vai vir para cá. Temos que arranjar um voo para ele. Estão dizendo que esse furacão será horrível.

Ele deve ter ouvido o que ela disse, porque responde à questão antes mesmo de eu repeti-la.

— Diga para a *mami* que não vou sair do meu lar. É aqui que nasci. É aqui que vivo. É aqui que irei morrer, quando Deus decidir que é chegada a minha hora. Você tem que lutar pela sua terra; não pode fugir só porque tem a oportunidade. A comunidade precisa de tantas pessoas organizando quanto for possível.

Concordo com a cabeça, ainda que ele não possa me ver. E nós ficamos assim, parados, por um tempo, ouvindo a respiração um do outro.

Parte dois:
O Saboroso

A RECEITA
"Não adianta chorar sobre leite de morango derramado" da EMONI

Serve: O ego quando você está cheia de arrependimentos.

Ingredientes:

Todos os morangos que você puder encontrar
Água o suficiente para cobrir o açúcar
Um copo e meio de leite integral
Três gotas de extrato de baunilha do Caribe com infusão de menta

Instruções:

1. Em uma panela, aqueça os morangos, a água e o açúcar até levantar fervura. A água começará a evaporar e a mistura irá engrossar até adquirir a consistência de geleia. Mantenha no fogão pela duração de três músicas da Cardi B.
2. Coe a mistura para que os morangos cozidos sejam separados do xarope restante. Deixe o xarope esfriar.
3. Sirva um copo grande de leite e adicione o equivalente a três pequenas porções de xarope no leite; acrescente também a baunilha com infusão. Mexa até que o leite adquira uma coloração rosa homogênea.

*Melhor consumir enquanto estiver brincando de esconde-esconde com sua filha e ouvindo aos principais hits da Rihanna.

Faltas

Não vou para a aula de Arte Culinária na segunda-feira seguinte. Em vez disso, me enfio sorrateiramente na biblioteca, usando a entrada dos fundos. A biblioteca é boa e tranquila e os professores raramente vão até ali procurar pelos estudantes.

Também não vou para a aula quando terça-feira à tarde chega. Malachi dá um jeito de me enviar uma mensagem escondida para perguntar onde estou. Respondo com um emoji sorridente, mas nada além. Na manhã seguinte, durante a aula de orientação, ele me lança olhares questionadores, mas balanço a cabeça, e ele por fim desiste de me perguntar sobre aula e então falamos de outras coisas. Passo a semana inteira na biblioteca, fazendo trabalhos e ignorando as faltas que estou acumulando. Em algum momento a srta. Fuentes receberá um comunicado de que uma de suas alunas não está frequentando as aulas. Sei que dessa forma estou configurando os moldes do meu próprio fracasso na matéria. Mas, apesar de eu não querer voltar nunca mais para a aula de Arte Culinária, também não consigo me forçar a desistir dela completamente. E parece que ela também não está pronta para desistir de mim; na verdade, ela vem me confrontar na Burger Joint.

Ding. Ding. Ding.

Eu me movo na linha de montagem e pego o hambúrguer e as batatas fritas do pedido, equilibrando-os em uma bandeja antes de entregá-lo à minha cliente. Ela me deseja um bom-dia e sai, e o próximo cliente se aproxima. Puxo minha viseira para ficar mais apertada em volta do meu rabo de cavalo e olho para cima.

Malachi. É sexta-feira à tarde, e eu perdi uma semana inteira de aula de Arte Culinária. Também respondi às mensagens dele com monossílabos ou emojis. Ele pergunta repetidamente se irei voltar para a aula e se estou bem e, honestamente, não sei a resposta para nenhuma dessas perguntas, então é mais fácil deixar tudo mais leve e simples com memes e trechos de música.

Mas agora Malachi está aqui, na Burger Joint, com a Leslie Perfeitinha ao seu lado. Se ele está surpreso em me ver, não demonstra, mas ela sorri, seus lábios pintados de vermelho como uma cortina se abrindo acima de seus dentes. Já consigo imaginá-la me cumprimentando com uma voz de apresentador de circo. *Tcharam! Cá estou para tentar envergonhar você de novo, sua vaca!*

— Emoni — diz ela como se fôssemos velhas amigas, fazendo com que a sílaba final dure três segundos. — E aí, garoooota. — Ela pisca seus longos cílios postiços para mim e sinto vontade de arrancar cada um deles.

— Bem-vindos à Burger Joint. Qual é o seu pedido? — Pergunto para eles, usando o mesmo tom que uso para todos os clientes.

Sei que Malachi merece mais do que isso, mas simplesmente não tenho energia o suficiente para fingir ser legal com a Leslie Perfeitinha ou para me perguntar por que ele está aqui com ela, afinal de contas.

— Quero um número dois, queijo extra, picles separados, batatas extra crocantes e molho barbecue. Ah, e uma daquelas tortinhas de maçã. Elas são tão boas... talvez eu devesse pedir sorvete para acompanhar. —Leslie Perfeitinha tamborila no balcão com uma unha longa e vermelha, da mesma cor que seu batom borrado. Registro o pedido e espero até que ela se decida. Não consigo entender se ela realmente quer o sorvete ou se está fazendo referência ao meu encontro com Malachi. — Não, sem sorvete. Já tá mais do que bom sem sorvete.

Ergo uma sobrancelha para Malachi, mas não digo nada.

— Eu quero um número cinco e um copo de água da casa.

Registro o pedido dele.

— Vão pagar juntos ou separados?

Leslie Perfeitinha ri.

— Juntos. Ah, Emoni. Deve ser tão legal trabalhar com comida mesmo que você tenha desistido da aula. Tenho certeza de que você deve aprender muito aqui.

Malachi ergue uma sobrancelha para ela e vai na direção da parede mais longe, mas ela não se mexe.

Sorrio para a Leslie Perfeitinha.

— Agradeço a sua preocupação. Quando o pedido estiver pronto, vão entregar ali. — Aponto para o balcão em que os pedidos são entregues.

Ela se afasta, certificando-se de que eu veja o sorriso em seu rosto.

— Emoni, pare de confraternizar com os clientes. Mesmo que eles sejam seus amigos da escola — diz Steve atrás de mim. Suspiro e olho para o próximo cliente.

— Bem-vindo à Burger Joint. Qual é o seu pedido?

Perdão

Buela está assistindo à televisão no sofá quando chego em casa. Deixo a minha mochila no cabideiro, dou um beijo na testa dela e vou para o quarto. Nenezinha está no berço, já dormindo. Os pés se esticam até a ponta e a cabeça quase encosta na cabeceira. Pior ainda, recentemente ela tem conseguido erguer quase metade do corpo acima da grade e eu sei que, em breve, ela conseguirá sair sozinha. Lanço um olhar pelo quarto. Não sei como iremos conseguir colocar outra cama aqui, mas teremos que pensar nisso em breve. Talvez eu possa mover a minha cama e arranjar os móveis na diagonal. Tiro os cabelos escuros dela da testa antes de dar um beijo em cada sobrancelha.

Tecnicamente, esse final de semana era de Tyrone, mas ele e sua família viajaram para um funeral e não me senti confortável com a ideia de levarem Nenezinha, então trocamos a visita desse final de semana para o próximo.

Estou tão feliz por ela estar em casa comigo.

Quando volto para a sala de estar, Buela dá palmadinhas no assento do sofá ao lado de onde está sentada.

— Como foi o seu dia, *nena*?

— Longo. O ônibus atrasou, senão eu teria tido tempo de chegar em casa para colocá-la na cama. Obrigada por ter feito isso. Ela estava bem?

— Estava tranquila.

Concordo e fecho os olhos.

— Seu pai ligou. — Ela levanta a mão antes que eu possa falar qualquer coisa. — Eu sei. Eu sei, ele pode simplesmente ligar no seu celular. Falei isso para ele, mas ele diz que você que é a filha, etc.

Dou risada e abro os olhos.

— Aquele cara é hilário. Quem ele acha que é?

Buela ergue uma sobrancelha.

— O seu pai. E você sabe que o cérebro dele deve estar disperso por estar lidando com a tempestade por vir.

Eu concordo. Buela e eu não temos a mesma visão no que tange ao meu pai, mas, nesse momento, sei que ela está certa.

— Emoni, *yo sé*, você tem muito ressentimento em relação a ele. Você não pode manter essa raiva dentro de você.

— Vou ligar para ele mais tarde e ver se não precisa de nada.

Mas, quando pego meu celular, é para ligar para Angélica.

— Oi, Gelly. Vou ao supermercado amanhã. Essa é a sua última oportunidade de mudar o cardápio.

Planejei o jantar dela durante semanas e amanhã poderei colocar os planos em prática. Gelly deixou no nosso armário o dinheiro que preciso para comprar os ingredientes, e eu preparei uma surpresa. Ela nem imagina o que é.

— Não quero mudar nada. Só quero que seja bem chique. Com certeza você está aprendendo algo assim na aula.

Não contei para ela ainda. Não contei para ela nem para Buela que eu parei de frequentar as aulas.

— Pode deixar.

— Ótimo. Já comecei a planejar a fantasia de Halloween da Nenezinha, então ficaremos quites.

— Angélica, sempre estaremos quites. Ninguém deve nada para ninguém aqui.

Não preciso ver o sorriso dela para saber que está lá.

Irmandade

Quando a minha barriga começou a denunciar que havia um bebê lá dentro, as pessoas na escola e no nosso bairro começaram a falar merda. (Sei que deveria maneirar os xingamentos, mas a verdade é que não há outro jeito de dizer isso.) Já tivemos outras meninas grávidas na escola antes, mas era como se eu fosse novidade. Talvez pelo fato de ser nova e pequena e, ao fim do primeiro ano, parecer que uma bola de basquete estava tentando escapar da minha barriga. Talvez porque as pessoas achassem que eu era esnobe, já que era mais na minha. Talvez porque, ainda que Tyrone não frequente a nossa escola, a maioria das meninas na Schomburg Charter o conheciam ou já haviam ouvido falar dele e ninguém conseguia entender por que ele havia escolhido ficar comigo.

Os comentários sarcásticos e as conversas pelas minhas costas estavam acontecendo antes de a Angélica sair do armário; quando todos os meninos do time de futebol tentavam ficar com ela e todas as meninas queriam se sentar com ela na hora do almoço. Achei que ela fosse começar a falar merda também, porque me parecia que era assim que as coisas seriam, mesmo que tivéssemos sido amigas desde sempre. Mas, se éramos próximas antes, nos tornamos ainda mais próximas depois. Angélica? Ela fez com que toda aquela confusão parasse. Cada vez que ouvia pessoas sussurrando e falando sobre mim, ela encarava. Se algum cara fizesse um comentário sobre eu ser fácil, ela o xingava e nunca mais falava com a pessoa.

Quando ela me contou que era lésbica, perguntei se ela tinha uma queda por mim. Se era por esse motivo que ela tinha me defendido com tanto afinco.

— Credo, não — disse ela, o rosto se contorcendo como se tivesse sentido cheiro de leite estragado há uma semana. — Isso seria tipo incesto ou algo assim. Você tem uma queda por todo mundo que defende ou de quem é amiga?

Aprendi muito sobre o significado de ser uma amiga verdadeira; de proteger alguém e de entender como era se colocar no lugar de outra pessoa. Quando ela saiu do armário no ano seguinte, eu a apoiei da mesma forma que tinha me apoiado. Andava ao lado dela quando as pessoas cobriam o rosto com as mãos para poder cochichar. Me certificava de chegar no nosso armário todo dia antes dela para tirar todos os recados feios que os outros alunos colocavam lá.

Quando as pessoas tiveram a audácia de nos perguntar se éramos namoradas, segurei fortemente a mão dela, do mesmo modo que ela tinha segurado a minha quando eu estava grávida e assustada, e andamos juntas pelos corredores. Todos aprenderam rapidamente que, se tivessem um problema com Angélica, tinham um problema comigo também. Se tinham um problema comigo, teriam que encarar a nós duas.

E não é esse o significado de ser irmã? Ajudar a reerguer a outra quando ela está aos pedaços?

Convites

— Alô, Santi?

Levanto uma sobrancelha e encaro o celular. Não costumo atender ligações de números desconhecidos, mas estava tão ocupada organizando as compras para o jantar de Angélica que levei o telefone à orelha sem pensar.

— Malachi?

A risada que ele dá depois não se parece com a que normalmente usa, mais suave, e me pergunto se ele está nervoso. Por algum motivo, sinto-me amolecer ao pensar em Malachi discando ansiosamente o meu número.

Lanço um olhar ao redor da cozinha, sabendo que é o lugar mais privado no apartamento, a não ser que eu queira me esconder no banheiro. Puxo a cadeira pequena no canto da mesa e me sento.

— Que número é esse?

— É o número da casa da minha tia. Meu celular está dando problema e eu queria falar com você.

Ah. Eu me pergunto se teria atendido se soubesse que era o Malachi. Me lembro da expressão dele na Burger Joint, quando a Leslie Perfeitinha ficou me provocando.

— O que foi, Malachi?

Há uma longa pausa do outro lado da linha.

— Só queria me desculpar por ontem. Pela Leslie. Ela estava fora dos limites. Eu não queria deixar você desconfortável.

— Não tem problema. Não me sinto desconfortável em trabalhar, seja em um lugar que vende comida ou em outro lugar. Já tive muitas coisas das quais me envergonhar e aprendi que a maioria delas é problema das pessoas, não meu.

Ambos ficamos quietos por um momento. Não era isso que eu queria dizer. Por algum motivo, sempre digo mais do que deveria quando Malachi está ouvindo.

Ele pigarreia.

— Eu queria ver você. Será que podemos conversar?

— O que foi, a Leslie Perfeitinha está ocupada? — Assim que digo essas palavras, sinto vontade de morder a minha língua. Não é do meu interesse o que ele faz com a Leslie Perfeitinha. Eu não deveria tê-la mencionado. Viu? Minha boca por aí, percorrendo quilômetros e quilômetros e achando que pode correr por conta própria.

Malachi fica em silêncio por um longo momento. Quando ele fala, sua voz se assemelha àquela que eu estava familiarizada pela primeira vez durante a conversa.

— O que foi, está com ciúmes? Achei que não éramos nem amigos.

— Não, eu não deveria ter dito nada. Só não quero que você ache que pode ficar por aí fazendo malabarismo de meninas. Se você está tentando algo com ela, espero que não esteja tentando algo comigo também.

— Não é assim que me sinto. Não estou fazendo malabarismo com ninguém. Não sei por que a Leslie age daquele jeito perto de você, mas ela é diferente comigo. Ela é minha amiga. É só isso.

Balanço a cabeça. Os homens podem ser tão ingênuos, às vezes.

— Pode ser que seja só isso para você, mas conheço a Leslie Perfeitinha desde o ensino fundamental. Ela não é legal com as pessoas sem motivo. Ela gosta de você.

Malachi suspira.

— E eu gosto dela. Como amiga. Ela já passou por muita coisa na vida e acho que nos identificamos, mas não estou tentando ficar com ela nem nada do tipo. Então, posso? Sair com você, digo.

Há muito mais coisas que eu quero perguntar sobre o relacionamento dele com a Leslie Perfeitinha. Será que ela passou mesmo por muita coisa na vida? A cada vez que a vejo, ela está fazendo beicinho e jogando a franja de um lado para o outro, e parece que a única preocupação que tem é qual será a próxima cor de suas unhas. Mas, apesar dos meus pensamentos, respondo:

— Estou em casa com minha filha e minha avó o dia todo. Cozinhando para um evento esta noite.

— Talvez eu possa ir até aí e ajudar? Todo mundo precisa de um ajudante de cozinha, não é mesmo, Chef Santi?

Sous chef

— *Entonces*, esse Malachi da escola, o que você sabe a respeito dele? — pergunta Buela. Ela está na pia da cozinha lavando os pratos do almoço enquanto dou as últimas colheradas da comida para Nenezinha. E quando digo que dou as colheradas, quero dizer que estou tentando fazer com que ela pare de brincar com os grãos de arroz em sua tigela e os coloque dentro da boca, onde espero que ao menos parte seja engolido em vez de cuspido de volta formando um mosaico em seu prato.

— Sei que ele mora em Oxford Circle com a tia dele. E que é originalmente de Nova Jersey. Ele está no último ano, assim como eu, e foi transferido mês passado. Sei que ele tem um bom senso de humor.

— Ele é uma boa pessoa? — Buela desliga a água e seca o último dos pratos antes de dobrar a toalha em cima da pia.

Nenezinha desvia de outra colherada de comida.

— Sim, ele é uma boa pessoa. Muito educado.

Ela assente.

— Então vocês estão namorando?

Eu quase derrubo a colher.

— Não, Buela! Meu Deus, somos só amigos. Nem mesmo isso. Colegas de classe. Quando você me viu sair com outra pessoa depois do Tyrone?

Buela está de costas para mim, mas está completamente ereta.

— Ok. Só acho que a bebê Emma é pequena demais para que você comece a trazer mais meninos por aqui.

Pouso a colher. Mesmo depois do que eu disse para Malachi sobre vergonha, as palavras de Buela vêm como um tapa. Engulo em seco e mantenho minha voz suave e neutra ao dizer:

— Não estou trazendo mais meninos por aqui. Ele só vai me ajudar a fazer esse jantar da Angélica e da Laura. Nem sei se vou apresentar a Nenezinha para ele.

Buela concorda e me entrega um guardanapo. Limpo o arroz do queixo da Nenezinha.

— Você já fez esse prato antes? — Malachi pergunta enquanto tira a panela de macarrão em forma de concha do fogo.

Quase liguei para pedir que ele não viesse. Depois da conversa com Buela, percebi que isso poderia se tornar um drama maior do que o necessário. Mas àquela altura ele provavelmente já estava a caminho e não fazia sentido cancelar. Ou talvez eu ainda quisesse que ele viesse. Tudo o que sei é que ele está aqui.

— Não. É a receita da minha tia, mas vou adicionar um toque extra.

— Você sempre faz isso; provavelmente foi por isso que o Chef Ayden ficou tão bravo.

Dou de ombros.

— Ele não vai ter que ficar bravo mais. Ele tem todos os soldadinhos que precisa. — Bato uma continência.

Malachi balança a cabeça e abre a geladeira para colocar a manteiga de volta. Adiciono o último dos temperos no filé e me viro para pegar uma frigideira grande. Buela aparece no batente. Ela está cuidando da Nenezinha no quarto; decidi que ela não iria conhecer Malachi.

— Então, Malachi. Você está gostando da aula de culinária que está fazendo com a Emoni? — pergunta Buela.

Lanço um olhar na direção dele, e ele ergue uma sobrancelha, mas, quando se vira para responder à Buela, suas covinhas já estão aparecendo. Não sei quão bom ele é em comunicação silenciosa, mas preciso que mantenha a boca fechada sobre a aula. Sem brincadeiras sobre o pudim. Sem brincadeiras sobre fazer a três. Sem brincadeiras sobre "jogue no lixo". E, principalmente, sem a verdade: que eu não estou mais comparecendo às aulas.

— Sra. Santiago, gosto muito da aula. Eu costumava cozinhar bastante, porque minha mãe trabalhava até tarde e eu era o mais velho. Então, tinha que garantir que meu irmão fosse bem alimentado.

Olho para ele, surpresa. Não sabia que ele tinha crescido cozinhando; nem sabia nada sobre a família dele, na verdade. Buela pisca devagar, como geralmente faz quando está traduzindo um inglês falado rápido para o espanhol.

— Você era o mais velho, mas não é mais?

Malachi se endireita e balança a cabeça, o sorriso sumindo de seu rosto.

— Meu irmão mais novo foi assassinado em fevereiro. Houve uma briga no nosso antigo bairro e atiraram nele. Não se sabe se foi uma bala perdida ou direcionada para ele. — Ele não olha para mim enquanto fala. Mantém os olhos na Buela. Aperto as mãos no balcão da cozinha. Sinto meu coração se apertar em meu peito. — Minha mãe não queria que eu me envolvesse no mesmo drama, então me enviou para cá para viver com a minha tia, ainda que seja apenas duas horas de distância. Mas minha mãe diz que o nosso bloco ia me comer vivo e me cuspir, e ela não ia conseguir ver isso acontecer de novo. Agora não tem mais por que eu cozinhar, já que a tia Brenda trabalha em horário comercial e não precisa da minha ajuda para colocar a comida na mesa.

Não sei se tem como classificar um encolher de ombros como triste, mas vê-lo fazer isso me dá um nó na garganta.

O cronômetro do forno dispara, mas eu o ignoro. Por conta própria, minha mão se estica para tocar as costas de Malachi, mas, antes que encoste nele, eu a puxo de volta para mim. Não quero que nenhum dos presentes entendam esse gesto da forma errada. Isso também inclui eu mesma. Mas Buela o faz por mim. Ela vai até Malachi, que é duas vezes o tamanho dela, e o puxa em um abraço bem apertado. Ela acarinha as costas dele com batidas leves de mão que soam como as de um coração.

— Não é fácil perder um membro da família. Fico feliz que você e a Emoni sejam amigos.

Ela o afasta dele, ainda segurando os seus braços. Olha dentro de seus olhos.

— Mas cuidem-se para que não seja mais do que isso. Não quero que nenhum de vocês se machuque.

Buela tem um jeito todo dela de demonstrar que se importa – e que, ao mesmo tempo, vai acabar com você se fizer algo de errado.

Malachi concorda e sorri. Não é o seu sorriso usual, iluminado, mas chega perto, e Buela instantaneamente sorri de volta, acariciando a bochecha dele.

— Você me parece ser um bom menino. Não vou nem mencionar aquele outro que ela trouxe aqui, já que ele ajudou a fazer a minha neta, mas *chacho*, ele não era fácil de engolir. Não deixe o macarrão muito tempo aí, Emoni, a Angélica vai matar você. — Ela sai da cozinha na direção dos aplausos vindos de seu quarto.

— Obrigada por isso — digo em voz baixa. Pigarreio. — Obrigada por nos contar isso. Por responder às perguntas dela. Ela é bisbilhoteira.

Vou até o fogão e aumento o fogo. Para que as carnes fiquem bem douradas, precisarei de uma panela quente e uma mão rápida; depois, vou finalizar o cozimento junto com o macarrão com queijo no forno.

— Sua avó está assistindo a um jogo de futebol? — pergunta Malachi da porta.

— Sim. Ela é torcedora fanática dos Eagles, mas como eles só jogam amanhã ela se vira assistindo a jogos de faculdade.

A mão de Malachi faz cócegas no meu pescoço e, antes que eu perceba, ele me puxa para me abraçar por trás. Fico parada com as mãos esticadas ao lado do meu corpo, mas, ao perceber que ele não irá me soltar, eu me inclino na direção de seu antebraço. E me pergunto se ele passa o perfume na parte de dentro do pulso, porque o seu cheiro é delicioso.

—Emoni — sussurra em meu cabelo.

— Hmm? — pergunto. Ele está prestes a arruinar tudo. Ele vai tentar me beijar ou dizer algo obsceno. Meninos são idiotas desse jeito. Sempre arruinando bons momentos.

— Acho que você estava errada. Nós somos amigos. A sua avó disse. E ela me parece o tipo de mulher que sabe do que está falando. Ainda que tenha um péssimo gosto para times de futebol.

Sorrio antes de o afastar de mim. Tenho uma frigideira no fogo que precisa da minha atenção. E uma correção para fazer.

— Os Eagles serão os campeões do Super Bowl novamente. Espere só para ver.

Aniversário de namoro

Angélica escancara a porta e Malachi e eu manobramos as enormes sacolas cheias de potes de plástico e objetos de decoração para a sala de estar. A casa cheira a Pinho Sol e incenso, e eu sei que, apesar de ser inimiga mortal da vassoura, Angélica limpou tudo. Não avisei para ela que Malachi estaria comigo; uma das coisas que sempre amei na nossa amizade é o modo como ela agiu normalmente quando abriu a porta. Mas, no instante em que Malachi vai para a cozinha para começar a tirar os potes das sacolas, ela ergue uma sobrancelha e aponta na direção dele com a cabeça. Dou de ombros e abro um pequeno sorriso. Apesar de não dizermos uma única palavra, comunicamos tudo o que precisava ser dito.

Angélica pigarreia.

— Malachi, tentei colocar a mesa, mas acho que baguncei tudo. — Espio a sala de estar, onde está a pequena mesa de jantar dela. Os utensílios estão na ordem errada e o copo está do lado da mão esquerda. O Chef nos ensinou, na nossa segunda semana, como arrumar corretamente uma mesa. — Você acha que poderia arrumar para mim enquanto a Emoni me mostra o que fazer com o jantar? A Laura chega em vinte minutos e sei que preciso colocar o forno para pré-aquecer ou algo assim.

— Sim, pode deixar.

Malachi vai até a pequena mesa e começa a dobrar novamente os guardanapos e a arrumar as facas. Angélica agarra a minha mão e me puxa para dentro da cozinha.

— O que ele está fazendo aqui? Ele não estava saindo com a Leslie Perfeitinha? — pergunta Angélica em um tom jocoso. Pelo visto, nem tudo pode ser comunicado com uma sobrancelha e um sorriso.

Configuro o forno corretamente e tiro as tampas dos molhos e das porções individuais de macarrão com queijo. Tia Sarah usa três queijos, mas adicionei um extra, com cheiro bem forte, para me certificar de que ficaria ainda mais cremoso. Desenhei um diagrama exato de como Angélica precisa colocar a comida no prato e onde vai cada molho para que ela possa servir tudo a tempo quando Laura chegar.

— Não sei. Ele me ligou hoje e perguntou se eu queria fazer algo. Pensei que não faria mal. Não é um encontro nem nada assim, e eu precisava de ajuda para trazer tudo para cá.

Angélica me lança o seu olhar de "tá bom, vai" e abre o armário acima da pia para tirar dois pratos brancos com decoração verde-vibrante nas bordas.

— Fica bom com esses? — pergunta ela. — Esses pratos eram da minha avó, e nós os usamos somente para o Dia de Ação de Graças.

O dedo que ela usa para percorrer a decoração do prato está tremendo. Eu tiro os pratos da mão dela e os coloco no balcão da cozinha. Seguro a mão dela na minha.

— Você está bem? Está com medo de a sua mãe descobrir que a Laura esteve aqui? Posso vir ajudar você a limpar amanhã. — A sra. Jackson é uma das minhas pessoas favoritas no mundo, e ela e Angélica têm um ótimo relacionamento, mas, independentemente da idade de Angélica ou de qual gênero ela prefira namorar, sua política de trazer pessoas para casa é muito severa.

— Não é a minha mãe. Ela sabe que a Laura vem aqui jantar hoje.

Aperto a mão dela.

— O que é então, meu bem?

Angélica balança a cabeça como se não fosse dizer nada e, então, solta a frase inteira de uma vez:

— Nós nunca dormimos juntas.

Procuro disfarçar a minha reação de surpresa. Angélica é sempre tão segura de si mesma, das suas palavras, do seu mundo. Mal consigo reconhecer essa menina que está arrancando o esmalte das unhas recém-feitas com os dentes. Agarro essa mão também.

— Ok, e vocês decidiram que iriam fazer isso hoje? — Estou tentando adivinhar. Angélica não é de morder a língua - ou as unhas -, mas hoje ela parece estar um pouco fora de si. Por fim, ela olha para mim e concorda.

— Mas o que acontece é que hoje é a minha primeira vez. Da vida. Quer dizer, já beijei outras meninas e dei uns amassos, mas nada além disso. E se eu não souber o que fazer?

Tiro dela os óculos embaçados e uso minha camiseta para limpar as lentes. Consigo perceber que ela precisa de um momento para si, sem ser encarada intensamente. Eu os deslizo de volta para o nariz dela.

— Angélica, agora que você consegue enxergar com clareza, olhe bem para mim. A Laura ama você por quem você é. Pode ser que ela tenha mais experiência nessa área, mas tenho certeza de que ela ficaria tranquila se vocês fossem mais devagar e descobrissem tudo juntas.

Sorrio para ela. Ela não sentiu o mesmo frio na barriga quando fez sexo com um homem pela primeira vez. Na época, abordou a situação com curiosidade científica de um cientista, ainda que tenha servido para confirmar o que ela já sabia a respeito de si mesma. Mas, nesse caso, é menos sobre explorar e mais sobre expressar. Sei o quanto isso significa para ela.

Aperto a mão de Angélica.

— Você não deve fazer nada que não se sinta confortável em fazer. Tenho certeza de que Laura irá entender.

Ela aperta a minha mão de volta.

— Eu sei, eu sei. Mas eu quero fazer. — Angélica sorri. — Só estou nervosa para caralho.

Dou risada.

— Essa boca suja! Você vai se sair bem. Prometo. Coloquei um pouco de mágica extra na minha receita, então posso garantir isso com muita confiança. Agora, vem aqui ver esse esquema que desenhei para mostrar como servir a comida quando a Laura chegar aqui.

Basta uma olhadela no meu desenho para que Angélica exploda em risadas. Vejo seus ombros caírem e seu corpo se sacudir enquanto ri.

— Emoni! Esse é o pior desenho que já vi. Eu não consigo entender metade desses rabiscos.

Levo uma mão ao peito e arfo.

— Como você ousa zombar das minhas habilidades artísticas dessa forma?

Angélica pega um lápis e refaz o diagrama sob minhas instruções. Quando ela termina, abre um pequeno sorriso para mim, e consigo perceber que, ainda que esteja nervosa, ela está pronta para o que quer que a noite lhe reserve.

— Obrigada, Emoni.

Dou um último abraço nela e então Malachi e eu vamos embora.

Netflix, sem segundas intenções[5]

— Aquela carne que você fez estava maravilhosa, Santi! — Malachi beija as pontas dos dedos como um comercial antigo do Chef Boyardee. — Elas vão amar, especialmente depois de provarem o macarrão com queijo.

Coloquei um pouco de couve salteada no macarrão também. Mas Malachi não experimentou nenhum dos pratos.

— Quer ouvir uma coisa maluca? Não sei se foi por falar sobre o meu irmão com a sua avó, mas, do nada, me veio uma lembrança na cabeça. De quando aprendi a fazer macarrão com queijo de caixinha. Acho que derrubamos todo aquele pó de molho laranja em nós mesmos e derrubamos o macarrão no chão. Quando a minha mãe entrou na cozinha, não tínhamos nada para mostrar além da água fervente e da bagunça que havíamos feito. — Ele ri. E eu estico a minha mão para apertar a dele.

Fora da casa da Angélica, já na rua, ele pega a sacola com potes vazios da minha mão. Eu começo a protestar, mas, então, me calo. Devo confessar que é bom poder enfiar as mãos nos bolsos e deixar outra pessoa carregar os pratos sujos dessa vez.

— Assim espero. Elas merecem um jantar legal. São um casal muito fofo. — Me viro para ele. — Não sei bem se você planejou alguma coisa para agora. Eu preciso ir para casa ver se Nenezinha e Buela estão bem.

Ele assente, e os potes sujos fazem barulho dentro da grande sacola que a Buela comprou na loja local para poder guardar as compras.

Olho para ele. Mordo a língua. Pego o meu celular. Aperto o botão para fazer com que o horário apareça na tela. São oito horas da noite. Ainda está cedo. Deslizo o telefone de volta para o meu bolso.

— Você quer ir junto? Assistir televisão ou algo assim? Sobrou um pouco de comida.

---

5. No original, *Netflix, no chill*, trocadilho com a expressão em inglês Netflix *and chill*, que é comumente usada quando se convida alguém para assistir a um filme com segundas intenções. (N. T.)

Espero que ele sorria ou levante uma sobrancelha, mas ele apenas concorda lentamente com a cabeça e continua me seguindo até em casa. O fato de eu e Angélica morarmos perto uma da outra sempre me agradou, mas nunca tanto quanto nesse momento.

— Eu topo assistir televisão, mas só se você prometer que não vamos ver um filme de terror. Odeio filmes de terror.

Ele finge sentir um arrepio de frio, e a risada que escapa da minha garganta é algo que não ouço há muito tempo. Não soa como algo que sairia de mim. Sinto o frio na barriga que geralmente sentimos quando temos uma paixonite inicial em alguém, algo que achei que nunca mais fosse sentir, o que parece uma coisa idiota para uma menina de dezessete anos dizer, ainda que haja dias em que eu não me sinta nem um pouco como uma menina de dezessete anos.

— Um grandalhão que nem você com medo de fantasmas e assassinos mascarados? — provoco.

— Pois é! Como alguém me disse mais cedo, a vergonha é geralmente problema das outras pessoas, não meu. Não tenho nem um pouco de vergonha de sentir medo de filmes de terror!

Quando entramos em casa, Malachi se senta em uma das pontas do sofá e eu me sento na outra, com uma almofada em meu colo e bastante espaço entre nós. Assistimos a uma comédia de Kevin Hart e, durante os comerciais, jogamos papo fora. Conto para ele sobre as casas vazias que começaram a aparecer no quarteirão e como estão sendo rapidamente compradas. Quando o filme termina, às dez da noite, Malachi se levanta e coloca o casaco sem que eu tenha que sugerir que ele vá embora.

— Obrigado por atender à minha ligação hoje, Santi.

Ele se inclina e me enlaça com seus longos braços, e sinto um calor que vai do meio das minhas costas, onde os braços dele estão pousados, até o meu rosto. Eu o abraço fortemente de volta.

Problema. Esse menino é a definição de problema.

Ramificações

O meu celular toca na manhã seguinte bem no momento em que a Buela está se preparando para ir para a igreja.

— Atende para mim, Buela? Minhas mãos estão molhadas — digo quando a ouço descer as escadas.

Estou na pia lavando as panelas que deixei de molho durante a noite. Às vezes, Nenezinha e eu vamos com ela para a igreja, mas ela nunca me pressiona se não estou pronta ou se não quero ir. Hoje é um daqueles dias em que estou ansiosa para curtir uma manhã tranquila e divertida com a minha filha.

O telefone para de tocar e eu ouço a Buela sussurrar:

— *Sí*, um momento, Tyrone.

Buela me entrega um pano e passa o celular para mim. Seco as mãos e pego o telefone, ciente de que ela não saiu e, em vez disso, está encostada no batente da porta. Esse não é um bom sinal.

Respiro fundo.

— Oi, Tyrone. O que é?

— Ei, Emoni, me explica por que um amigo meu me ligou para me contar que viu você entrando com um cara na sua casa? Perco um final de semana com ela e você já está levando outros caras para perto da minha filha?

Fecho os olhos. Não é possível que ele tenha me ligado para falar isso. E por que ele tem pessoas no meu bairro para me vigiar? Além disso, o que ele tem a ver com o que faço? Especialmente porque Nenezinha sequer chegou a conhecer Malachi.

Enrolo o pano de prato em uma bola, mas, após lançar um rápido olhar para Buela, o estico de volta. Não quero que ela perceba que estou irritada.

— Não trouxe ninguém para perto da sua filha — digo, lançando um olhar para Buela. Ela ergue uma sobrancelha e vai para a sala de estar.

— E, se um amigo da escola veio aqui para me ajudar com um projeto paralelo, isso é problema meu.

Tyrone responde duramente.

— Trabalhar em um projeto paralelo é um jeito engraçado de dizer que você tá pegando alguém.

Minha respiração se aperta no peito. Às vezes, é impossível acreditar nas coisas que Tyrone diz.

— Tyrone, ele não estava perto da sua filha. Ela estava dormindo. Ela nem o conheceu. E eu não tenho que me explicar para você.

— Sua avó estava aí? — pergunta ele.

Eu me forço a inspirar profundamente e expirar devagar antes de responder. Tento pensar que o que é melhor para a Nenezinha nem sempre é o mais fácil para mim. Porque, nesse momento, eu poderia facilmente desligar na cara de Tyrone.

— Sim, a Buela estava em casa.

— Quero falar com ela. Quero perguntar para ela.

Entro na sala de estar, mas paro antes de chegar ao sofá. Não. Eu não pergunto sobre as meninas com quem ele sai e acredito nele quando me diz que nunca apresentou nenhuma delas para a Nenezinha. Além do mais, não somos mais crianças; nossos pais não vão assinar bilhetes para nos livrar dos problemas.

— Tyrone, não vou passar o telefone para a minha avó. Eu nunca menti para você.

Ele respira fundo na minha orelha e, então, não ouço mais som nenhum. Ele desligou na minha cara. Nenezinha está sentada no colo da Buela, chupando o dedão.

— Por que você não vai arrumá-la? — pergunta Buela. — A essa altura, eu já terei perdido a procissão quando chegar na igreja, e não gosto de chegar atrasada. Podemos ir tomar café da manhã juntas em vez disso. Terminamos de lavar os pratos depois.

Sei que o sorriso que me forcei a abrir está caído nas laterais, mas eu o mantenho em meu rosto e guardo as minhas lágrimas para mim mesma.

Café Sorrel

Quando Buela, Nenezinha e eu nos aprontamos para sair juntas, é sempre uma grande produção. Adicione o fato de que as minhas mãos ainda estão tremendo da conversa com Tyrone, e estou me movendo em câmera lenta até para passar uma blusa a ferro. Quando finalmente prendemos a Nenezinha no carrinho de bebê e saímos de casa, já é meio-dia.

Não saímos para comer com frequência. Quando eu era mais nova, costumávamos visitar os restaurantes locais em feriados e aniversários ou após irmos ao cemitério visitar meu avô ou minha mãe. Mas isso foi muito tempo atrás, antes de a Buela parar de trabalhar no departamento de ajustes da Macy's. Agora, comemos comida de fora somente quando trago algo da Burger Joint ou quando Tyrone e eu costumávamos ir em encontros. Caso contrário, quem cozinha é sempre a Buela ou eu.

Hoje vamos em um lugar na Rittenhouse Square chamado Café Sorrel. Os guardanapos são de tecido e as flores nos vasos são verdadeiras e ainda estão frescas. O garçom pergunta se vamos precisar de um cadeirão de bebê, e eu percebo que Nenezinha nunca foi a um restaurante chique. Quando o garçom chega, reparo em tudo o que ele faz, incluindo o modo como posiciona a faca e o garfo de salada, como dobra os guardanapos em triângulos e gentilmente os segura para que possamos posicioná-los em nossos colos, e o jeito elegante como serve a água em nossos copos.

— Este lugar é muito chique, Buela — digo quando o garçom se afasta. Corro o dedo pelo bordado da toalha de mesa.

— Sim, eu gosto daqui. — Buela toma um gole de sua água. E, bom, isso não faz sentido algum. Esse lugar parece novo, então quando é que Buela teria vindo comer aqui? Abro a minha boca para perguntar, mas o garçom já voltou com nossos cardápios.

— Temos um especial de outono com os seguintes pratos...

Ele lê as anotações em seu bloquinho e eu fecho os meus olhos quando ele descreve como cada prato é preparado. Quero memorizar tudo.

— Você pede, *nena*. Essa é sua praia. — Buela se vira para o garçom. — A minha neta está fazendo uma aula de Arte Culinária. Ela cozinha muito bem.

— Ah! — O garçom ergue uma sobrancelha. — Que legal. Você terá que nos dizer o que acha da nossa comida. — Tenho a sensação de que ele provavelmente faz faculdade na Penn ou na Temple e que não está nem aí para o que acho; ele está só sendo excessivamente amigável para ganhar uma boa gorjeta. Então não, não tenho intenção de dizer qual a minha opinião sobre nada.

Olho para o cardápio e mantenho o sorriso no rosto ainda que os preços façam com que meu queixo vá até o chão. Procuro pelo item mais barato no cardápio e sorrio para o garçom.

— Eu gostaria, por favor, do peito de pato. A minha avó gostaria da perdiz. E, você poderia trazer, por favor, *pommes frites* para a pequenina? — Aponto para Nenezinha, que abre um sorriso enorme e bate na mesa.

O garçom recolhe os nossos cardápios e os enfia embaixo do braço.

— Muito bem; já mando para cá o pão de cortesia.

Buela dobra e redobra cuidadosamente o guardanapo em seu colo.

— Esse pedido parece apetitoso. Como anda a aula? Não tenho mais ouvido você falar dos questionários ultimamente — pergunta ela e dá um gole no copo de água.

Ela sabe. Posso ler no rosto dela.

— Quem foi que contou para você?

— Me contou o quê, *nena*? — diz Buela. Ela sorri para o ajudante de garçom, que coloca uma cesta de pão na nossa mesa. Ele tem uma tatuagem da bandeira de Porto Rico no pescoço e, apesar da Buela odiar tatuagens, ela ama a ilha. Eu aposto que ela dará uma boa gorjeta para ele depois.

— Meu Deus, *m'ijo*. Trazendo todo esse pão para a gente! Não tenho andado tanto quanto antes. Esse pão vai direto para os meus quadris — diz ela enquanto pega um pão e o parte na metade. Ela entrega a outra metade para Nenezinha, que o morde com entusiasmo. O ajudante de garçom sorri para ela.

— E qual a utilidade de ter quadris se não podemos comer um pão de vez em quando? — diz ele em espanhol. E, apesar de essa conversa toda ser fofa, preciso que ele vá embora. Assim que ele sai, começo de novo.

— Eu sei, eu sei, tenho faltado às aulas. Está estampado no seu rosto. Quem foi que contou?

Buela dá uma grande mordida no pão e me faz esperar até terminar de mastigar para falar.

— O que importa é que você não me contou.

Angélica deve ter descoberto de alguma forma. Ou, talvez, a srta. Fuentes tenha visto a lista de presença da semana passada e ligado em casa.

— Você nunca teve problema com frequência, nem mesmo quando estava grávida. Me parece que você estava empolgada com a aula por um tempo e, depois, quando ficou difícil, você se assustou com o desafio.

Desvio o olhar da Buela e uso o meu guardanapo para limpar as migalhas no queixo da Nenezinha. Buela estica o braço e segura minha mão.

— Não estou dizendo que não entendo. Ou que não conheça você o suficiente para dizer que você já subiu montanhas mais altas. Só quis dizer que espero que você não esteja se subestimando.

Aperto a mão dela.

— Ainda não abandonei a aula oficialmente.

— Então, você vai voltar?

Dou de ombros e olho para o meu prato, no qual está o pão que reduzi a migalhas. Buela entende a deixa.

— Me conte sobre suas outras aulas.

Ela ouve enquanto conto para ela sobre as aulas de Física e de Inglês. E sobre a redação que estou escrevendo para a faculdade. Quando a comida vem, o cheiro preenche as minhas narinas e, fechando os olhos, inspiro profundamente.

— O que é isso acompanhando minha ave? — Buela aponta.

— Polenta — digo, dando uma garfada no meu risoto.

Fecho os olhos de novo e saboreio. Manjericão, creme... e algo que não consigo distinguir. Um toque de alguma coisa. Dou outra mordida, mas ainda não consigo distinguir. Buela diz algo e mastigo devagar, tentando ouvi-la acima dos sons em minhas orelhas.

— O que você disse? — pergunto quando volto para a terra.

— Eu disse que está muito gostoso. Como está o seu prato?

— Bom demais. Mal posso esperar para refazê-lo lá em casa.

Nenezinha murmura em concordância, com a boca cheia de batatas.

— Então, você gostou, senhorita? — pergunta o garçom enquanto tira os nossos pratos.

— Estava uma delícia. — Ainda que eu tenha dito que não iria falar nada, não consigo me segurar em perguntar. — Havia alguma coisa no risoto. Não o manjericão, o creme ou os cogumelos... Algo a mais?

O garçom balança a cabeça com um olhar enigmático, enrugando a testa.

— Não tenho certeza. Não há outros ingredientes listados no cardápio.

Eu espero que meu rosto não demonstre a minha irritação.

— Ah. Ok.

Buela sorri.

— Você poderia, por favor, me trazer um café e a conta?

— Claro — diz o garçom.

— Nham nham nham — murmura Nenezinha, e eu ofereço água para ela. Ela dá um gole, deixando um pouco escorrer pelo queixo.

— Emma! — Olho para cima quando sinto alguém atrás de meu ombro, esperando que seja o garçom para que eu possa pedir por outro guardanapo, mas meus olhos pousam em um casaco branco todo abotoado e uma mulher sorrindo embaixo de um chapéu de chef.

— Tudo bem por aqui, senhoras?

Buela e eu concordamos.

— Muito bom. Adorei a polenta! — diz Buela, e levanta a mão, o dedo indicador encostado no dedão. Eu tento não resmungar ao ver quão empolgada ela parece estar.

— Ouvi dizer que vocês têm uma pergunta a respeito do risoto? — A chef olha para mim.

Sinto a boca secar. Ainda que eu não conheça essa mulher, estou fascinada pela jaqueta, o Crocs e as calças xadrez. Pela comida que derretia em minha boca e parecia até bonita demais para ser comida. Chefs raramente saem de suas cozinhas, então sei que é importante que ela tenha decidido vir me responder pessoalmente.

— Hmm. — Recomponha-se, Emoni. — Consegui distinguir o manjericão e o creme. Talvez também os cogumelos de Paris? Mas havia algo a mais. Senti esse sabor na parte de trás da minha língua... não consegui distinguir — digo, corando. Pareço tão boba quanto Buela.

— Ah, provavelmente as raspas de laranja. É só um toque. Muitas pessoas não conseguem nem mesmo distinguir, mas realça os sabores. — Ela inclina a cabeça para o lado.

— Ah, raspas de laranja. — Fecho os meus olhos e passo a língua pelos dentes. Tento me lembrar do sabor. — Sim, parece que era isso. Raspas de laranja.

Abro os olhos. O garçom volta e entrega a conta para Buela, que imediatamente a enfia embaixo da mesa para que eu não possa ver.

— Chef, a mocinha contou para você? Ela está fazendo aulas de Arte Culinária — diz o garçom e pega a conta da Buela, já com o pagamento.

— Você está? No Instituto?

Eu balanço a cabeça.

— Na minha escola. As aulas começaram esse ano com um instrutor novo.

Ela me olha mais atentamente e quase me inclino para trás pela intensidade de seu olhar.

— Calma lá, um amigo meu começou a dar aula de culinária em uma escola. Você estuda em alguma escola perto daqui, por acaso?

Antes que eu possa responder, Buela se intromete.

— Sim! Emoni estuda na Escola Schomburg Charter, cerca de quinze minutos de ônibus daqui. O seu amigo é o Chef Ayden?

A chef bate palmas e ri.

— Que mundo pequeno, uma das alunas de Ayden vindo ao meu restaurante. Você tem um bom instrutor; Ayden é um em um milhão... Um pouco durão demais, mas com certeza irá aprender muito. — Ela pisca ao dizer isso e eu posso perceber que ela e o Chef Ayden devem se conhecer muito bem.

Caso eles sejam amigos, decido ficar quieta e não falar sobre quão durão ele é.

Ela sorri novamente.

— Você tem as papilas gustativas aguçadas e, em conjunto com a técnica e a ética de trabalho que você irá aprender na aula, irá dominar a santa trindade para se dar bem nessa indústria. Preciso voltar para a cozinha, mas não se preocupem com a conta de hoje. É um presente meu. Diga ao Ayden que foi um prazer atender uma das alunas dele.

Eu a ouço rindo baixinho enquanto se afasta.

De: E.Santiago@schs.edu
Para: SarahFowlkes_15@exchange.com
Data: Domingo, 6 de outubro, 22:31
Assunto: receita

Oi, tia Sarah.

Fico feliz em saber que a tempestade não foi tão forte por aí, somente chuva e nada tão aterrorizador. Fiquei de olho nas notícias durante a semana toda, com a esperança de que a família ficaria bem. Meu pai disse que a pior parte da tempestade não foi para lá, mas sei que faltou luz na parte oeste da ilha. Foi muito gentil da sua parte perguntar como você poderia ajudar; meu pai diz que eles estão aceitando doações de caixas de comida enlatada e água. Vou colocar o link de informação no fim do e-mail.

Obrigada pela última receita, a de tomates verdes fritos. A história de como você e a minha mãe costumavam comer os tomates verdes recém-colhidos me fez sorrir. Mal posso acreditar em como é fácil para vocês, só ir no quintal e pegá-los, especialmente por eu ter tido tanta dificuldade de encontrá-los aqui no nosso bairro! Os vendedores na feira ficavam me encarando como se eu fosse burra, mas, finalmente, achei alguns no mercado dos fazendeiros do outro lado da cidade.

Mas, devo dizer, a trabalheira valeu a pena! Estavam deliciosos! Fritei como você explicou, mas usei um pouco de pão ralado para fazer. Então, coloquei *queso* frito e um pouco de manjericão, e foi como uma releitura caseira da salada caprese.

Vou tentar fazer a receita de novo esta semana e envio para você as mudanças que fiz quando estiverem certinhas. Obrigada novamente pelo convite para ir até aí durante as férias de natal. Eu não acho que consigo viajar de ônibus sozinha com a Nenezinha, e não gostaria de ir sem ela, mas espero conseguir ir até aí em breve.

Com amor & um pouco de canela,
E.

Papilas gustativas

Apesar de o domingo ter passado de uma confusão para uma doce memória, a segunda-feira rapidamente chega e eu acordo tarde demais. Nenezinha está atrasada para a creche e Buela está me perturbando com coisinhas à toa e, quando eu chego na parada de ônibus, já perdi Angélica e a aula de orientação. O fato de eu ainda não ter tomado uma decisão a respeito da aula de Arte Culinária não ajuda em nada no meu mau-humor. Tenho um período após o almoço para decidir se irei ou não e sei que se eu acumular mais faltas terei que desistir da aula pelo simples fato de que não conseguirei mais passar. Não sei o que fazer, mas por sorte a hora do almoço chega e eu tenho Angélica para tirar minha cabeça das tomadas de decisão.

Na hora em que encontro com ela em nossa mesa, Angélica está visivelmente tremendo de empolgação.

— Você não está entendendo, Emoni. Foi tão perfeito.

Concordo e sorrio.

— Quero saber de tudo. O que foi tão perfeito?

— Foi perfeito não somente por causa do filme que a Laura colocou para assistirmos, que era divertido e romântico. Nem só pelas conversas profundas que tivemos, ou pelo vinho que Laura trouxe da casa do pai dela. Eu estava tão nervosa que só conseguia rir e Laura se aproximou e... bom, essa parte foi perfeita, também. Tudo foi.

Alguma coisa dentro de mim me impede de rir da expressão sonhadora dela. Minha menina está realmente apaixonada, e estou emocionada por ter participado de uma noite tão especial para ela.

— Emoni, a comida? Você já cozinhou dezenas de vezes para mim, mas houve um momento em que Laura e eu abaixamos os garfos e apenas sorrimos como crianças, de tão felizes que estávamos. E acho que a comida teve algo a ver com isso, porque comi um pouco do que sobrou ontem à noite e me senti aquecida e confortada e amada. Sempre que eu comer aquele molho *chimi-chimi*, vou lembrar daquela noite.

Dou risada.

— É molho chimichurri, Angélica. E fico feliz que vocês tenham gostado. Eu disse que coloquei um pouco mais de picância nele e, ao que parece, você também colocou mais picância do que o suficiente para o resto da noite.

E, então, fico completamente impressionada porque, desde que a conheci, nunca vi Angélica corar de vergonha. Mas ela o faz agora. Sua pele marrom se aquece com um tom rosado nas bochechas enquanto ela bufa em seu sanduíche.

Recomeços

Quando o sinal toca na minha última aula antes de Arte Culinária, saio rapidamente pela porta. Quero chegar lá antes de qualquer outro aluno. Quando chego na sala, estou sem ar e bufando, mas, ainda assim, me certifico de não bater a porta atrás de mim.

Chef Ayden olha para cima ao ouvir a minha respiração pesada. Não consigo ler a expressão em seu rosto. Inescrutável, a srta. Fuentes diria.

— Emoni, quanto tempo. — Chef Ayden fecha suavemente o computador em que dispõe as notas. Ele coloca as mãos nos bolsos de suas macias calças xadrez de chef. — Sentimos sua falta semana passada.

— Eu... eu não sou de desistir. Não entendi na hora por que você me pediu para jogar comida fora ou para seguir a receita exata mesmo quando os meus instintos me diziam que ela seria mais gostosa com algumas modificações. Mas acho que consigo entender agora. E eu queria dizer...

O que eu queria dizer?

O Chef espera. O momento ultrapassa o título de estranho para ganhar a alcunha de vergonhoso. Ele ergue a sobrancelha direita.

Pigarreio e sei que meu rosto está queimando.

— Queria dizer que prometo trabalhar duro. Me esforçar para seguir as instruções. Porque penso o tempo todo sobre como criar comidas novas e, ainda que eu saiba bastante... posso aprender mais. Fui a um restaurante esse final de semana, e a chef disse que conhecia você. Era o Café Sorrel. Ao vê-la em seu casaco e provar a comida dela, percebi não somente que quero continuar aperfeiçoando a minha técnica nessa aula, mas também que posso ser como ela um dia, uma chef executiva.

O Chef não diz nada. Ele fica apenas piscando continuamente para mim, com a cabeça inclinada. Meu peito se esvazia. Não acho que ele possa me expulsar da matéria, não quando tive apenas quatro faltas. Mas também não quero que ele me odeie. Engulo um nó que parece raspar a minha garganta. Olho para a longa mesa de metal em que apresentamos os nossos pratos. Eu não sabia o quanto havia sentido falta de estar naquela aula até esse momento.

— Lisa é uma excelente chef. Fico feliz que você tenha experimentado a comida dela. Em relação às suas faltas, estamos procurando alguém na sala para liderar a campanha de arrecadação para a viagem para a Espanha. Pode ser que um dia você tenha um restaurante, ou seja a chef principal, e afiar as suas habilidades de liderança nesse momento pode ser útil. Você gostaria de liderar esse comitê?

Ouço cada palavra que ele está dizendo, mas é como se cada pedaço de informação fosse um vidro colorido que eu precisasse segurar na direção da luz para perceber o brilho. Chef Ayden não está bravo comigo. Chef Ayden acredita que um dia posso ter meu próprio restaurante ou ser a chef principal de um. Chef Ayden quer que eu seja a líder do comitê de arrecadação.

Já vi chefs que, de tempos em tempos, diziam na televisão que tiveram que ralar bastante. E eu nunca soube exatamente ao que eles se referiam, mas, agora, acho que entendo. É sobre fazer o trabalho duro por trás das câmeras, lavar os pratos, dobrar guardanapos, contar o estoque, antes de cuidar de uma receita. É sobre ser a mente criativa responsável por arrecadar uma quantia enorme de dinheiro para poder fazer uma viagem internacional.

Estico a minha mão. Chef Ayden olha para ela e a aperta, muito sério. Ele me dá palmadinhas no ombro.

— Você tem o que é necessário, Emoni. Não tenho dúvidas de que, se você se mantiver focada e suas facas estiverem afiadas, você um dia irá comandar sua própria cozinha. Não vou tratar você diferente dos outros só porque você tem algo de especial, mas vamos ambos tirar um momento para reconhecer que você tem o que é necessário.

Coloco o meu casaco, meu lenço e meu melhor sorriso. Eu tenho o que é necessário.

Adivinha quem voltou?

Quando o restante dos alunos entra na sala de aula, a maioria não parece surpresa ao me ver - provavelmente acharam que eu tinha somente faltado, ainda que faltas contínuas não sejam comuns na Schomburg. Malachi ergue a sobrancelha e seus lábios esboçam um pequeno sorriso. Não nos falamos desde sábado. Trocamos algumas mensagens no domingo, mas, depois da ligação com Tyrone, falar com Malachi perdeu um pouco da graça. Desvio o olhar na direção de Leslie Perfeitinha, que me dá uma breve fuzilada com o olhar e rapidamente passa a inspecionar suas unhas. Maracujá roxo, eu diria que é a cor delas. Vou para a minha antiga estação, mas Chef me barra.

— Aqui, Emoni. Você vai trabalhar com o Richard e a Amanda. Como um trio. Acho que você trabalhará melhor como parte de um time. — Ele bate palma. — Está bem, pessoal, as receitas estão em seus quadros.

Vou até Richard e Amanda e dou um sorriso fraco. Richard sorri de volta e Amanda aperta o seu boné. Passo uma mão pelo meu casaco; é bom estar de uniforme novamente. A próxima hora passa rápido. Fico a maior parte do tempo seguindo as instruções de Amanda e Richard, que me pedem para cortar, fatiar e saltear vegetais. Presto mais atenção nos pequenos detalhes do que no prato de forma geral. Quando está tudo pronto, fico surpresa em ver o que fizemos. O peito de frango está perfeitamente cozido e as cenouras finamente fatiadas parecem lindas embaixo dele e, ainda que eu não tenha me envolvido no tempero e na hora de servir, fico orgulhosa em ver o prato pronto. Apesar de pensar que eu teria usado um pouco de vinagre balsâmico no molho.

Colocamos o prato na frente do Chef e ele pega um garfo limpo de sua tigela para prová-lo.

— Muito bom. Muito, muito bom. Parabéns, time.

Reviro os olhos e ele pisca para mim enquanto sinaliza para nos afastarmos, a fim de que o próximo grupo possa receber a nota. Quando a aula acaba, lanço um olhar para a estação de Malachi, mas ele já foi embora. Estou no meio do corredor quando um braço envolve meu ombro e um beijo barulhento é dado na minha bochecha esquerda.

— Fico feliz que você tenha voltado, Santi — diz Malachi com um sorriso que eu devolvo.

— Fico feliz por estar de volta.

Dia de visita

O resto da semana escolar transcorre rapidamente e, antes que eu me dê conta, já é sábado de manhã.

— Fique parada, Nenezinha — digo, tentando colocar os tênis em seus pés. Ela se mexe sem parar, tentando subir no colo de Tyrone. — Você pode ajudar, por favor?

Faz cinco minutos que estou tentando vesti-la, e ele está ali parado como uma estátua. Tudo bem, ele ainda está bravo por causa do Malachi, mas só Deus sabe o tipo de meninas que ele leva para a casa dele, então por que ele se preocupa tanto com os meus amigos é algo que não consigo entender. Mesmo que a mãe dele adore enfiar o nariz onde não é chamada, às vezes me surpreendo pensando que Tyrone não recebeu educação em casa.

Finalmente, ele deixa escapar um longo suspiro.

— Emma, deixa sua mãe vestir você.

Mas Emma levanta os pés, balançando os tênis, que batem bem no meu nariz.

— Ai! Emma!

Nenezinha olha para cima, assustada por me ouvir chamá-la pelo nome, e começa a chorar.

— Aqui, deixa eu ajudar você — diz Buela, pegando Nenezinha e os tênis. — Vou colocá-la na minha cama; pode ser mais fácil de arrumá-la lá. — Ela ergue uma sobrancelha e me lança um olhar profundo. Sei bem o que ela está pensando: não gosta quando Tyrone e eu estamos bravos um com o outro. Ela diz que é ruim para a Nenezinha, porque ela acaba se envolvendo e ficando no meio.

Paro de esfregar o meu nariz e inspiro profundamente.

— Ainda está irritado? Vamos falar sobre isso logo.

Tyrone ajeita as mangas do casaco.

— Não tenho nada para dizer.

Ele está claramente mentindo. Tyrone sabe inúmeras palavras para amaciar uma menina, mas, quando é para falar sobre seus sentimentos, ele sempre diz que não tem nada a dizer.

— Você completou dezoito anos alguns meses atrás, o que significa que você é um adulto. Podemos falar como tal. Então, por que você está bravo? Você sai com meninas o tempo todo. E isso nem foi um encontro. Ele é apenas um amigo.

Ele balança a cabeça.

— Sei, "um amigo" que eu não conheço, que estava perto da minha filha.

— É mesmo por isso que você está bravo? Você me conta a respeito de cada menina que você encontra no parquinho, enquanto a Nenezinha está com você? Ou as vezes que você vai ao shopping não são para encontros, mas, de alguma forma, fotos suas com outras meninas vão parar nas redes sociais, em que a minha filha aparece dormindo no carrinho de bebê? Fato (1), ele é novo em Filadélfia, então você não teria como conhecê-lo. Fato (2), Tyrone, nós temos uma filha. Não podemos brincar de greve de silêncio. Para o resto das nossas vidas, se Deus assim o permitir, teremos uma criança juntos. Então, não posso agir como uma, e você também não pode.

Deve ser verdade quando dizem que viramos os nossos pais, porque esse discurso poderia ter sido retirado diretamente do manual da Buela.

Tyrone abaixa o capuz do casaco para que cubra seus olhos e eu sei que não é porque a luz que entra pela janela o incomoda. Ele parece um filhote de cachorro que se meteu em problemas por fazer xixi no tapete.

— Nós decidimos que não ficaríamos juntos só por causa da bebê. Tudo bem, eu entendo isso. Mas você disse que não iria sair com mais ninguém.

Se ele fosse a Angélica, eu iria segurar a mão dele e usar a voz suave que faço quando machuco os sentimentos dela. Se ele fosse a Buela, eu respiraria profundamente e usaria a minha voz de "adulta", devagar e com paciência. Mas ele não é nenhuma dessas pessoas, e eu ainda não descobri qual voz devo usar quando está chateado, mas, ao mesmo tempo, está sendo irracional. Então, resolvo escolher cuidadosamente as minhas palavras.

— Não estou saindo com ninguém. Mas isso não significa que eu não possa, não é mesmo? Acho que se você tem pessoas no meu bairro que se certificam de que a sua filha está segura, é uma coisa boa. Isso faz de você um bom pai. Mas se você tem pessoas me espionando para ver se eu trago ou não trago caras para casa, isso vai machucar mais a você do que a mim. E vai machucar a Emma acima de tudo. — Sinto minha voz arder na minha garganta. Tyrone e eu já tivemos muitas conversas, mas nenhuma como essa.

Tyrone não diz nada. Ele se levanta quando a Buela entra no recinto.

— Obrigada, sra. Santiago. Agradeço muito por ter arrumado a Emma — diz, tirando a Nenezinha do colo da Buela.

Ele pega a mala e o carrinho de bebê enquanto ainda segura Nenezinha em seu quadril. Abro a porta para ele e dou um beijo na bochecha da Nenezinha, e não consigo evitar sentir o cheiro de Tyrone. Ele exala um aroma de sabonete e loção pós-barba.

— Não deixe a sua mãe dar muitas barras de granola para ela, por favor. Sei que parecem saudáveis, mas são cheias de açúcar.

— Não vou deixar. — Ele se inclina e faz com que Nenezinha dê um beijo na minha bochecha. É o mais próximo que ele chegará de um pedido de desculpas. Nenezinha parece feliz nos braços dele e não se vira quando percebe que Buela e eu não iremos com eles.

— Eu a trarei de volta amanhã, na mesma hora — diz Tyrone por cima do ombro.

Fecho a porta e me apoio nela. Buela está recolhendo os brinquedos que Emma espalhou pelo chão.

— É um caminho difícil que você está percorrendo, Emoni. Mas você está indo muito bem. Agora, vem aqui me ajudar a recolher as tralhas da sua filha.

Balanço a cabeça para sacudir esses sentimentos separados dentro de mim; há vezes que sinto que sou mais bagunçada do que os brinquedos espalhados da Nenezinha.

Propostas

Durante a próxima semana e meia, como parte do meu novo papel de líder do comitê de arrecadação, tenho que apresentar ao Chef Ayden uma lista de ideias que irão nos ajudar a levantar os oito mil dólares necessários para a viagem. Falo sobre isso com Angélica, e a mente criativa dela começa a pensar em grandes bailes e leilões fechados de suas obras de arte. Ela sugere até mesmo falarmos com um dos rappers locais e pedir que ele doe lucros das vendas de suas músicas para a viagem. Quando pergunto o que Malachi acha disso, ele vai em uma direção diferente da de Angélica; como o doutor que me contou que quer ser, indica quais resultados seriam considerados ideais e faz uma lista dos principais pontos para conseguirmos arracadar a maior quantidade de dinheiro do modo mais rápido. Buela bate o dedo no queixo quando pergunto a ela sobre isso e pensa em um jogo de bingo no centro de recreação, com todos os lucros sendo direcionados à viagem. Tenho ligado para Júlio com mais frequência desde a tempestade, e ele rapidamente oferece a sua opinião sobre organizar uma arrecadação. Ele me dá um modelo de carta de petição para entregar aos membros da câmara municipal de nosso distrito e tem um plano todo arquitetado de ir batendo de porta em porta na vizinhança com amostras de comida para receber doações diretas das pessoas. Ele diz que a melhor forma de avançar é indo direto na base; quando você dá suporte à sua comunidade, sua comunidade dá suporte para você.

Anoto detalhadamente as sugestões que todos me dão e, sozinha, passo o tempo no laboratório de informática da escola após as aulas, procurando formas diferentes de arrecadar dinheiro. Sinto vibração no corpo; estou muito empolgada para colocar a proposta em andamento. Sei que podemos fazê-la funcionar. Mas, antes disso, precisarei convencer o Chef Ayden.

Angélica me ajuda a montar a minha apresentação, com gráficos em barra e circulares, e Malachi confere os números para se certificar de que a matemática está correta. Buela e Nenezinha ouvem enquanto pratico a apresentação da proposta. Apesar de ser a presidente do conselho, esse é meu comitê não-oficial e, como Chef Ayden sempre diz, às vezes você precisa de um time para ajudar.

Estou parada em frente ao Chef Ayden. Imprimi cópias fiéis das minhas ideias, da linha do tempo e da quantidade de dinheiro que espero que consigamos angariar.

— Como você consegue ver na minha lista, temos algumas opções. Sei que nossos colegas de aula pensaram em vender bolos e acho que devemos fazer isso para arrecadar o dinheiro, mas não para a viagem da classe. Acho que devemos usar essa estratégia para arrecadar dinheiro e com esse dinheiro comprar uma quantidade maior de comida para cozinharmos na sala de aula, a fim de podermos vender. Como você deve ter reparado, essa cozinha tem um pequeno café na porta ao lado, que não é usado, com mesas de verdade e um balcão de caixa. Acho que nós deveríamos abri-la e começar a servir almoço. Fazemos uma boa quantidade de comida que acaba sendo desperdiçada. Por que não fazer porções maiores e vender por um valor maior do que aquele que gastamos na comida? Teríamos apenas que comprar mais ingredientes, guardar a comida adequadamente durante a semana e focar em receitas que podem ser vendidas. Tenho certeza de que os funcionários gostariam de ter mais opções além da comida da cantina.

O chef ergue uma sobrancelha. A minha proposta significa que ele teria mais trabalho, principalmente ao escolher e guardar quantidades maiores de comida toda semana.

— Também acho que devemos apresentar para a escola uma proposta para fornecer a comida do Baile de Inverno.

Paro de falar e olho para as minhas anotações. Chef Ayden faz uma pausa antes de me perguntar:

— Os funcionários da cafeteria geralmente organizam o Baile de Inverno, não?

— Todos nós precisamos aprender como servir, e essa seria uma excelente oportunidade. Podemos fazer a proposta dizendo que esse é um dos objetivos: ganhar experiência.

Chef inclina a cabeça.

— Você pensou bastante a respeito disso, Emoni. Estou impressionado. No entanto, a única turma que faz comida aceitável para fornecer aos funcionários é a sua, e a aula é durante a tarde. Se queremos fazer com que a ideia do almoço funcione, pessoas teriam que vir mais cedo para cozinhar. Você acha que conseguiria liderar isso?

Não tinha contado com a ideia de ter mais trabalho. Mas inflo meu peito. Vou cuidar disso.

O lado positivo

— Buela? — chamo da porta da cozinha enquanto seco os pratos recém-lavados.

Ouço os *chanclas* dela se arrastando de seu quarto.

— M'ija? O que foi? A nenê está dormindo.

Tento esconder a decepção em meu rosto.

— Ah, não sabia que você já tinha a colocado para dormir. Não dei boa-noite.

Olho para o relógio do micro-ondas. Quando foi que deu dez da noite?

Buela está encostada no batente da porta.

— Ela apagou. Você sabe como é, ela é cheia de energia, corre para lá e para cá, mas assim que come, é pá pum, dorme rapidinho. Me dê um pano para eu ajudar a secar.

— Falta pouco, pode deixar que eu seco. Queria falar com você sobre outra coisa. A viagem para a Espanha. Apesar de eu não saber se conseguirei levantar dinheiro o suficiente para cobrir minha parte, se conseguir pagar, não sei o que farei com a Nenezinha durante essa semana fora. Não quero que você ache que teria que cuidar dela sozinha.

Buela pega o pano da minha mão e o dobra em um pequeno quadrado.

— Você quer pedir a ajuda do Tyrone e da família dele?

Eu balanço a cabeça.

— Tyrone tem que ir para a aula e os horários dos pais dele no hospital são malucos. Eles não iriam conseguir buscá-la e deixá-la na creche.

Buela suspira.

— Isso é algo bem importante. Eu sempre quis viajar, sabe? Só conheço a minha ilha e a Filadélfia. Eu dizia que, após a aposentadoria, o seu avô e eu iríamos conhecer o mundo. E então ele morreu naquele acidente e, bem... — Ela abre as mãos como se fosse rezar. — E cá estamos. Pode ser que você nunca mais tenha uma oportunidade como essa. Posso ligar para os pais do Tyrone para negociarmos um cronograma.

Vamos pensar nisso como um presente de formatura? Emoni, *nena*, falando da formatura... Você sabe que tenho muito orgulho de você, não é mesmo? Mas está na hora de começar a pensar no futuro. Já entregou as aplicações para a faculdade? E o formulário do auxílio financeiro?

Dou um abraço muito apertado na Buela, sentindo o cheiro de baunilha que ela emana. Ela está certa a respeito de tudo. Tenho muitas decisões para tomar, mas, hoje à noite, vou sonhar com culinária, Espanha e a formatura.

Jogando em equipe

— Emoni, você pode escaldar a couve e temperar? — diz Richard enquanto corta as cebolas. Amanda faltou hoje, então tenho ajudado mais. É difícil conter as minhas mãos, que querem simplesmente criar, mas Richard se certifica de que fiquemos no caminho certo, seguindo a receita até a última colher de chá.

Coloco a panela de água para ferver e corto a couve do modo como a receita manda.

Por cima do ombro, Richard me passa a próxima instrução.

— Ah, e o arroz, ele precisa ficar mais tempo.

Concordo novamente e pego os ingredientes necessários da geladeira. Richard é um menino corpulento que usa um casaco largo e tem a pinta mais fofa acima do lábio. Acho que a família dele é polonesa, mas Richard é, do corte de cabelo até os tênis, todinho de Philly.

Trabalhamos até o fim com ele me dando instruções e eu tentando me assegurar de que não farei nada que não deveria fazer. Hoje é dia de teste, o que quer dizer que o que colocarmos na frente do Chef irá receber uma nota e, além disso, temos que ter a capacidade de responder perguntas sobre nossos pratos. Richard e Amanda sempre se dão bem nos testes, e não quero arruinar as notas deles. Meço a quantidade necessária de sal e grelho os pimentões frescos, colocando um pouco de limão. Decoro com a quantidade exata de tomilho que é informada na receita.

Do outro lado da sala, Malachi terminou de servir o prato e está limpando a estação, cantarolando um rap baixinho. Leslie está mexendo os quadris, fingindo estar em frente a um microfone. Desvio o olhar, e Richard e eu vamos na direção do Chef. Ele vira o nosso prato repetidas vezes antes de colocar o garfo nele, fechando os olhos.

— A couve está boa, o arroz está certo. A carne está certa. — Ele abre os olhos. — O prato precisa de mais sal, mas, fora isso, muito bem.

Eu sabia que vocês davam conta. — Apesar de ele estar falando comigo e com Richard, sinto que o comentário foi direcionado para mim.

O Chef olha na minha direção.

— Qual a proporção correta de água para o arroz?

Eu respondo. Ele faz uma pergunta para Richard a respeito da temperatura para cozinhar a carne malpassada.

Outro grupo está atrás de nós, esperando para ir até o Chef, e tento engolir as palavras que parecem borbulhar na minha boca, mas, como uma panela tampada e com água fervente, elas escorrem.

— Você precisa mudar a sua medida.

O Chef ergue o olhar do computador.

— Perdão?

Aponto para a receita.

— A sua medida de sal para a receita, nós a seguimos exatamente como estava escrita. Então, se o prato precisa de mais sal, você precisa mudar a medida da receita.

Ele ergue uma sobrancelha enquanto andamos para a nossa estação. Richard me dá uma leve cotovelada na costela.

— Sério, Emoni? Você não poderia ter deixado para lá?

Não respondo. Pode me chamar de amarga.

Clã

— Angélica, onde você conseguiu tudo isso? — pergunto quando ela entra pela porta em um rompante carregando sacolas e mais sacolas de tecido. Ela fez um corte Chanel e pintou os cabelos de preto, mas as pontas são rosa choque.

Angélica é mesmo como uma dessas tempestades tropicais sobre as quais recebemos avisos nas notícias, rodopiando até se transformar em uma montanha de caos.

— Você sabe que a Laura trabalha no teatro da escola dela. Ela tem acesso a todos os tipos de tecidos extra do set. Ela conseguiu alguns para nós! E já não era sem tempo, já que o Halloween é daqui a uma semana.

Angélica coloca as sacolas no sofá e vai até onde Nenezinha está sentada, em frente à televisão, comendo purê de batata com uma colher. Passo os dedos em um pedaço de fibra elástica dourada que se sobressai de uma das sacolas dela.

— Meu Deus. A Nenezinha não tem nem três anos ainda. Ela não é grande o suficiente para uma fantasia que precise desse tanto de material. O que vamos fazer com tudo isso?

— Fazer uma fantasia do caral... do caramba para ela, a melhor que alguém já viu!

— Angélica, eu disse que não sei nem se vou conseguir levá-la para ir pedir "gostosuras ou travessuras". — Eu me mexo de um pé para o outro. — E ela precisa ir dormir daqui a pouco.

— Eu e a sua avó vamos cuidar das gostosuras e travessuras. Não é à toa que ela é minha afilhada, não é, Em? — Angélica se abaixa e sopra beijos nos pés da Nenezinha.

— *Hola*, Angélica — diz Buela. Ela está usando pijamas cor-de-rosa e tem os cabelos presos com bobes. Estaria muito tarde para a visita de qualquer outro amigo, mas se trata de Angélica.

— *Bendición, Abuela* Glória! — canta Angélica. O abraço que ela dá na Buela é tão apertado que elas estão quase dançando.

— *Que Dios te bendiga, m'ija.* — Buela dança com Angélica por uns instantes antes de apontar com o queixo para as sacolas. — O que é isso tudo?

— Vamos fazer uma fantasia para a Nenezinha. Não vamos, Nenezinha?

— Ah, *bueno*. Está ficando tarde e ela precisa ir para a cama, não? Por que eu não ajudo? Consigo pegar as medidas dela mais rápido do que vocês duas juntas.

Angélica pega a fita métrica e seu caderno de desenhos. Ela começa a virar as páginas do caderno, seus cabelos de pontas cor-de-rosa se balançando.

— Pensei que podíamos fazer uma fantasia de médica! Ou, talvez, de astronauta! Uma mini Chiquita Banana bem fofa, com uma coroa de frutas? Depende do que vocês querem. O que acham?

Buela entra na conversa.

— Uma miss? Ou uma estrela de cinema? *Como la* Audrey Hepburn.

Olho para Nenezinha, que está pacientemente colocando a colher de comida na boca como se não se preocupasse com mais nada no mundo. E, de repente, eu sei exatamente qual deveria ser a fantasia dela para o Halloween.

— Acho que seria fofo se ela se vestisse de chef. Com um avental pequenino, um chapéu, calças xadrez e uma espátula. Talvez até uns sapatinhos de chef. Ela pode usar uma tigela de pipoca para fingir que está cozinhando.

Angélica estala os dedos.

— Sim! Essa é uma ideia muito fofa! Talvez você possa colocar seu casaco de chef e tirar uma foto antes de ir para o trabalho.

— Uma chef — diz Buela, um sorriso iluminando o seu rosto. — É perfeito. E, talvez, usar sucrilhos em vez de pipoca!

De repente, nós três estamos puxando tecidos das sacolas. Buela pega a fita métrica. Angélica coloca uma *playlist* de músicas para tocar no celular. Nós sorrimos para a Nenezinha, que mostra os seus dentes como se soubesse que tem um clã de mulheres para apoiá-la, e que ela pode ser toda e qualquer coisa que sonharmos para ela.

Sonhos

Às vezes, eu me pergunto quais sonhos minha mãe teria reservado para mim se ela não tivesse falecido quando nasci. Se ela gostaria que eu me tornasse uma médica ou advogada; se ela teria me pressionado mais para garantir que eu tivesse um melhor desempenho na escola. Amo a Buela e tenho muita sorte de tê-la em minha vida, mas, apesar de me dar todo o apoio que pode, Buela não é o tipo de pessoa que iria correndo até a escola para dar um tapa na cabeça de um orientador por ele ter me desencorajado a me inscrever em alguma faculdade. Buela não é o tipo de pessoa que exigiria que a escola me testasse para entender por que eu me confundo tanto na hora de dar direções ou porque tive dificuldades para começar a falar. Buela anda pelo mundo com as palmas da mão para cima; ela pega o que o mundo lhe dá enquanto caminha a passos largos e nunca reclama ou chora.

Tenho sonhos para a Nenezinha diariamente. Vejo pessoas usando roupas social no ônibus e imagino a Nenezinha crescida, com uma maleta e um excelente emprego de executiva. Assisto a alguma coisa na TV e imagino a Nenezinha como uma atriz famosa, ganhando um Oscar. São tantas coisas que desejo para ela que, às vezes, acredito que os tecidos da minha pele não são o suficiente para conter cada uma das esperanças que tenho. E eu as sussurro para Emma o tempo todo. Quando estou dando comida para ela. Quando ela está dormindo nos meus braços. Quando estamos brincando no parque. Sussurro todas as coisas que sei que ela pode ser e todas as formas que irei lutar para que ela as seja. Quero que ela saiba que a mãe dela pode não ter sido grande coisa em sua vida, mas fez tudo o que podia para que ela fosse a junção de seus melhores sonhos.

De: E.Santiago@schs.edu
Para: SarahFowlkes_15@exchange.com
Data: Sexta-feira, 1º de novembro, 20:18
Assunto: Fotos

Oi, tia Sarah.

Espero que você esteja bem! Fiz vários testes com aquela receita de macarrão com queijo que você me enviou. Anexei aqui uma foto dele já servido. Adicionei um pouco de queijo gruyère e estava de lamber os dedos de tão bom.

Também estou enviando uma foto da Nenezinha no Halloween. O avental dela não ficou a coisa mais linda? Não consegui ir pedir "gostosuras ou travessuras" com ela, mas a Buela e a Angélica a levaram pela vizinhança e depois foram ao centro de recreação, onde estava tendo um concurso de fantasia em faixas etárias diferentes. Infelizmente, Nenezinha perdeu para uma versão infantil do T'Challa, mas ano que vem vamos nos planejar melhor e vamos vencer esse concurso, com ou sem Wakanda.

Agradeço pelas ideias para a arrecadação. Na verdade, preciso de mais um favor seu... Acha que poderia me enviar a receita de recheio da nossa família? Tive uma ideia que acho que poderá ajudar a fazer mais dinheiro.

Com amor & um pouco de canela,
E.

E eu sigo na luta

Faz duas semanas desde que entreguei a proposta, mas, finalmente, Chef Ayden e a administração da escola aprovaram o plano de arrecadação de dinheiro e eu tenho oficialmente uma nova programação que tomou conta da minha vida. Acordo uma hora e meia mais cedo do que o meu horário de costume, antes mesmo de o sol começar a se levantar, e me preparo para ir para a escola. Os seguranças sabem que dois de nós temos, durante três manhãs da semana, permissão especial para ir para a cozinha mais cedo, onde o Chef nos aguarda para começarmos o almoço especial do dia. Apesar de ele nunca ter falado a respeito, sei que ele teve que discutir com o diretor a nosso favor, a fim de poder reabrir o pequeno restaurante de treinamento acoplado à cozinha do andar debaixo.

Estamos fazendo um rodízio entre os estudantes para que ninguém tenha que comparecer mais cedo mais do que uma vez por semana, mas, se alguém não consegue ir, eu vou no lugar, já que sou a líder da arrecadação. No período da tarde, outro aluno serve o almoço em cada um dos três horários diferentes; todos os dias após a escola, ao longo de uma semana inteira, um dos alunos lava os pratos e ajuda Chef Ayden a limpar o restaurante. Como também tem gente cozinhando na parte da manhã, a ideia é que, no final, todos aprendam o mesmo número de receitas.

Eu esperava que os professores fossem gostar de ter outra opção de refeitório, mas não imaginava que o pequeno restaurante fosse encher todas as vezes. Na maioria dos dias, a comida que fazemos acaba e o Chef tem que informar às pessoas que já não há mais almoço. Por sete dólares por pessoa por uma refeição, e cerca de dez a doze professores a cada período de almoço, três períodos durante o dia, estamos arrecadando um pouco acima de setecentos dólares por semana e temos cinco semanas pela frente até a nossa data limite, em dezembro. Já refiz os cálculos inúmeras vezes, mas o resultado é sempre de que, até o Baile de Inverno, teremos arrecadado três mil e quinhentos dólares. Tento não demonstrar o meu nervosismo ao pensar no quanto ainda precisamos arrecadar quando dou minhas atualizações semanais para a turma, mas sei que tenho que fazer tudo o que estiver ao meu alcance para conseguir lotar o ginásio em que o baile acontecerá.

E me esforçar tanto assim na escola não é fácil. Ainda estou trabalhando na Burger Joint, indo para as aulas de reforço de Matemática após a escola e passando todo o tempo que consigo com Nenezinha.

Antes que eu perceba, os primeiros dois meses de escola passam voando e já estamos no meio de novembro. O que significa que o Baile de Inverno se aproxima. E a quantidade de dinheiro que arrecadarmos em dezembro não somente determinará se poderemos ir para a Espanha, mas também se as minhas ideias e o meu suor e tempo valeram a pena. O que significa que eu não posso falhar.

Fora da frigideira

Um dia, estou na cozinha cedo de manhã, colocando alguns pãezinhos no forno. Após acionar o *timer*, limpo a minha estação e olho ao redor. A Leslie Perfeitinha está mexendo uma panela enorme de sopa de frango e Richard está cortando tomates, cebolas e alface para rechear os sanduíches.

O Chef está sentado em uma pequena mesa no canto, e sei que essa é a minha chance.

— Chef, será que eu poderia falar com você?

Ele leva um segundo para levantar o olhar do computador e posso ver que está com olheiras. Nunca me perguntei se o Chef é casado, se tem filhos ou quão longe da escola ele mora. E, ao contrário de nós, ele tem que acordar cedo diariamente para estar sempre aqui de manhã e comandar a cozinha e, com frequência, fica após o período de aulas para fazer as preparações necessárias para o dia seguinte.

— Diga, Emoni. Tudo bem com o seu pão?

Sinalizo que sim.

— Tive algumas ideias para o Baile de Inverno desse ano. Maneiras de fazer algumas mudanças para que seja algo novo, que as pessoas que compareçam todo ano nunca tenham visto.

Ele fecha o computador e dedica atenção total ao que tenho para dizer.

— E quais são as ideias?

— Bom, eles sempre servem aquele presunto em lata e vagem salteada. Exatamente o tipo de prato que as pessoas preparam em suas casas para as festas de fim de ano. Mas e se nós fizermos algo que fosse mais no estilo de um restaurante? Como porções de *chorizo* ou um prato de vegetais recheados? Ou ainda, porções individuais de macarrão com queijo no forno?

O Chef une os dedos.

— Como você faria para melhorar a receita de macarrão com queijo?

Levo uma mão ao peito, ofendida.

— Absolutamente nada. Macarrão com queijo não precisa ser melhorado, degradado, alterado ou coisa do tipo. É perfeito em sua forma mais simples. Podemos apenas adicionar um pouco de queijo gouda.

O Chef sorri.

— Adoro a ideia. Por que você não anota essas sugestões? Vou pensar a respeito das medidas e porções.

Volto para os meus pãezinhos, que estão crescendo no forno e preenchendo a cozinha com o cheiro mais delicioso. Estou criando um cardápio para centenas de pessoas. Sinto como se algo também tivesse crescido em mim, e tem um gosto um pouco parecido com o da esperança.

Hora decisiva

O Dia de Ação de Graças é daqui a uma semana e, duas semanas depois, é o Baile de Inverno. Temos apenas algumas semanas para terminar de arrecadar dinheiro o suficiente para irmos para a Espanha. As vendas do almoço estão estáveis e temos quase dois mil e quinhentos dólares. Mas as férias de inverno estão chegando, e o depósito deve ser feito alguns dias após o baile.

Apesar de tentar aparentar tranquilidade, sei que o fato de ainda termos que arrecadar mais de seis mil dólares deixa o Chef nervoso. A escola irá nos pagar mil dólares pelo Baile de Inverno, mas ainda vai ficar faltando uma quantia que talvez não consigamos arrecadar em dezembro. Melhorei muito minhas habilidades em matemática, já que tomei a responsabilidade de registrar as vendas semanalmente para verificar em que ponto estamos da arrecadação.

Quando entro na sala de aula na terceira semana de novembro, vejo que não há receitas em nossos quadros. Abotoo o meu casaco e paro ao lado de Richard.

— Hoje, vamos pensar em soluções criativas para o problema que temos. Emoni tem feito um excelente trabalho ao trazer ideias para arrecadarmos dinheiro, mas acho que o último empurrão tem que partir de um esforço coletivo. Todos queremos ir para Sevilha, não?

Como se fossemos marionetes com as cabeças presas em cordas, todos concordamos.

Malachi levanta a mão.

— E se tivermos ideias novas baseadas naquilo que já estamos fazendo? Eu não sei como o Baile de Inverno é feito anualmente, mas não seria um bom momento para fazermos mais do que somente servir a comida?

— Meu pai faz paisagismo — diz Richard. — E se leiloássemos os serviços dele? As pessoas doam dinheiro para esse tipo de coisa, né?

Amanda concorda.

— E se abríssemos o jantar também para o público, não somente família e amigos? A minha irmã tem mais de trinta mil seguidores no Instagram e tenho certeza de que os meus pais poderiam fazer propaganda para os clientes deles. Se mudarmos o jantar para ser no ginásio em vez de no refeitório, seria possível colocar mais mesas.

Ninguém que conheço tem muito a oferecer, mas começo a anotar todas as sugestões. Chef Ayden bate palmas e parece estar prestes a finalizar nossas tentativas de inovar. A ideia de adicionar mais coisas ao jantar provavelmente lhe dá calafrios, mas essas ideias são boas demais para serem refreadas. Eu me enfio na conversa antes que ele diga qualquer coisa.

— Acho que devíamos expandir o jantar. E se pedíssemos ao pessoal da aula de Design Gráfico para fazer um panfleto para divulgarmos nas redes sociais? A minha amiga Angélica com certeza pode ajudar.

Alguém grita, de lá do fundo:

— É isso aí! Podemos marcar algumas pessoas famosas. Meek Mills sempre divulga coisas assim para os fãs dele, e o Joel Embiid também pode apoiar.

Chef Ayden parece querer interromper, mas as pessoas continuam dando sugestões e a minha mão praticamente voa pelo caderno para anotar tudo o que está sendo dito. Quando as ideias começam a diminuir, levanto a mesma mão e espero que Chef Ayden me autorize a falar.

— Como a líder da arrecadação, quero propor apresentarmos essas ideias ao diretor Holderness. Não temos muito tempo, mas o pior que pode acontecer é ele dizer não. Às vezes, você precisa apenas perguntar, não é?

O Chef concorda.

— Tenho alguns amigos dos meus tempos de escola de culinária e antigos colegas de trabalho que podem querer comparecer ou contribuir. Perguntar não dói.

Quando saímos da sala de aula, acho que estamos todos nos sentindo confiantes. Não somente podemos arrecadar o dinheiro de que precisamos, mas essa pode também ser uma oportunidade de mostrar nossas habilidades para a escola e para nossas famílias, para a cidade inteira.

Até o fim

A próxima semana chega tão rapidamente quanto um trem expresso: mudo de uma tarefa para a outra sem parar, me exaurindo até o último fio de cabelo. Digo isso literalmente – até meus fios de cabelo clamam por uma soneca. Entre os turnos de final de semana na Burger Joint, finalizar as inscrições para a faculdade, criar panfletos e usar as redes sociais para promover o evento de arrecadação, as manhãs cozinhando para o público do almoço, e as tardes em que passava servindo, não tenho tempo nem para respirar. Até mesmo quando estou em casa, estou fazendo o jantar ou lavando os pratos e, por mais que eu ame cozinhar, adoraria poder fazer uma pausa.

Nada disso se compara ao fato de que, geralmente, estou cansada só pelo fato de ter que correr de um lado para o outro me certificando de que Nenezinha tenha comido bem e esteja bem-vestida, tenha ido ao parque, que alguém tenha lido para ela, que ela tenha dormido bem, esteja em dia com suas visitas ao médico e pronta para as visitas ao pai.

Durante algumas noites, tenho vontade de chorar até dormir ao pensar no tanto de coisas que tenho feito, mas até mesmo meus olhos estão cansados demais para fabricar lágrimas.

Este ano, o Dia de Ação de Graças será um evento tímido aqui em casa. Já que estarei com Nenezinha no Natal e no Ano-novo, Tyrone e eu decidimos que faria sentido que ele ficassse com ela no Dia de Ação de Graças. Então, este ano, somos somente Buela e eu comendo um pequeno pernil e arroz e acelga arco-íris, assistindo a um jogo dos Eagles.

Quando o celular toca, sei, antes mesmo de olhar para a tela, que é Malachi. Toda a família da Buela já ligou para ela, tia Sarah me ligou e conversamos por alguns instantes, depois ela prometeu que me enviaria um e-mail com uma receita de torta que pedi, e Gelly está com a família de Laura, então não sentirá que precisa me ligar.

— Oi, Santi. Só queria desejar um feliz Dia de Ação de Graças para você. O que você cozinhou?

Hesito antes de responder.

— Pudim de chocolate, Malachi. Você deveria provar um pouco. — E desligo o celular, meu coração batendo forte e meu rosto se dividindo em um sorriso.

Jantar de Inverno

É segunda-feira, 9 de dezembro, e a Schomburg Charter está silenciosa enquanto o último dos estudantes sai. As únicas pessoas que ainda estão no prédio são os professores, terminando de dar as notas, e os tutores arrumando as mesas e cadeiras no ginásio. Daqui a duas horas, a escola irá reabrir para que o público venha aproveitar o Baile de Inverno. Mas, na nossa pequena parte do prédio, a hora do jogo começou.

— Muito bem, pessoal! Hoje é a grande noite. As pessoas pagaram para vir aqui em nosso ginásio chique, e vendemos quase todos os ingressos. O time de basquete até mudou a data de um jogo para que pudéssemos usar esse espaço, e o diretor Holderness convidou o pessoal do escritório do superintendente. O Black Thought do the Roots retweetou um post e mais de cem pessoas da comunidade compraram ingressos. Fizemos tudo o que estava ao nosso alcance para que as pessoas viessem, mas agora temos que mostrar serviço.

É quase como um mini evento de formatura. Trouxemos as longas mesas da cafeteria e as cobrimos com tecidos bonitos (no fim das contas, os tecidos da Angélica não foram desperdiçados!). Colocamos luzes de natal no corredor de entrada para que o ambiente tenha um efeito mais parecido com uma noite de inverno. As cestas de basquete foram recolhidas e a tela em que se mostra o placar está coberta com um cardápio impresso em um papel de pôster grande. Cada um de nós está usando uniformes limpos, nossos chapéus bem presos. Não é tão requintado quanto aqueles restaurantes na cobertura de prédios, mas, raios, é mais do que o suficiente para um ginásio de escola transformado em menos de duas semanas.

Volto a prestar atenção no discurso do Chef.

— Eles estão prontos para comer e beber. Bom, beber não, porque seria ilegal. Façam com que tudo seja bom, sigam ordens. Cada grupo sabe do que tem que cuidar, certo? Qualquer pergunta a respeito do cardápio pode ser feita para a Emoni ou para mim. Sigam as receitas meticulosamente. Eu as fiz milimetricamente perfeitas, até o último grão de sal.

O Chef me lança um olhar.

Toda a classe concorda com ele. Não sei como estão os outros, mas sinto como se até mesmo as borboletas no meu estômago tivessem borboletas nos estômagos *delas*. Ao meu lado, Malachi cantarola *Meek* para si mesmo. Sem pensar, pego a mão dele e a aperto levemente. Ele aperta a minha mão de volta e sinto meus nervos se acalmarem um pouco. Se bem que, agora, a minha mão está formigando no lugar em que ele tocou. Não tenho escapatória do nervosismo!

Todos vão para suas estações e eu encontro Richard e Amanda na nossa. Estamos encarregados de montar as colheradas de caçarola de batata-doce com um toque espanhol. Essa ideia foi minha, uma refeição festiva do sul dos Estados Unidos com um toque de sul da Espanha. A maior parte dos aperitivos foi preparada anteriormente, então precisamos apenas colocá-los no forno e guarnecer. Começo a pegar a caçarola de batata-doce para colocar nas colheres de cerâmica em que ela será servida, enquanto Richard as enfeita com nozes caramelizadas e linguiças espanholas. Três meses atrás, a maioria de nós não havia nem ao menos provado a culinária espanhola e hoje estamos oferecendo um banquete com tema semi-espanhol.

Trabalhamos como máquinas. Coloco a comida na colher e a passo para a minha esquerda. Richard adiciona as nozes e as linguiças e passa o prato. Amanda adiciona salsinha e limpa em volta do prato. Um pouco de molho aioli picante faria com que esse prato ficasse perfeito. Doce e salgado na mesma mordida. Eu quase me encaminho para o armário dos temperos, mas não o faço.

Essa não é a receita.

Conto as colheres; fizemos porções extras de tudo só para garantir. Coloco a salsinha em todas, menos em duas. Nas duas últimas colheres, adiciono o azeite e a pimenta picante e adiciono a minha guarnição diferenciada. Eu irei comer essas duas colheres. Fazemos bandejas e mais bandejas de comida; algumas são levadas para frente, para os estudantes que irão começar a servir. São os espetos de vegetais de inverno e porções individuais de vegetais recheados com *jamón ibérico* – as mordidas menos intensas. Enquanto o primeiro prato está sendo servido, começamos a limpar as estações. Nossas pequenas porções de batata doce e macarrão com queijo são as próximas na fila.

Provo uma das colheres que fiz para mim. Está bom. Tem potencial. Algo para anotar para uma futura receita.

A noite se move de forma tão caótica quanto Angélica quando entra rapidamente em um ambiente. Antes que eu perceba, a última refeição, porções individuais de torta de maçã, acabou, e a única coisa que nos resta fazer é nos apresentarmos em fila e fazer uma reverência.

É estranho deixar a cozinha. Sinto como se estivesse pelada. Cada uma das receitas que saiu tinha um toque meu e portanto era minha responsabilidade as pessoas terem gostado ou não da refeição.

Um jogo de números

Aqueles de nós que estivemos na cozinha fazendo a preparação entramos pela parte de trás do ginásio e nos juntamos ao resto dos nossos colegas de classe, que estiveram servindo. Chef Ayden acabou de ser anunciado e sobe no palco. Ele limpa a mão grande em seu casaco de chef antes de apertar a mão do diretor. Apesar de os estudantes terem cozinhado, o casaco dele tem tantas manchas de farinha e molho quanto os nossos.

— Como muitos de vocês devem ter ouvido durante a noite, em adição ao nosso Baile de Inverno anual, esse jantar também tem a intenção de ser uma arrecadação de fundos para a nossa turma de Arte Culinária, que irá viajar para a Espanha durante o recesso de primavera. Eles trabalharam diligentemente durante as primeiras semanas para arrecadar dinheiro, e esse baile foi o evento principal para tal.

O diretor Holderness abre um envelope. Richard coloca o braço no ombro de Amanda. Eu aperto meus punhos e seguro a respiração.

— E o valor final arrecadado essa noite é de... dois mil dólares!

Rapidamente somo os valores dos almoços com o dinheiro arrecadado esta noite; com o novo total, cada um de nós deve pagar cerca de duzentos e setenta e cinco dólares.

Isso é mais dinheiro do que o que eu havia guardado, especialmente considerando que devemos pagar essa diferença até o final da semana. Pisco repetidamente para não deixar as lágrimas escaparem. *Esse é um momento de felicidade, Emoni. É algo para você se orgulhar. Não deixe que ninguém veja você chorar.*

— Por favor, aplaudam os estudantes que os alimentaram tão bem durante esta noite, a Turma Três da aula de Arte Culinária. — O diretor Holderness aponta para nós no fundo do ginásio e, de repente, o local se ilumina completamente para que os convidados possam nos ver. Aperto os olhos a fim de me ajustar à luminosidade e, agora, também consigo ver o ambiente. Buela está sentada em uma das mesas da frente e, quando todos se levantam para nos aplaudir, ela quica em seus calcanhares como se quisesse pular. Eu vejo Ant e June da barbearia usando camiseta e jeans, batendo palmas com entusiasmo. Júlio deve ter falado com eles. A sra. Martinez, nossa vizinha do lado, acena com a cabeça como se quisesse dizer que sabia que seríamos capazes de conseguir nosso objetivo. Vejo, por todo o ambiente, vizinhos, conhecidos do quarteirão, os amigos de igreja da Buela, diretores do centro cultural, donos de negócios, todos aqui para apoiar nosso sonho.

Malachi coloca o braço em volta de mim e Amanda segura a minha mão.

— Nós conseguimos. Alimentamos duzentas e cinquenta pessoas e mostramos por que merecemos a atenção e o dinheiro deles — diz ela.

Eu concordo, com um nó na garganta. Não sei como conseguirei a minha parte do dinheiro, mas fico feliz que as minhas ideias tenham facilitado o trabalho para o resto dos alunos. E ela está certa: fizemos com que algo especial acontecesse aqui hoje.

A noite acaba rapidamente após esse momento e, apesar de precisarmos ir para a cozinha terminar de limpar, a maioria dos alunos está falando com os amigos e cumprimentando os membros da família. Estou abrindo caminho para chegar até Buela quando uma mulher entra no meu caminho.

— Com licença. — Ela me parece familiar, mas não consigo reconhecer seu rosto.

Eu olho para ela.

— Posso ajudar?

Ela estica a mão e, quando apertamos as mãos, sinto uma palma áspera e um aperto firme.

— O Chef me falou para falar com você. Emoni, certo?

Eu concordo e solto a mão dela.

— Não sei se você se lembra de mim — diz ela. E, assim que profere essas palavras, começo a me lembrar. É a chef do restaurante chique em que Buela me levou, Café... alguma coisa?

— Depois que você veio ao meu restaurante, eu mencionei ao Paul, Chef Ayden, que havia conhecido você, e ele não parou mais de falar sobre como você era uma talentosíssima chef em treinamento. Fiquei muito feliz quando ele me convidou para vir provar a sua comida hoje. Ele me disse que você foi a responsável pelo cardápio?

Concordo como se não fosse de grande importância, mas, por dentro, estou um carrossel de emoções. Por um momento, eu me esqueço do dinheiro que ainda preciso juntar. Chef Ayden estava se gabando de mim?

Pigarreio.

— O Chef Ayden me ajudou um pouco com o cardápio.

A mulher assente.

— A comida estava deliciosa. Eu gostei especialmente da caçarola de batata-doce.

Sorrio para ela.

— Se você achou que estava boa, você devia provar a versão de último minuto que fiz, com aioli picante. O toque da pimenta combinou perfeitamente com o sabor mais adocicado. — Percebo que estou falando com ela como se fôssemos amigas de longa data, e imediatamente fico vermelha. Não quero que ela ache que estou me gabando.

Ela inclina a cabeça para o lado.

— Bom, eu adoraria provar essa outra versão um dia. Eu queria parabenizar a chef. Fique com o meu cartão. Acho que o que vocês todos estão fazendo é memorável. Aproveite muito a viagem para a Espanha.

Ela me dá o pequeno cartão de visitas. *Lisa Williams, Proprietária e Chef Executiva, Café Sorrel.*

Lisa me cumprimenta com a cabeça e vai na direção do Chef Ayden. Eu encaro o cartão na palma da minha mão. Depois, o enfio no casaco e, no mesmo instante, Buela me puxa.

Ela me abraça tão apertado que balançamos para a frente e para trás.

— Estou tão orgulhosa de você, *nena*! Foi maravilhoso. A comida estava deliciosa e todos pareciam muito felizes. Todo mundo comeu tudo. Consegui sentir o seu toque especial na batata doce. Foi você quem fez, não? Tinha o seu toque. Até a bebê Emma percebeu. — Olho para o carrinho de bebê. Deitada nele, Nenezinha está lambendo a palma da mão.

Buela e eu ainda estamos nos balançando, mas, de repente, ela me afasta.

— Oh, que grosseria da minha parte. Quero apresentar você a alguém.

Atrás dela está um homem pequeno e magro, usando um daqueles chapéus antigos no estilo fedora. Ele usa óculos e tem um grande bigode, além dos olhos mais doces que já vi.

— Este é Joseph Jagoda. Ele trabalha no escritório do dr. Burke. Fui até lá entregar panfletos na semana passada. O escritório fez uma doação!

Sorrio para o sr. Jagoda.

— Muito obrigada pelo apoio! — Me parece que os esforços de Júlio serviram de inspiração para a Buela.

Então, Angélica vem e me abraça, e os amigos de Júlio, da barbearia, me dão abraços e tapinhas amigáveis nas costas.

Nenezinha sorri para mim em seu carrinho de bebê e balança a mão grudenta. Abro caminho entre todos e a pego no colo, deixando seu doce cheiro de bebê me envolver. Não sei como vou conseguir o resto do dinheiro, mas sei que hoje fiz mais do que achei que seria possível, e isso é motivo para me orgulhar.

Fisgada

No dia seguinte, quando chegamos na escola, meus colegas de classe ainda estão muito animados. Estou feliz porque, pela primeira vez em um mês e meio, nenhum de nós teve que ir mais cedo para a escola e finalmente consegui dormir um pouco.

Chef tentou cancelar os nossos almoços como um todo. Ele nos contou que anunciou, em uma reunião de funcionários, que, após o Baile de Inverno, ele iria encerrar o programa, mas os outros professores reclamaram, então os turnos de almoço do restaurante irão começar após o Ano-Novo, às terças e quintas-feiras. Quem vier mais cedo para cozinhar ganhará créditos extra, e quem vier para servir o almoço terá o direito de ficar com as gorjetas. E, já que eu preciso tanto de dinheiro quanto de créditos extras, irei aparecer todas as vezes que puder.

Quando chegamos em casa após o jantar, perguntei para Buela se ela poderia me emprestar o dinheiro necessário para o depósito da viagem; eu pegaria mais um turno na Burger Joint para poder pagá-la de volta. Mas então ela me disse que já havia gastado o último cheque da aposentadoria com as contas e os presentes de Natal. Ela se ofereceu para devolver os presentes ou pedir a ajuda de um amigo, mas seu olhar pareceu tão triste e envergonhado que eu a acariciei no braço e disse que resolveria por conta própria. Penso em pedir o dinheiro para Júlio, mas, quando conto do baile, ele me interrompe para dizer que eu o inspirei e, por isso, irá patrocinar uma festa em sua vizinhança para arrecadar dinheiro para a escola local. Sei que ele dirá que educar aqueles que necessitam é mais importante do que viajar para a Europa, e eu não saberia nem ao menos argumentar contra isso.

Afasto esses pensamentos enquanto limpo a minha estação. Malachi vem até mim e apoia os cotovelos perto das bocas do fogão.

— Ei, Santi. Eu arranjei ingressos para ver o *Disney No Gelo* esse final de semana. Está a fim?

— Desde quando você tem pessoas aqui em Philly para arranjar coisas?

Ele sorri.

— Isso é um sim?

Ele está parado perto de mim e eu me pergunto como ele consegue cheirar tão bem após passarmos uma aula inteira suando e mexendo com comida.

— Eu não sei, Malachi. Não costumo ir em encontros assim, e isso está me soando como um encontro. — Limpo a minha área, me certificando de não chegar muito perto das bocas do fogão ou de Malachi - qualquer um dos dois iria me queimar.

— Então, aí é que está. Não seria um encontro — diz ele, abrindo um largo sorriso que mostra todos os dentes. — Eu posso arranjar mais alguns ingressos. Você pode convidar a Angélica, a namorada dela, trazer a pequena rainha Emma. Até a sua *abuela* pode vir, se isso for fazer com que você aceite.

Raios. Malachi sabe exatamente como me atingir. Arrumar ingressos para que a minha família inteira possa assistir algo que vemos somente nos comerciais, mas nunca na vida real, me dá um nó na garganta. Eu termino de limpar a minha estação e pego a minha mochila no cabide. Pigarreio.

— É muito legal da sua parte, Malachi. Isso significa muito para mim. Um pouco de diversão cairia bem. Que dia?

— Não vá ficar caidinha por mim, Santi. — Mas ele não olha para mim. Acho que estamos ambos tão acostumados a perturbar um ao outro que, nesse momento de sinceridade, ficamos tímidos. — Os ingressos são para esse sábado.

— Eu vou falar com meu pessoal. Você quer ajuda para limpar a sua estação? O Chef vai ficar bravo quando vir que você não desligou o fogão.

Mas Malachi faz sinal que não.

— *Nah*, você já me fez ganhar o dia.

Complicações

Sempre tive a impressão de que Malachi estava interessado em mim. Mesmo que ele não tenha dito essas palavras exatas. E, para ser sincera, ainda que ele *tivesse* falado essas palavras, eu provavelmente não iria acreditar nele. Se tem algo que aprendi com Tyrone, é que uma pessoa pode dizer as palavras mais doces do mundo, mas pode não ser mais do que isso, do que apenas palavras. As ações de Malachi, no entanto, me demonstram repetidas vezes que ele sente algo por mim.

E não sei o que fazer a respeito disso. Demoro quase todo o percurso de ônibus até em casa para criar a coragem de falar desse assunto com Angélica e, ainda nesse instante, escondo a pergunta por trás da menção ao convite de Malachi.

Angélica imediatamente pega o celular para enviar uma mensagem para Laura.

— Que bom, ela disse que está livre e que podemos ir.

Fico quieta no caminho até em casa. Angélica entra comigo. Ela vai tirar fotografias para um mural novo em Port Richmond hoje à tarde e há um brechó lá que oferece dinheiro por roupas usadas. Ela se ofereceu para vender uma sacola de camisetas velhas e calças jeans por mim.

Estamos no andar de cima, no meu quarto, onde estou colocando as roupas em uma grande sacola de plástico. Espero que eu consiga ganhar dinheiro suficiente para ao menos diminuir um pouco do que preciso juntar para a viagem. Tenho um monte de roupas da Nenezinha que não cabem mais nela e as coloco junto às duas camisas de grife que ganhei no Natal passado, na esperança de que elas rendam uma boa quantidade de dinheiro.

— Essa camisa é bonita, por que você está colocando aqui? — pergunta Angélica, pegando uma camisa da Doutora Brinquedos no topo da pilha.

— Porque não cabe mais na Nenezinha. A não ser que você esteja planejando ter uma filha em breve. — Brinco, erguendo uma sobrancelha para ela.

— Ah sim, claro, está no topo da lista de afazeres da Laura, me engravidar.

Nós duas rimos sem parar. Angélica afofa o travesseiro e se deita na minha cama.

— Então, esse final de semana vai ser tipo um encontro duplo?

— O quê? Não. Na verdade, ele também convidou a Buela e a Nenezinha.

— Ah, isso é coisa séria. Ele realmente está tentando se dar bem com a sua família.

Eu paro o que estou fazendo.

— Acho que ele pensa seriamente em sair comigo. É só que você sabe como eu sou com meninos.

Angélica pega uma camisa da minha mão para dobrar.

— Você tem medo de se machucar, amiga. E você nunca acha que tem tempo para pensar em si mesma.

Balanço a cabeça.

— Eu *não* tenho tempo para pensar em mim. E não tenho tempo para meninos.

Angélica e eu dobramos as roupas em silêncio, uma ao lado da outra. Quando a sacola está cheia, ela a amarra e descemos juntas. Chegando na porta, ela para.

— Talvez não seja sobre ter tempo, Emoni. Talvez seja sobre colocar as coisas nos lugares certos. Estar com o Malachi não tem que ser nada diferente do que vocês decidirem que tem que ser. Se tem alguém que tem a habilidade de pegar ingredientes que não funcionariam juntos e fazer alguma coisa deliciosa, é você. Dá um abraço na minha afilhada por mim.

Orgulho

É quarta-feira e faltam apenas três dias para que tenhamos que pagar pela viagem. Eu finalmente engulo meu orgulho e me aproximo do Chef Ayden.

— Chef Ayden, eu queria saber se poderíamos conversar.

Ele me olha com um sorriso no rosto. Desde o Baile de Inverno, o Chef tem sorrido mais, cumprimentado as pessoas com um "toca aqui". Sei que ele se sente aliviado por saber que a maior parte do dinheiro foi coberta pela arrecadação. Um alívio que eu não sinto.

Angélica conseguiu vender minhas roupas por quarenta e cinco dólares. Buela deixou uma bela nota de cinquenta perto da minha cama essa manhã, e não sei onde foi que ela conseguiu; ela só receberá a aposentadoria no próximo mês. Mas isso ainda significa que tenho dois dias para encontrar cento e oitenta dólares.

— Emoni, a melhor líder de arrecadação do século. O que posso fazer por você?

Sorrio de volta para ele, apesar de me sentir enjoada por dentro. Como posso ser uma boa líder de arrecadação se não consegui o meu objetivo?

— Eu queria saber se seria possível ter mais um pouco de tempo para que eu pague o meu depósito. Ainda me falta um pouco de dinheiro. — Deslizo os cem dólares na direção dele. Ele olha para as notas e, então olha para mim.

— Ah, Emoni. Quem me dera eu soubesse que você precisava de ajuda. Alguns dos alunos pediram por ajuda mais cedo e conseguimos arrumar um modo de fazer um pagamento financiado e até algumas extensões, mas, faltando apenas dois dias para que o depósito tenha que ser feito para os organizadores, nessa sexta-feira, fica um pouco tarde para fazer mudanças... Eu preciso falar com o diretor Holderness.

Mas, pelo olhar dele, consigo perceber que as possibilidades não são das melhores.

— Isso significa que se eu não conseguir o dinheiro, não poderei ir?

Ele desliza as notas de volta na minha direção e, então, toca minha mão.

— Claro que você vai, nem que eu tenha que pagar por conta própria — diz ele. Mas em seus olhos vejo a mesma expressão que Buela fez ao me dizer que não tinha o dinheiro. Dois dias não é tempo o suficiente para que as pessoas rearranjem o dinheiro que reservaram para as férias a fim de cobrir algo que não é uma necessidade. Ele torna a tocar a minha mão.

— Nós só temos que achar uma solução criativa. Eu vou falar com o diretor Holderness. Por enquanto, apenas cuide do seu dinheiro.

Quando acordo na quinta-feira de manhã, cada pedaço do meu corpo tem vontade de continuar na cama. Quero me esconder embaixo das cobertas e fingir que o mundo não existe para fora das paredes do meu quarto. Mas Nenezinha acorda de um sonho gritando, e eu a pego para consolá-la. Levo quinze minutos para acalmá-la o suficiente para poder vesti-la e alimentá-la, e sei que não terei tempo para me vestir com nada além da calça legging e da camiseta com as quais dormi. Quando Buela me pergunta algo a respeito de lavar os pratos, eu quase tenho vontade de arrancar a cabeça dela com os dentes de tanto mau-humor que estou, mas me impeço de dizer algo que sei que vou me arrepender depois. Se eu não puder ir nessa viagem, não é culpa de ninguém e, especialmente, não é culpa da Buela.

Angélica deve ter percebido como estou me sentindo, porque ela enfia o braço no meu enquanto andamos até o ponto de ônibus e tenta me distrair contando fofocas de celebridades. Quando finalmente estamos no ônibus, uso meu celular para esconder meu rosto dela. Não quero que ela veja as lágrimas em meus olhos. Eu checo os meus e-mails e parece que há uma mensagem da tia Sarah – o nome dela está na linha do assunto –, mas o endereço de e-mail é diferente daquele que estou acostumada a ver; quase como se tivesse sido encaminhado de um website.

Abro o e-mail e a primeira coisa que vejo é um valor em dólares:

$300

Mensagem: Oi, sobrinha. Peço desculpas pelo atraso. Sei que você me disse no seu último e-mail que a arrecadação acabava no começo dessa semana. Falei com suas outras tias e tios e com seus primos e consegui essa quantia; espero que você ainda possa usar. Eu nunca fui para nenhum lugar mais longe do que Raleigh, mas imagino que as pessoas precisem de um pouco de dinheiro no bolso quando saem de casa, certo? Estamos todos muito orgulhosos de você. Nya também teria orgulho.

Com amor,

tia Sarah & a família

Eu estou desnorteada, e deve ser perceptível, porque Angélica agarra o meu braço.

— Emoni, o que houve? Você está tremendo.

Tia Sarah é minha tia correspondente de e-mail, o laço mais forte que tenho com a minha mãe, minha confidente culinária; mas ela nunca me enviou dinheiro antes, nunca organizou aquele lado da família para me enviar um presente. Olho pela janela, as nuvens se abrindo ao mesmo tempo em que meu mau-humor vai embora, a luz do sol espiando entre elas, e percebo, com toda a certeza, que existe mais do que um tipo de mágica nesse mundo.

No gelo

Vi comerciais da *Disney no Gelo* a minha vida inteira, mas nunca pensei em ir assistir. E, ainda assim, enquanto esperamos do lado de fora do Weels Fargo Center, eu me sinto tão inebriada quanto as criancinhas pulando para cima e para baixo, ansiosas. Em seu carrinho de bebê, Nenezinha fica apontando para tudo e todos. Laura e Angélica estão de mãos dadas, tentando parecer descoladas e fingir que estão aqui apenas porque as convidei, mas sei que elas também estão empolgadas. Malachi é o mais engraçado de todos nós, ficando na ponta dos dedos para ver se estamos chegando mais perto da entrada principal, fazendo caretas para Nenezinha e pedindo para tirar uma foto com cada um dos personagens da Disney que passa por nós. Buela recusou o convite dele e disse que, em vez disso, iria se encontrar com um amigo.

— Vocês jovens, vão e se divirtam com a sua Disney. Eu vou beber um *cafecito* e fofocar.

Quando nos aproximamos da entrada, Malachi procura os ingressos em seus bolsos e dá um passo para a frente. Angélica se abaixa para brincar com a proteção do carrinho da Nenezinha.

— Uma coisa que queria perguntar é como o Tyrone encarou essa notícia.

Não olho para ela quando dou de ombros e ela me empurra.

— Emoni, pelo amor de Deus me fala que você contou para ele — diz ela baixinho para mim, mas eu não tenho a chance de responder (não que eu de fato fosse responder), porque Malachi já está nos apressando para entrar.

Mas Angélica não desiste. Ela sussurra alto o suficiente para que somente eu consiga ouvi-la.

— Emoni, ele não ficou maluco da outra vez quando soube que a Nenezinha estava na mesma casa que o Malachi?

Eu a puxo para mais perto de mim e me asseguro de que Malachi e Laura estejam conversando entre si antes de falar qualquer coisa.

— Angélica, ele pirou da outra vez porque não gostava da ideia de eu ter um encontro com alguém. Sei que ele leva a Nenezinha quando vai sair com outras meninas. Sei que ele namora outras meninas. Não é o final de semana dele e, se eu quiser levar a minha filha para assistir à *Disney No Gelo*, quem é ele para dizer que eu não posso?

Angélica balança a cabeça e ergue as mãos. Laura deve ter percebido que a namorada estava sendo dramática, porque para no meio de uma frase para olhar para nós. Angélica e eu estampamos um sorriso no rosto.

— Está tudo bem? — pergunta Malachi quando os alcançamos.

Abro um sorriso largo, largo demais. Ele deve ter reparado que algo estava me incomodando, mas eu não vou deixar as palavras de Angélica regarem as sementes de culpa em meu estômago.

— Está tudo bem. Obrigada por isso. Eu sei que Emma vai amar. Não é, Nenezinha?

Ao ver nós dois olhando para ela, Emma fica tímida e esconde o rosto na lateral do carrinho de bebê. Eu dou risada.

— Confie em mim, ela está empolgada. Ela faz essa cara quando está empolgada.

Malachi ri.

— Que bom. Fico feliz que tenha dado certo. A minha tia consegue ingressos extras, e ela assiste ao show todo ano.

— A sua tia? — pergunto. Finalmente estamos no portão. — Achei que você tivesse dito que tinha um "amigo" que conseguia os ingressos.

— Eu nunca disse que era um "amigo". A minha tia trabalha aqui. Ela me consegue os ingressos. Nós vamos encontrar com ela agora. Sorria, Santi.

Lado a lado

— Oi, tia Jordyn. — Malachi se inclina para abraçar uma pequena mulher em uma camiseta preta de colarinho e calças largas. A mulher está com um walkie-talkie em uma das mãos, que usa para acariciar as costas de Malachi quando ele abaixa para abraçá-la. Ela ainda está com o braço em volta da cintura dele quando se vira para o grupo. Ele aponta para cada uma de nós. — Deixe-me apresentar você para a Angélica e a Laura. Esta é a Emoni. E a pequena rainha no carrinho é a Emma.

Tia Jordyn olha para ele com uma expressão áspera.

— Menino, o que foi que eu disse sobre apontar para as pessoas? Não é porque a sua mãe não está aqui que você pode esquecer o que ela ensinou para você! — Mas, tão rapidamente quanto franziu o cenho, está sorrindo e soltando Malachi. — E essa pequenina não é a coisa mais linda do mundo? Fico feliz que esses ingressos estejam sendo bem aproveitados. Com os meus filhos fora de casa há tanto tempo, meus ingressos extras geralmente são desperdiçados. Fico feliz que, este ano, tenham ido para alguém que de fato vai gostar de assistir. — Ela aperta a bochecha de Malachi e sorri.

Eu instantaneamente gosto dela. O sorriso de Malachi com certeza é herança de sua parte materna, porque a mulher parece tão feliz e doce quanto ele quando sorri.

— Obrigada, senhora. Estamos ansiosos para assistir — digo.

Ela me lança um olhar que não consigo definir.

— Malachi fala de você o tempo todo. Fico feliz em finalmente poder conhecê-la.

Eu não olho para ele enquanto concordo.

— Bem, entrem, todos vocês. Tenho que preencher uma papelada no meu escritório, então não poderei assistir com vocês. Mas certifiquem-se de aproveitar bastante!

Entramos por uma das portas principais e procuramos pela combinação de letra e número que indica a nossa fileira. Enquanto repasso a conversa em minha cabeça, algo faz meu estômago se revirar. Malachi fala de mim para a tia dele?

Antes que eu perceba, meus pensamentos são absorvidos pela música, pelas luzes coloridas, os personagens em suas fantasias largas patinando e girando e pulando no ar. Não tenho palavras para descrever, a não ser dizer que é mágico. E estou tão entusiasmada quanto Nenezinha. Ela pula do meu colo para o de Angélica, batendo palmas e apontando. Gostaria de poder fazer isso para ela mais vezes, fornecer esse tipo de aventuras.

Malachi se inclina, seu hálito quente em minha orelha.

— Sorria, Santi. Esse é o maior espetáculo do mundo.

— Você errou o espetáculo, amigo. Eu acho que essa frase é dita para o circo, não na Disney.

— Eu não estava falando do que está acontecendo ali — diz Malachi, mexendo em um dos meus cachos. — Estou falando sobre o que está acontecendo aqui. — Ele entrelaça os dedos dele nos meus, e fico feliz pela Nenezinha estar no colo da Angélica, pulando e se sacudindo. Fico feliz pela minha mão estar livre, para que eu possa segurar a de Malachi.

— Você é ridículo — digo, sorrindo. — O que isso quer dizer?

Malachi não responde. E não solto a mão dele pelo resto do espetáculo.

Cavalheirismo

A Tia Jordyn nos deixa sair por uma porta lateral, o que significa que conseguimos evitar a multidão. O ar frio do lado de fora imediatamente nos atinge, e eu fecho a capa de plástico do carrinho de Emma. Uma das coisas que mais odeio no inverno é que, ainda que sejam só quatro e meia da tarde, já está escuro lá fora, e a temperatura caiu vinte graus durante as duas horas em que estivemos lá dentro, e agora já deve estar abaixo de zero.

Tento soprar ar quente nas minhas mãos cobertas pelas luvas. Malachi ainda está lá dentro, falando com a tia dele. Laura e Angélica estão abraçadas, aconchegando-se uma no pescoço da outra.

— Vocês podem ir embora, se quiserem. A casa da Laura é na direção oposta, então não é como se fossemos pegar o mesmo trem.

Angélica me dá exatamente três segundos para reconsiderar o que disse antes de agarrar a mão de Laura e flutuar, literalmente *flutuar* para longe, com Laura rindo atrás dela.

— Tchau, Emoni. Obrigada por se lembrar de nós — diz Laura por cima do ombro. Eu não as culpo por não quererem ficar mais tempo. Gosto de como Laura faz com que Angélica se sinta mais leve; de como elas ficam felizes em darem as mãos e se amarem.

E, então, Malachi está parado atrás de mim e enfia a mão dele na minha e, com a outra mão, empurra o carrinho de bebê, e eu sou uma rede atada. A sensação de paixão crescente contrasta com os sentimentos de culpa e dúvida se eu deveria ou não continuar com isso. Mas meu desejo é poder me livrar do meu passado e curtir quem sou agora.

— Minha tia pediu um carro compartilhado para não termos que andar no frio quando descermos no seu ponto de ônibus.

Então era isso que eles estavam conversando lá dentro, sobre o lugar em que moro.

— Eu não tenho uma cadeirinha de bebê aqui, então não sei se vai dar certo — digo.

Mas Malachi me surpreende.

— Eu sei. Nós pedimos um carro com cadeirinha de bebê.

Não é o tipo de coisa que eu esperava que ele fosse levar em consideração.

Esperamos em silêncio e, quando o carro chega, pego Nenezinha e Malachi segura a porta para mim antes de dobrar o carrinho dela. Durante os vinte minutos da viagem de carro, ficamos em silêncio, ouvindo ao R&B tocando no rádio. Quando entramos, minha casa está toda apagada. Eu fecho a porta atrás de mim e acendo a luz da sala de estar. Fico feliz de a Disney ter deixado Nenezinha cansada, de modo que ela já estava dormindo no carro antes mesmo de a primeira música acabar de tocar na rádio. Está cedo demais para ela ir para a cama, mas não sinto vontade de acordá-la. Vou ter que lidar com ela quando estiver cheia de energia, à meia-noite. Eu a levo para cima e a deito em seu berço. Quando desço de novo, Malachi está no banheiro.

Estou enxaguando um copo na pia quando eu o ouço entrar na cozinha. Eu me viro para perguntar se ele quer um copo de água, mas o braço dele, em volta da minha cintura e encostando na minha pele, me surpreende. Eu congelo por alguns instantes e somente quando ouço o barulho de vidro se espatifando no chão é que percebo que o copo caiu da minha mão. Nos afastamos um do outro e observo atentamente, pelo monitor da Nenezinha, se o barulho não a acordou. Quando percebo o silêncio, me ajoelho para pegar os cacos de vidro. Malachi se ajoelha também e nossos narizes quase se encostam antes de eu pegar os cacos maiores e os levar para a lata de lixo. Malachi pega a vassoura no canto da cozinha e se encarrega dos pedaços menores.

— Você leva jeito com crianças — elogio quando terminamos de limpar.

— É, a minha mãe falava a mesma coisa. Mesmo quando meu irmãozinho era um perfeito idiota, eu tinha paciência com ele. Emoni, você está sangrando?

Eu olho para a minha mão. Não havia nem ao menos notado o pequeno corte na palma.

— Deixe-me ver. — Malachi me leva até a pia e coloca a minha mão embaixo da água corrente. Depois, inspeciona o lugar do corte. Após um momento, ele fecha a minha mão em volta da dele e beija os nós dos meus dedos. — Nada grave. Nada que um pouco de água oxigenada e um Band-Aid não resolvam.

Eu balanço a cabeça.

— Dr. Malachi Johnson está aqui para salvar o dia.

— Ainda não. Mas esse é o plano. Você sabe, entreguei o meu primeiro plano com as decisões essa semana. — Malachi e eu falamos a respeito de seu sonho de começar a praticar Medicina em seu antigo bairro. Ele insiste que eles precisam de mais pessoas de lá tentando ajudar uns aos outros, e eu penso no modo como ele pegou carinhosamente a minha mão e inspecionou o corte; como me faz sorrir quando estou chateada. Penso em como ele é imponente ao entrar em um ambiente e como é participativo em todas as aulas, e sei que Malachi será um excelente médico um dia. Às vezes, quando ele fala em voltar para Newark, faz com que eu me lembre do meu pai; um amor tão profundo por suas origens que sai pelo mundo com o propósito único de trazer o mundo de volta para o lugar de onde veio. E as semelhanças fazem com que eu sorria e, ao mesmo tempo, me sinta machucada. Malachi tem o futuro planejado. Ele sabe exatamente o que quer e como vai conseguir. E eu? Eu mal terminei a minha redação para a faculdade, nem ao menos apliquei para lugar algum.

Malachi mexe os pés, desconfortável. Eu tiro a minha mão da dele. Quero segurar a minha própria mão quando fizer a pergunta.

— Malachi, o que é isso? O que estamos fazendo?

Ele dá um passo para trás.

— Eu não sei. Não acho que essa seja uma pergunta que eu tenha que responder sozinho, não? Parecia que você queria que as coisas fossem devagar, então estamos fazendo com que elas aconteçam devagar.

Eu me lembro do que Angélica disse da última vez em que esteve aqui. Sobre montar a minha própria realidade. E acho que parte disso é aceitar quando não sei como quero que essa realidade seja.

— Obrigada por irmos devagar. Para ser sincera, não tenho certeza do que eu quero. Em relação a você, à faculdade, a tudo. A Nenezinha é a única coisa na minha vida da qual tenho certeza.

Dói em mim proferir essas palavras; sinto que estou pintando para ele um cenário das diferentes dúvidas que tenho, de quão bagunçada eu sou. Mas, em vez de se afastar e dizer que tenho razão, Malachi toma a minha mão sem o corte na dele. E apesar de segundos atrás eu achar que não queria que ele a segurasse, fico feliz por estarmos nos tocando novamente. Ele não diz uma única palavra. E, de alguma forma, aquele silêncio me faz empurrar mais palavras para fora.

— Acho que gosto de você. — Cada palavra é um pequeno pedaço de mim mesma que eu entrego. — E quero continuar assim. Sendo amigos. Que gostam um do outro. Não que você tenha dito que gosta de mim.

Malachi aperta os meus dedos e sorri. Não o seu sorriso completo, com covinhas, mas um sorriso que parece ser unicamente para mim.

— Você precisa me ouvir dizer, né? Eu gosto de você.

Engulo em seco.

— Não quero desapontar você. Não sei... — O que eu não sei é o que dizer a seguir. Minha mão ainda está na dele e todo esse momento parece muito estranho. Não estou acostumada a pedir por nada. — Não sei o que quero de você. Ou se quero algo mais do que isso. Não sei se ou quando eu estarei pronta para mais do que isso. — Pronto. Falei.

Mas talvez não tenha falado, porque Malachi parece confuso.

— Emoni, estamos falando sobre sexo?

Tento tirar a minha mão da dele, mas ele a segura rapidamente.

— Não sei se estou pronta para tudo isso. Ou para ser a sua namorada. Ou qualquer coisa mais do que isso. — Não consigo parar de repetir as mesmas palavras, mas é como se elas tivessem secado e tudo o que me tenha restado no fim do copo sejam as mesmas frases que estou repetindo.

Ele dá de ombros.

— Ok.

— Ok?

— Nós vamos dar um jeito, está bem? E se um de nós precisar de algo diferente, vamos simplesmente dizer. Está bem?

Ele se inclina e, por um instante, acho que ele está prestes a me beijar, mas, então, ele apenas apoia a testa dele na minha. Isso não pode ser a vida real.

— Acho que vou para casa. Me parece que a Nenezinha está acordando lá em cima.

E eu percebo que ele está certo. Nenezinha está balbuciando no berço.

— Você vai chamar um carro de novo? — pergunto.

— Não, vou andar até o trem — diz ele, fechando o casaco até em cima e enfiando o chapéu na cabeça até as orelhas.

— São vinte minutos de caminhada. No frio.

E as covinhas aparecem de volta.

— Eu sei. Acho que vai me fazer bem.

Vou com ele até a porta. E assim que ele sai, se vira mais uma vez na minha direção.

— Você ouviu a última música que tocou no carro, no caminho até aqui?

Claro que ouvi. Eu estava cantando junto; The Roots é uma lenda e aquela música é um clássico. Digo que sim.

— Não se preocupe, Emoni. Você tem a mim[6].

---

6. No original, *You got me,* título de uma canção da banda The Roots. (N. T.)

Desgraça pouca

Com apenas mais três dias de escola antes do recesso de inverno, estivemos bem ocupados. Angélica tem passado os almoços trabalhando no projeto final da aula de Design Gráfico. E Malachi tem usado todo o tempo livre para aplicar para bolsas da faculdade. E eu? Tenho me enfiado na biblioteca da escola para estudar para os últimos exames antes do trimestre acabar.

É provavelmente por estar tão distraída que quebro a única regra que todo aluno da Schomburg Charter sabe que não deve quebrar: sou flagrada no celular durante a troca de aulas. Estava tentando ligar para Buela após o almoço para lembrá-la que eu iria fazer as compras no supermercado hoje e, quando dou por mim, um inspetor havia arrancado o celular da minha mão e já estava anotando a minha advertência. Tentei explicar, mas ele não se convenceu.

O inspetor é novo, e sei que ele não conhece a mim e as minhas circunstâncias, porque tudo o que ele sabe fazer é me relembrar das mesmas regras de sempre.

— Se você quer o celular de volta, terá que trazer um formulário assinado pelos seus pais ou responsáveis.

E eu quase dou risada na cara dele quando profere essas palavras. Eu posso assinar permissões para a minha filha, mas não posso assinar para mim mesma.

— Senhor, eu acho que você deveria falar com a minha orientadora. Tenho uma filha. Preciso do meu celular.

Mas ou ele não acredita em mim, ou não liga para o que digo, porque apenas dá de ombros e vai embora com o meu celular. Eu poderia ir até a secretaria e tentar convencer alguém ali a ficar do meu lado, mas sei, por experiências passadas, que o pessoal do escritório geralmente fica do lado dos inspetores. Vou ter que esperar até amanhã de manhã para recuperar o celular. Quando chega o fim do meu dia, estou pronta para ir para casa.

Eu uso o quadril para abrir a porta e reajusto as duas sacolas de coisas que comprei após a escola.

— Buela? Nenezinha? — grito para cima enquanto vou para a cozinha e coloco as sacolas no balcão. Espero que Buela não tenha outra consulta com o médico hoje, mas ela teria trazido Nenezinha para casa antes. Meu plano é me sentar com ela hoje à noite e perguntar o que está acontecendo. Eu a tenho observado de perto, e até mudei o que tenho cozinhado para que ela pudesse incluir mais vegetais e menos manteiga, mas sei que todas essas consultas com o médico devem significar que há algo de errado, e, por mais que ela queira me proteger, vou ter que saber mais cedo ou mais tarde. Talvez elas estejam lá em cima, tirando uma soneca.

Tento afastar os meus pensamentos sobre doenças ao guardar as compras. Pode ser que eu tenha exagerado hoje com todos os temperos que comprei. Com certeza, poderia passar o dia inteiro no supermercado. Gosto especialmente daquele em nosso bairro, que tem ingredientes vindos diretamente da ilha. Posso caminhar pelos corredores e pegar especiarias e pimentas de todos os lugares do mundo, pensando em todos os modos que poderei modificar os meus pratos favoritos.

— Buela? — chamo novamente, mas ninguém responde.

São quase quatro e meia da tarde e é estranho que a casa esteja quieta a essa hora. Ando pela sala, pegando brinquedos e chupetas. Chamo novamente e, na metade do caminho nas escadas, percebo que não há ninguém em casa. O andar de cima está escuro e silencioso. Buela deve ter levado Nenezinha para o parque, apesar de estar frio para isso. Talvez ela tenha se demorado na conversa com uma de nossas vizinhas. Espero que ela não tenha esquecido que me pediu para ir fazer as compras no supermercado – a última coisa de que precisamos é que ela entre em casa com mais garrafas de leite ou caixas de sucrilhos. Organizo as revistas na sala de estar, tiro o pó da mesa de centro e guardo todos os brinquedos e livros da Nenezinha que, por algum motivo, sempre acabam indo parar no meio das almofadas do sofá, como um presente afiado para as minhas costas a cada vez que me sento. Lanço um olhar para o relógio da parede; quase cinco da tarde. O céu lá fora já está escuro. Buela não tem *tantos* amigos assim na vizinhança. Ela tem mais amizade com as mulheres da vizinhança da igreja e as famílias de cada um dos lados da nossa casa, mas não o suficiente para ir visitar a casa delas.

Há algo de errado. E, como se tivesse lido os meus pensamentos, o telefone da casa toca. Eu mergulho para atendê-lo.

— Alô? — Tento esconder o medo que sinto.

Ouço alguém pigarrear.

— Emoni? É a sra. Palmer. A mãe do Tyrone.

Quase três anos e ela acha que eu não sei qual o relacionamento dela com a minha família.

— Oi, sra. Palmer. Está tudo bem?

Ouço o telefone se mexer antes de ela falar novamente.

— Bom, não. Não está tudo bem. Emma está com febre. A creche tentou ligar para você o dia inteiro, mas ninguém atendeu. Eles tentaram ligar no celular da sua avó, mas parece que está sem sinal, e ninguém atendia ao telefone de casa.

Merda, merda, merda.

— Emma está bem? Onde ela está? O meu celular... está na escola. Você está com a Emma?

— Mm-hmm — diz a Sra. Palmer, como se duvidasse da minha explicação e acreditasse que eu iria deixar de atender o celular de propósito. — Bom, que bom que eles tinham os dados de *ambos* os pais no arquivo. Eles ligaram para Tyrone, que ligou para mim. Eu saí do trabalho mais cedo para pegar a bebê. A sua avó não vai buscá-la geralmente? Cadê ela? Eu gostaria de falar com ela.

A sra. Palmer sempre faz isso. Age como se eu fosse nova demais e burra demais para falar a respeito da minha própria filha. Mas o fato é que não sei onde Buela está, mas não quero que a sra. Palmer pense que Buela e eu somos irresponsáveis.

— Ela tinha uma consulta no médico e não está em casa ainda. Deve ter durado mais tempo do que ela achava. Ela sempre vai buscá-la no horário. Você está em casa? Eu vou até aí buscar a Nenezinha.

Estou ansiosa para pegar a minha filha em meus braços, mas tento ser educada.

— Peço desculpas por terem incomodado você, sra. Palmer.

— Sim, tudo bem. Agora que sei que você está em casa, vou pessoalmente deixá-la aí. Afinal de contas, há um motivo pelo qual colocamos aquela cadeirinha de bebê no nosso carro.

Eu desligo o telefone. Meu lábio inferior dói, e percebo que o estive mordendo durante toda a conversa. Enrolo um lenço no pescoço e saio para esperar a sra. Palmer.

É bobagem

O casaco de camurça marrom da sra. Palmer balança sobre sua forma corpulenta enquanto ela desfaz as fivelas que prendem Nenezinha à cadeira. Eu tento não espiar ansiosamente pela porta do carro ou empurrá-la para soltar Nenezinha por conta própria. Prendo o lenço mais forte em volta do pescoço para que a sra. Palmer não consiga ver que as minhas mãos estão tremendo.

A sra. Palmer libera a Nenezinha da cadeirinha e sai do carro. Ela provavelmente seria uma mulher bonita se não mantivesse sempre uma expressão de alguém que cheirou algo estragado. Ela não gostava de mim desde o início, desde antes de eu estar grávida, mas Tyrone disse que ela era assim com todo mundo. O jeito gentil e cuidadoso com o qual ela me entrega Nenezinha quase me faz gostar dela.

Esfrego a minha cabeça nos cachos suaves da bebê. Ela resmunga baixinho para mim e, apesar de seus vastos cabelos, consigo sentir que ela está quente. Eu murmuro para ela antes de segurá-la mais perto de mim. Sou pequena, mas nunca pequena demais para carregar minha filha como se ela fosse a coisa mais preciosa que tenho. Do porta-malas do carro, a sra. Palmer tira o carrinho de bebê e a sacola de fraldas.

— Obrigada, sra. Palmer. Eu agradeço muito. E, novamente, peço desculpas por isso.

Ela pigarreia e mexe vigorosamente a cabeça.

— Bom, eu certamente não posso sair do trabalho a cada vez que você e a sua avó forem negligentes com os cuidados da Emma. Sei que você e Tyrone têm um acordo informal, e eu seria omissa se não dissesse que me parece funcionar bem para vocês, mas acredite que, se algum dia ele decidir entrar na justiça, vou me certificar de que esse incidente seja mencionado no processo.

O sorriso educado some do meu rosto. A sra. Palmer acabou de dar a entender que o Tyrone poderia querer a custódia da Nenezinha? Ela acabou de deixar implícito que daria suporte para isso, apesar de ela nunca ter desejado que ele tivesse a bebê? Coloco a minha mão trêmula na bochecha da minha filha para me impedir de fazer algum mal à sra. Palmer.

— Oi, Nenezinha...

— Eu gostaria que você começasse a chamá-la pelo nome dela. Toda essa história de Nenezinha pode deixá-la confusa.

Ignoro a sra. Palmer por completo porque, se eu disser alguma coisa agora, provavelmente deixaria uma marca permanente na atitude toda-poderosa dela. E tenho que lembrar sempre que essa é a avó da minha filha.

— Nenezinha, está tudo bem agora. Vou te dar um remédio e você vai se sentir bem — digo de maneira firme, beijando o topo da cabeça dela. Coloco uma mão em sua bochecha. Apesar de suas lamúrias, ela está estranhamente quieta. — Adeus, sra. Palmer.

Eu coloco a sacola de bebê em meu ombro e empurro o carrinho na direção dos degraus da casa.

— Espere um instante. Eu peguei isso aqui, imaginando que você talvez não tivesse. E, se tiver, não há mal algum em ter um pouco mais.

Ela me entrega uma sacola de papel marrom. Espio dentro dela. Tylenol infantil. Seguro com a mesma mão em que estou segurando a Nenezinha.

— Para a febre. E, com certeza, você precisa ser mais responsável a respeito do seu celular. Você tem uma filha, Emoni. As pessoas precisam conseguir entrar em contato com você para falar sobre ela.

A sra. Palmer hesita por um segundo e, então, passa dois dedos na bochecha da Nenezinha. Ela balança os dedos no ar como se dissesse tchau e volta para o carro. Antes que eu possa acenar de volta, ela já se foi. Antes que eu possa agradecer. Antes que eu possa dizer que sempre tenho Tylenol infantil aos montes. Antes que eu possa perguntar por que Tyrone não foi pessoalmente buscar a Nenezinha, ou por que sou acusada de ser irresponsável quando ele é, com frequência, isento da responsabilidade de ser tão pai quanto eu sou mãe.

Sangue quente

— Mulher louca. Ela acha que, só porque trabalha na seguradora de um hospital, pode me tratar como se eu fosse idiota.

A sra. Palmer sempre faz o meu sangue ferver. É como se ela fosse um mamute que gostasse de se sentar em cima dos meus nervos. Mesmo após todo esse tempo, eu me sinto medíocre a cada vez que converso com ela.

Onde está a Buela? Ela sempre sabe como sorrir para a sra. Palmer, concordar e, ainda assim, gentilmente conseguir fazer tudo do seu jeito. A sra. Palmer não gosta do sotaque da Buela e finge que não entende o que ela diz, mas Buela repete as mesmas palavras pacientemente até que a sra. Palmer faça as coisas do jeito que ela quer. Por alguns instantes, fico brava com a Buela. Se ela tivesse ido buscar a Nenezinha, como deveria ter feito, nada disso teria acontecido. Mas, então, tenho que me lembrar de que a Buela não é a mãe da Nenezinha.

Eu sento minha filha na cadeira de bebê e coloco um pouco de suco fresco no copinho para que o gosto do remédio não a irrite tanto. Ela deve ter ficado resfriada após o espetáculo de patinação no gelo do final de semana passado. Todas aquelas pessoas em um único ambiente, espirrando e coisa assim. E estava frio quando nós saímos. O casaco dela é bem grosso e eu a empacotei toda, mas talvez ela tenha ficado fora por tempo demais. Preciso colocar toalhas ao redor da janela ou ligar para o síndico e pedir que ele aumente a potência do aquecedor.

A porta se abre de supetão e Buela entra apressadamente, as bochechas rosadas de frio e a boca vermelha como se ela a tivesse esfregado. Ela para na porta da cozinha, com sacolas de compras em cada uma das mãos. Deve ter ficado com os bobes no cabelo até de noite, porque eles caem em ondas suaves ao redor de seu rosto. Ela está bonita, seus olhos brilhando.

E, assim que a vejo, eu começo a chorar.

Não são lágrimas raivosas e silenciosas, mas aquelas que fazem o peito se mexer pesadamente, fazem as expressões faciais ficarem feias, fazem o nariz escorrer até a boca. Com a mão tremendo, coloco o copo de suco da Nenezinha no balcão e limpo o rosto.

As sacolas caem no chão, mas não as vejo aterrissarem, porque estou cobrindo os meus olhos na tentativa de empurrar as lágrimas de volta.

— Emoni! *¿Qué te pasa?* — Buela me puxa na direção dela. — O que aconteceu? — Ela segura os meus pulsos e tenta olhar nos meus olhos até que eu deixo as minhas mãos caírem e ficarem penduradas ao lado do meu corpo.

— Onde... você... estava? — digo, finalmente, entre os meus soluços.

— Eu tinha uma consulta com o médico, *m'ija*, e eles precisaram remarcar para um pouco mais tarde. — Buela me solta e vai até a geladeira. — Deixei um recado para você. — Ela segura um pedaço de papel que havia colado na geladeira com um ímã de letra.

— Buela, você me pediu para ir fazer as compras. — Ela olha para mim com uma expressão vazia, o sorriso fugindo de seu rosto. — Eu não cheguei em casa até quatro e meia. Ninguém foi buscar a Nenezinha, ela está com febre e eles ligaram da creche. Disseram que o seu celular estava desligado. Por que você deixaria uma mensagem na geladeira, mas não ligaria para mim?

Ela me encara.

— Eu *mandei* uma mensagem para você. — Buela passa rapidamente por mim e corre para o andar de cima. Quando ela volta, está segurando duas pequenas meias cor-de-rosa, que coloca nos pés da Nenezinha. Então, a pega no colo e a aninha perto de si, logo abaixo de seu queixo.

— Nós temos que forçar essa febre a baixar. Você deu remédio para ela?

— Sim. A sra. Palmer trouxe Tylenol infantil. Ela, como sempre, foi horrível comigo, e disse que eu era irresponsável e falou sobre a custódia da bebê, e eu não sabia onde você estava.

A boca da Buela se torna uma linha dura e fina.

— Você ligou para a sra. Palmer? E o que ela disse sobre custódia?

Eu fungo e enxugo as lágrimas.

— Não, a creche ligou para Tyrone. Tyrone ligou para a mãe dele. Eles não sabiam mais para quem ligar. E acho que ela estava apenas sendo malvada, nada a sério, mas ela mencionou algo sobre eu não ser capaz.

Ficamos ali paradas. Sem piscar. A Nenezinha quebra o silêncio com uma fungada, seu rostinho pequeno comprimido em um ponto vermelho, um choro silencioso. Buela vai até ela, mas eu chego primeiro e a tiro de seu alcance.

— Está tudo bem, bebê. Estou aqui. A mamãe está aqui.

Faço o movimento de levá-la para o outro ambiente, mas me viro antes de sair pela porta.

— Buela, por que você tem ido ao médico com tanta frequência?

Endireito a minha postura. Eu posso aguentar o que quer que ela tenha para me dizer.

Buela brinca com a sua aliança antes de olhar para mim.

— Eu não estou doente, Emoni. Menti para você. Não fui ao médico nenhuma dessas vezes. Eu só precisava de uma tarde tranquila, com meus próprios pensamentos, fora dessa casa. Para ser Glória de novo, não somente a Buela.

Enterro o meu rosto no pescoço da Nenezinha para que nenhuma delas possa ver as minhas lágrimas, uma mistura de alívio e dor.

Festas

Buela sempre tratou o Natal da mesma forma que trataria se ainda estivesse na ilha, o que significa que a véspera era algo muito importante. Um jantar enorme com pernil e todos os acompanhamentos, e eu tinha que ficar acordada até tarde, para abrir os presentes à meia-noite. Então, no dia de Natal, eu ia para a casa da Angélica comer o jantar de Natal com elas, assistindo a filmes de Natal na televisão. Era a melhor junção de dois mundos. E, com a Nenezinha, eu tento juntar ambas as tradições, alimentá-la bem nos dois dias, deixá-la abrir os presentes nos dois dias. Ainda bem que o resfriado dela já se foi e ela pode aproveitar as festividades. E, apesar de já estar velha para pedir por presentes ou esperar ganhá-los, nunca sei como reagir quando alguém me presenteia.

Angélica me faz abrir um embrulho elaborado e, dentro dele, encontro um belo vestido envelope que ela achou no brechó e disse que a fez lembrar de mim. A cor é um lindo vermelho-escuro e a saia se enrola em meus joelhos. Eu me sinto mais velha. Como a mulher que sempre digo que sou. Fiz uma dúzia de *macarons* coloridos. Levei uma eternidade para conseguir acertar, mas quando Angélica abre a embalagem e vê os biscoitinhos laranjas, azuis e rosas, fico feliz por ter me esforçado em tentar até acertar a fornada. Ela tira um dos *macarons* da caixa como se fosse uma joia muito cara. Então, o enfia inteiro na boca e sorri com os dentes cobertos de açúcar.

Na manhã de Natal, meu celular toca e eu acordo com Malachi, sua voz profunda quebrando nas notas agudas de uma canção natalina, tão bobo e, ao mesmo tempo, tão bonito. Embalo o telefone e me pergunto sobre os diferentes tipos de presentes que podemos dar um ao outro.

Buela e eu temos andado hesitantemente ao redor uma da outra desde o dia em que Nenezinha voltou para casa doente, mas o feriado abre as cortinas e deixa a luz entrar, ou ao menos esconde as reminiscências da nossa estranha conversa.

Na véspera de ano novo, envio para a tia Sarah uma foto da receita de feijão-frade. Eu o cozinhei com uvas roxas, que não constavam na receita original da tia Sarah, mas Buela diz que comer uvas à meia-noite é sinal de boa sorte para o ano que entra e, em suas anotações, tia Sarah disse o mesmo a respeito do feijão-frade. Pensei que combinar ambos fosse resultar em dupla sorte para mim no novo ano.

O resto do meu recesso corre bem. Passo boa parte dele trabalhando durante a tarde na Burger Joint, terminando lições de casa que devem ser entregues após o recesso, tirando fotos da Nenezinha e abraçando-a no sofá. Termino a redação do meu formulário comum de aplicação para as faculdades a tempo dos prazos finais, no dia 1º de janeiro. Eu me candidatei para todas as faculdades que a sra. Fuentes e eu conversamos a respeito, mas meu coração não está em nenhuma delas, nem mesmo Drexel, que é uma excelente instituição, aqui na cidade, e tem um excelente programa de Arte Culinária. Quanto mais nos aproximamos da formatura, mais sinto que quero *fazer* as coisas, não passar quatro anos fingindo que faço.

Ano novo, receitas novas

É o meu primeiro dia de volta à escola após o recesso e, durante a aula de Arte Culinária, Chef Ayden nos dá o itinerário final para a viagem.

No trabalho, bato suavemente na porta do gerente. Steve não gosta de ser "interrompido ruidosamente".

— Steve? É a Emoni. Eu poderia falar com você? Por favor.

— Entre — responde ele pela porta entreaberta, como se fosse uma espécie de rei do *Game of Thrones*. Ele já parece estar irritado. Abro a porta e enfio a cabeça para dentro. Tento não revirar os olhos. Apesar de ele fechar rapidamente a página que estava olhando no computador, uma aba ainda fica aberta no Twitter. Claramente, ele está trabalhando muito.

— O que eu posso fazer por você, Emoni? Espero que essa não seja outra mudança de turno.

Apesar de Steve ter uma cadeira vazia na frente de sua mesa, fico em pé. Pigarreio e olho para as paredes com a pintura lascada e cantos cheios de caixas. Olho para qualquer lugar, menos para Steve.

— Mais ou menos. Eu queria saber...

Ele bate uma mão na mesa.

— Espero que você não tenha vindo me pedir outro favor. Eu já faço muitas concessões para você normalmente. Você precisa chegar em casa cedo em dias de escola. Você só pode trabalhar durante a tarde aos sábados porque você tem que preparar a sua filha para... alguma coisa. Você não pode trabalhar aos domingos porque precisa ajudar sua avó. Sempre tem uma desculpa com você. Estou tentando gerenciar um negócio aqui, Emoni. Não é um programa de treinamento extracurricular para mães em dificuldade.

Engulo em seco. Responder grosseiramente não irá me ajudar em nada. Deixo escapar um longo suspiro.

— É claro, Steve. Compreendo isso. Eu agradeço por abrir todas essas exceções. Sei que você tem que trabalhar duro para garantir que as pessoas que estudam e trabalham consigam lidar tanto com o trabalho quanto com a escola.

Steve gosta quando alguém puxa o saco dele e se é isso que tenho que fazer, tudo bem. Posso perceber que funciona porque ele relaxa o corpo e descruza os braços, colocando-os na mesa com um suspiro dramático e longo.

— Está bem, o que é dessa vez?

Eu me aproximo da mesa dele e mantenho um equilíbrio entre a calmaria e a animação, apesar de, na verdade, me sentir irritada por ter que me humilhar dessa forma.

— Consegui uma oportunidade, na escola, de ir em uma viagem para a Espanha. Durante o recesso no fim de março. Será por uma semana, e sei que você geralmente me coloca para trabalhar durante três dias da semana, mas talvez eu possa trabalhar seis dias na semana seguinte, quando eu voltar? A viagem é daqui alguns meses, mas quis perguntar com antecedência para que eu possa já ir programando as horas extras para compensar. E eu trabalhei bastante nesse fim de ano.

Steve se recosta em sua cadeira.

— Essa viagem está com cara de férias. Você já usou os seus dias de férias antes do Natal. Para o que foi mesmo? Levar a sua filha para patinar no gelo ou algo assim? Esses dias que você trabalhou a mais foram para compensar as horas anteriores.

Não foi isso que havíamos combinado na época, mas acho que corrigir o Steve não irá me ajudar agora. Ele continua falando antes mesmo de me deixar responder às perguntas.

— Emoni, eu quero ajudar. Quero de verdade, mas você não está no último ano? Você provavelmente não estará mais aqui no ano que vem, de qualquer modo. Talvez deva começar a procurar por outras opções?

O meu coração para por alguns instantes. Parece que ele está tentando me demitir.

— Você está me demitindo porque pedi alguns dias de folga? Com meses de antecedência? Ainda que eu esteja disposta a compensar esses dias na semana seguinte?

— Não, não. Claro que não. — Steve se endireita na cadeira e levanta as mãos como um extraterrestre vindo em missão de paz. — Eu estava apenas sugerindo que, já que não parece que você consegue trabalhar as horas necessárias, talvez fosse melhor... considerarmos outras alternativas.

E eu sei o que ele não está dizendo explicitamente. Eu já o vi fazer isso com outros funcionários: ele corta as nossas horas até que custe mais dinheiro ir para o trabalho do que o que ganhamos como salário. Eu concordo.

— Vamos mandar a real, Steve. Você está cortando as minhas horas? Steve dá de ombros.

— Eu só vou começar a procurar outras pessoas para ajudar a balancear as horas que você não vai conseguir trabalhar. — Ele não olha na minha direção quando diz isso, mas eu me inclino na mesa dele e o forço a olhar nos meus olhos enquanto respondo.

— Você é um bom homem, Steve. Muito gentil. Eu vou pedir para que a minha avó reze por você. — E espero que ele consiga ver em meu rosto que acabei de jogar o *juju*[7] de uma avó porto-riquenha vingativa na vida dele.

---

7. *Juju* é um termo de origem religiosa de matriz africana que, nesse contexto, significa algo como "feitiço" ou "magia". (N.E.)

Conversa sobre dinheiro

Abuelo faleceu antes de eu nascer. Ele tinha poucos benefícios em seu emprego e, definitivamente, não tinha seguro de vida nem nada do tipo. Mas, por sorte, meu pai já era um homem crescido, e assim a única boca que Buela tinha que alimentar era a dela mesma. Quer dizer, até o momento em que ela me adotou e percebeu que o filho não iria dar ajuda financeira para me criar.

Quando ela machucou a mão e começou a receber a aposentadoria por invalidez, as coisas ficaram mais apertadas em casa. O cheque que recebe não dá para muito e, apesar de ela ainda fazer alguns serviços de costura na igreja e para os nossos vizinhos, costuma demorar três vezes mais do que antes para finalizar, porque suas mãos começam a doer. Os pontos que dá, apesar de demorarem, ainda são muito precisos. E ela diz que, apesar de sua mão dominante ter ficado presa na máquina, ela fica feliz que não tenha sido a mão com a aliança de casamento a ficar cheia de cicatrizes.

Mas, quando engravidei da Nenezinha, ficou óbvio que o dinheiro da aposentadoria e de seus trabalhos extras mal cobririam o valor do aluguel e da alimentação de nós três. Desde pequena, eu sei que temos que aprender a tratar o dinheiro como um elástico que se estica até quase arrebentar. Assim que consegui tirar uma licença para poder trabalhar, na oitava série, eu o fiz. Eu trabalhava durante o verão, trabalhava após a escola, sempre trabalhei para ajudar a Buela em casa.

E perder as minhas horas na Burger Joint significa que eu tenho que achar um modo novo de ajudar, e não somente para o resto desse ano.

Rápido

Janeiro e fevereiro acabam rapidamente enquanto nos preparamos para os testes, começamos a trabalhar nos nossos projetos finais e damos aquele último empurrão para aumentar as notas antes que o fim do ano letivo se aproxime ainda mais. Antes mesmo que eu perceba, março já começou.

Eu deveria estar feliz. Em três semanas e meia, de fato vou para a Espanha, mas a primeira semana de março me deixa ansiosa. Steve reduziu os meus turnos e passei a trabalhar de duas a três horas por semana, o dinheiro sendo insuficiente para pagar as nossas contas. Por fim, me demiti quando percebi que não valia a pena trabalhar para, basicamente, pagar o meu deslocamento até lá.

Malachi e eu ainda estamos nos conhecendo, andando de mãos dadas pelo corredor, trocando carícias inocentes aqui e ali, mas indo devagar. Não falamos sobre o futuro e não forçamos mais do que isso. Angélica tem andado ocupada com Laura e algumas inscrições de última hora. E a cereja no topo do bolo é que esse é o final de semana de Tyrone com Nenezinha e, por isso, não posso nem me contentar com a ideia de passar tempo com ela.

Quando eu a entrego para ele no sábado de manhã, sinto meu coração ficar apertado e preciso reunir todas as forças em meu corpo para não perguntar para ele se poderia ficar com ela esse final de semana. Tyrone a pega e ela acena para dizer tchau para mim enquanto fala sem parar na orelha dele. Eu me viro para abraçar a Buela e ela faz carinho no meu cabelo.

— Quer que eu faça o almoço? Depois, podemos assistir *Duelo de Titãs* ou *The Blind Spot*. — Buela adora um filme esportivo estimulante, e sei que essa é uma oferta que ela não consegue recusar.

Buela não olha para mim enquanto vai até o armário e pega o sobretudo longo. O tempo ainda está frio e pode ser que neve. Ela enrola um lenço do Super Bowl no pescoço.

— Eu não posso, *m'ija*. — Ela não diz mais nada.

Não perguntei aonde ela vai quando diz que tem uma consulta com o médico, apesar de ambas sabermos que é código para "tempo para a Glória". Ela já deixou bem claro que não tenho nada a ver com esse assunto.

Buela me dá um beijo na bochecha e, com um bafejo final de seu perfume de baunilha no ar, fecha a porta atrás de si.

Eu penso em ligar para Malachi ou ver se consigo subornar Angélica com comida, mesmo que isso signifique me convidar para um encontro dela com a Laura. Mas, em vez disso, vou até a cozinha e tiro os ingredientes da geladeira. Eu faço a receita da Buela de *sofrito* que usarei para temperar a carne moída. Refogo o alho e as cebolas, adiciono molho de tomate. Esse é o primeiro passo para a maioria dos pratos tradicionais, combinação que enriquece o sabor de tudo, do feijão à carne. Então, douro a carne e faço um molho caseiro com tomates frescos. Eu ralo porções generosas do queijo muçarela e coloco as folhas de lasanha para ferver. Enquanto o forno está pré-aquecendo, lentamente alterno camadas de culpa, de esperança e dos meus muitos sonhos. Não sei se isso significa alguma coisa, mas Buela sempre disse que as minhas mãos são mágicas, e agora as uso para colocar tudo aquilo que sinto em uma panela. Faço uma salada, me certificando de não temperar demais, e me sento. Observo enquanto o temporizador do forno vai diminuindo.

Quando ele apita, tiro a lasanha e lavo a louça que está na pia enquanto a deixo esfriar por alguns instantes. Os meus dedos estão coçando para pegar o celular, falar com alguém, me distrair nas redes sociais, mas, em vez disso, pego um prato e coloco um pedaço grande de lasanha nele, decorando com um pouco de manjericão. Sirvo a salada e arrumo a mesa da cozinha com papel toalha. Da geladeira, pego um pouco do vinho que Buela guarda para dias festivos. Eu sei que ela vai erguer a sobrancelha quando perceber que tomei um pouco, mas não me dará uma bronca; quando era pequena, ela podia beber desde que tinha quatorze anos, e acha que as regras sobre álcool são exageradas. Mesmo que ela tivesse algo para dizer, não acho que iria me incomodar.

Porque hoje estou sozinha, na minha cozinha, com uma refeição que preparei para mim mesma. Eu me sento à mesa e pego uma garfada da lasanha. Não sei o que serei, ou o que não sou; meus próprios desejos estão sobrepostos em camadas grossas como a comida no prato, mas sei que, em breve, serei uma mulher crescida. Então, eu me permito saborear minha refeição, meu momento e minha própria companhia.

Espanha

— Tem certeza de que você pegou tudo o que precisa?
— *Sí*, Buela — respondo pela quinquagésima vez. Hoje é o dia em que finalmente vou para a Espanha e minha mala já está pronta, o cronograma pós-creche da Nenezinha já está arranjado, tendo sido finalizado pela Buela e pela sra. Palmer, e concordamos repetidas vezes que eu irei ligar todas as noites via FaceTime.
— Você colocou uma saia para a igreja na mala?
Eu digo que sim. Ainda que tanto eu quanto ela saibamos que não vou à igreja a não ser que seja parte de um evento turístico.
Buela espia na minha mala.
— Você colocou todos os seus produtos de cabelo em sacos selados? A pior coisa que poderia acontecer é eles se derramarem em todas as suas coisas.
Eu consigo imaginar coisas piores, mas concordo obedientemente.
— *Sí*, Buela.
Ela bate palma.
— Ah! E um guarda-chuva, e se chover?
Pego o braço dela antes que ela encontre mais alguma coisa para colocar na minha mala. Eu a abraço apertado.
— São só sete dias. Vai ficar tudo bem. Eu amo você.
Buela acaricia as minhas costas e corre para ligar para o seu amigo do escritório médico, o sr. Jagoda, para se assegurar que ele saiba exatamente a que horas precisa passar para me levar para o aeroporto da Filadélfia. Eu não sei sobre o que irei conversar com ele, mas a carona é boa demais para ser recusada. A tia de Malachi irá levá-lo e, apesar de alguns dos outros alunos terem combinado caronas, a Leslie Perfeitinha é a única outra pessoa que vive perto de mim, e ela não me pediu carona e eu, obviamente, não ofereci. Pego a Nenezinha do berço – preciso comprar logo a cama dela –, e ela se conforta nos meus braços.

Amanhã a essa hora eu estarei na Espanha. E nunca estive tão empolgada e tão assustada desde que dei à luz a esse pequeno ser. Por uma semana inteira, poderei dar à luz a uma nova versão de mim mesma. E mal posso esperar.

Chegada

No momento em que as rodas encostam na pista, eu deixo escapar um suspiro que não sabia que estava segurando. Já é de tarde aqui, seis horas à frente de Philly, e das janelas do avião, enquanto aterrissávamos, pude ver a cidade de Madrid: grandes blocos de concreto e casas com telhados avermelhados.

Ao meu lado, Amanda aperta a minha mão. Richard aperta a dela. Durante todo o voo, os alunos se levantavam para conversar uns com os outros, andando pelos corredores de meias e provavelmente sendo filadelfianos demais para um voo para a Europa, mas nenhum de nós ligou. Eu pude me sentar ao lado de Malachi e cochilar em seu ombro durante o voo, mas a aeromoça fez as pessoas retornarem às poltronas marcadas para a aterrisagem.

Estamos empolgados como crianças em um parquinho novo. Alguns de nós, eu inclusa, estamos em um avião pela primeira vez nas nossas vidas. A comida do avião não é tão ruim quanto as pessoas geralmente dizem. E as aeromoças foram super gentis. Elas até deram risada quando Malachi pediu, na brincadeira, por um vinho branco com o seu jantar, apesar de que, quando ouviram Chef Ayden dizer, bem alto, "jovenzinho" algumas fileiras atrás, rapidamente tiraram o sorriso de seus rostos, ainda que seus olhos brilhassem.

Pegar as nossas malas foi uma bagunça porque algumas pessoas (Leslie Perfeitinha) acharam que seria uma boa ideia trazer duas malas e uma mochila de lona, mesmo que a viagem vá durar apenas uma semana. Temos que esperar pelas bagagens e então vamos para a alfândega. O Chef anda para lá e para cá contando em quantos somos repetidas vezes, como se algum de nós tivesse decidido que essa era uma má ideia e voltado para o avião. Malachi se inclina na parede comigo enquanto esperamos pelos outros, e chuta o meu pé gentilmente.

— Estamos aqui — diz ele, abrindo um sorriso.

— Estamos *quase* aqui — respondo, e sei que meu sorriso é tão grande quanto o dele.

Ainda temos que pegar um ônibus até Sevilha. Mas, ainda assim, estamos na Espanha. De alguma forma, conseguimos fazer isso acontecer. Eu olho para todos nós, um colorido grupo de americanos. Não somente a cor das nossas peles, apesar de também sermos coloridos nesse sentido, mas tudo a respeito de nós. Os moletons, os tênis de marca, os jeans, os batons brilhantes e as malhas fariam alguém pensar que acabamos de sair da gravação de um clipe, não de um voo de oito horas. Estamos bonitos e estilosos e empolgados para conhecer o mundo, e nenhum de nós vai se esconder desse mundo. Todos brilhando, apesar do esforço que tivemos que fazer para chegar até aqui.

Colegas de quarto

O ônibus que nos leva na viagem de cinco horas até Sevilha é pequeno e temos que nos sentar com os quadris quase grudados. O Chef arremessa seu corpo pesado no banco da frente e começa a falar em um espanhol rápido com o motorista – eu nem sabia que ele falava espanhol.

— O que ele está falando? — sussurra Malachi na minha orelha. O hálito dele faz cócegas no meu pescoço, e a sensação é tão boa que quase deixo escapar um suspiro, mas me recomponho. *Não se empolgue, Emoni. Não é para* isso *que você está aqui.* Eu me movo para o lado, tentando fazer com que ele não perceba que me mexi.

— Que eles estão nos levando como reféns para o mercado clandestino — digo, séria. — Algo sobre Liam Neeson vir nos salvar.

Ele coloca o braço ao redor do meu ombro.

— Você é uma palhaça, Santi.

O ônibus começa a se mover e eu pressiono minha cabeça contra a janela. Absorvo as grandes igrejas, os prédios altos tão parecidos com bolos de casamento elegantes, o centro da cidade e os monumentos. Enquanto deixamos a cidade para trás, observo a paisagem, e Malachi cochila com a cabeça em meu ombro. Fico olhando os campos verdes e as árvores com flores roxas, achando tudo lindo, mas depois de um tempo também caio no sono.

Uma comemoração na parte da frente do ônibus me acorda. Finalmente chegamos em Sevilha, se pudermos acreditar na placa de boas-vindas na estrada bem à nossa frente. As ruas são de paralelepípedo, e todos os pequenos comércios têm grandes toldos que fazem sombra. Rodamos por uma *plaza* em que homens e mulheres estão sentados em parzinhos, tomando sorvete. Não parece muito diferente dos Estados Unidos, com a exceção de que há muitos brancos bronzeados e arquitetura mais colorida; o rosa e amarelo vivos dos tijolos nas casas; as árvores com frutas que brilham até mesmo no escuro. Passamos por uma família sentada na esquina, segurando uma placa. Eles têm pele morena, com cabelos escuros e roupas coloridas.

— Ah, olha só — diz Leslie, apontando. — Ciganos. Eu vi que há muitos deles aqui.

O menor de todos é uma criança que deve ter a idade de Emma, usando um colete vermelho e calça curta. Ele bate o copo que está usando para pedir dinheiro nos paralelepípedos. O ônibus começa a se mover novamente e passamos por multidões paradas do lado de fora dos bares, cruzamos uma ponte e entramos no que parece ser uma área mais residencial.

— Eu li que eles não gostam que usem essa palavra — diz Malachi para mim, mas em um tom alto suficiente para que todos, incluindo a Leslie Perfeitinha, consigam ouvir.

O ônibus para no estacionamento de uma padaria, onde há um grupo de pessoas esperando por nós. Eles são mais velhos, com cinturas largas, em sua maioria mulheres.

O Chef se vira no banco da frente para olhar para nós. Todos os seus pequenos dez chefs dorminhocos.

— Ok, grupo. Essas pessoas são as famílias com quem vocês irão se hospedar durante esta semana. De manhã, iremos nos encontrar aqui para os tours diferentes, vocês voltam para a casa das famílias para o almoço e a *siesta* e, durante a tarde, cada um de vocês irá servir como aprendiz de chef para um dos restaurantes da área. Alguma pergunta?

Eu olho em volta e levanto a mão.

— Vamos ficar sozinhos?

— Por que, você queria que Malachi fosse com você? — diz Leslie Perfeitinha, e algumas das meninas dão risada. Fico satisfeita por estar escuro e, assim, ninguém consegue ver minhas bochechas avermelhadas.

— Emoni, essa é uma ótima pergunta. Vocês vão ficar em duplas. Aliás, Leslie, a sua dupla é a Emoni.

A primeira noite

Señorita Mariana é mais nova do que Buela, mas não acho que a diferença de idade seja muita e, ao contrário do estereótipo das donas de casa, ela é esbelta e elegante. Ela imediatamente pega a minha mala e estica a mão para pegar as de Leslie, que desvia.

— Não, tudo bem. Eu posso levar. — Ela puxa as suas malas, protegendo-as.

Eu sorrio para a *señorita* Mariana.

— Você não precisa carregar a minha mala — digo em inglês. Espero que ela entenda, porque não estou nada ansiosa para usar o meu espanhol. Eu só falo em espanhol com Buela.

Señorita Mariana inclina a cabeça para o lado.

— *Está bien.* Quero ajudar. Vocês acabaram de sair do ônibus.

Ela segura a minha mala e começa a andar. Eu olho para a Leslie Perfeitinha, que dá de ombros. Ambas a seguimos. Temos que descer um pequeno morro e, quando Mariana se vira para abrir a porta da frente de uma loja, vejo que é uma loja vintage de música.

Ela acende as luzes e faz sinal para a seguirmos.

— O apartamento é no andar de cima. Meus filhos já se casaram e foram embora. Me sigam.

Ela sobe agitadamente as escadas em sua longa saia roxa, ainda carregando minha mala. Leslie Perfeitinha está atrás de nós, toda vermelha e sem ar, arrastando as malas dela da melhor forma que consegue.

— Menina, para de querer se mostrar — digo, e pego uma das malas dela. Ela deve estar muito cansada, porque nem mesmo protesta.

O andar de cima é bonito e bem arejado, com uma pequena cozinha e sala de estar. Mariana aponta para a parte de trás.

— O banheiro é ali. O quarto é por aqui. — Ela passa por um pequeno corredor e acende as luzes de um quarto à esquerda. Dentro dele há duas camas de solteiro, uma cômoda e um largo crucifixo de madeira em cima do espelho.

— Vou deixar vocês se acomodarem. Se precisarem de alguma coisa, estarei na cozinha esquentando a janta. Podem vir e perguntar. — Ela sorri e afasta o cabelo de seu rosto, parecendo estar na expectativa de que já tivéssemos perguntas para ela. Sorrio de volta e encolho os ombros. Leslie Perfeitinha balança a cabeça. Quando Mariana sai, ela se lança na cama mais longe da porta.

— Se essa mulher for louca e tentar nos matar no meio da noite, eu não vou ser a primeira a morrer.

Eu reviro os olhos.

— Estamos em outro país e você agindo como uma criança malcriada — repreendo, tirando as minhas roupas e dobrando em quadrados menores para poder guardá-las nas gavetas da cômoda.

— Tanto faz, não estou fazendo nada. É só você que adora ser adorada, com essa cara cheia de sorrisinhos.

Ela tira um par de calças de moletom de sua mala menor, empurra duas malas para um canto e a terceira mala para baixo da cama e sai do quarto.

A sra. Mariana, Leslie Perfeitinha e eu jantamos arroz cremoso e carne em absoluto silêncio, a luz do dia a se extinguir finalmente nos dando uma desculpa para ir para a cama mais cedo.

Em nosso quarto, percebo que o ar tem um cheiro diferente. Como de laranjas. Eu ligo o pequeno abajur ao lado da cama, coloco rapidamente a calça de moletom e uma camiseta e tiro o sutiã pela manga da camiseta. Me deito na cama.

Apesar de eu nunca deixar Nenezinha ir para a cama sem escovar os dentes, minha vontade de ir dormir é grande o suficiente para que eu ignore a minha higiene oral esta noite. Posso escovar os dentes de manhã. Quando a Leslie Perfeitinha entra no quarto, desligo a luz e encaro o teto. Eu me pergunto o que Buela e Emma devem estar fazendo. Ainda está de tarde lá. Meus olhos se ajustam na escuridão e olho para o contorno do corpo de Leslie, amontoada na cama.

— Você acha que vai sentir saudade de casa? — pergunto.

— Menina, não tente conversar comigo como se fôssemos amigas — diz ela entredentes, e se vira na cama para ficar de costas para mim.

— Sei que é só uma semana, mas nunca estive tanto tempo longe de casa. Tudo aqui é tão diferente de Philly.

Eu consigo imaginá-la revirando os olhos.

— Como você me disse mais cedo, são só sete dias. Você vai ficar bem. Além do mais, um dos seus pais não é meio espanhol ou algo assim? Você não foi pra República Dominicana ou algo do tipo?

— Eu sou metade porto-riquenha. E não, nunca fui para nenhum lugar além de Philly.

A única resposta de Leslie Perfeitinha para mim é um ronco alto.

Chef Amadí

— *Buenos días, classe, mi nombre es Elena Amadí*, e eu faço a cozinha espanhola moderna com um toque do norte da África.

A mulher na frente da sala é jovem, provavelmente cerca de dez anos mais velha do que nós. Ela tem cabelos longos e escuros e, mesmo com sua roupa de chef, dá para perceber que pratica exercícios físicos. Angélica diria que ela é uma delicinha. Estamos em uma cozinha grande, e Chef Amadí é a última de sete chefs a se apresentar. O barulhento ventilador de teto é pouco eficiente em nos fazer parar de suar e, apesar de estarmos empolgados durante a manhã, quando fizemos um tour pela antiga torre de observação militar, muitos de nós parecemos prontos para cair no chão de tanto sono.

— Não vou dar conta, Santi — sussurra Malachi. — Se eu desmaiar, me segura.

Eu reviro os olhos.

— Mesmo se eu tentar você vai cair, você e seu corpo grande.

Chef Ayden pigarreia daquele jeito característico dele.

— Ok, agora que todos já conheceram os chefs, eu vou dizer com quem vocês irão aprender durante essa semana. Eu levei em consideração os pontos fortes e inclinações culinárias de vocês para que ajudassem uma pessoa com quem também poderão aprender.

Ele faz uma pausa.

— Amanda, você ficará na padaria no fim do quarteirão com o Chef Juan. Richard, você fará *tapas* do outro lado da rua com Chef Joselina. Malachi, você vai para o talho com Enrique, para aprender a fazer carne curada.

Ele está no fim da lista quando olha para cima.

— Emoni, você vai trabalhar com a Chef Amadí. Cozinha moderna com um toque especial é a sua cara.

Có, có, có

— Emoni, estou ansiosa para trabalhar com você esta semana. Antes de mais nada, deixa eu entender o que você já sabe. Você pode me falar o nome de todos esses ingredientes? — Chef Amadí aponta para todos os temperos e ervas diferentes. — Eu consigo ver que você sabe — diz ela. E eu *sei*.

Pego a folha grande e a cheiro. É menor do que o tipo que temos em casa, mas eu reconheceria esse cheiro em qualquer lugar.

— Isso é louro — digo. — E aquela semente é cardamomo.

Ela concorda e pisca para mim.

Chef Amadí nos leva a uma estação diferente e abre um pote contendo polvos de tamanho grande acomodados em camas de gelo. Eu nunca trabalhei com polvo e a cor vermelho vibrante da pele dele me fascina, assim como a sensação escorregadia em minhas mãos. Ela demonstra, com uma faca, como cortar os tentáculos do polvo que irá temperar para grelhar. Eu me seguro quando minhas mãos se estendem para pegar os temperos. Sinto vontade de repreendê-las como se fossem a Nenezinha, que está sempre tentando tocar em algo que não deve. Nenezinha. Eu consegui falar com a bebê e a Buela essa manhã, e foi bom demais ver os rostos delas.

— Chef Amadí — chamo, me sentindo confortável o suficiente para perguntar a respeito de algo que estava pensando. — Um dos alunos da escola tem o seu sobrenome, mas com um h. Ahmadi. Eu não sabia que era espanhol.

— Minha família vem do Marrocos. — A voz dela sempre soa como se ela estivesse cantando.

Eu olho para ela. A pele tem um toque de bronze, mas eu não acharia que era algo além de espanhola. Eu paro de movimentar a faca e continuo olhando.

— Ah, não. Provavelmente não dá para notar assim. Sou muito parecida com o meu lado paterno da família, predominantemente espanhol. Mas a Espanha e toda a Península Ibérica têm grande influência dos mouros.

Eu não sabia de muitas dessas coisas. Não sei como responder, então pego outro tentáculo e salpico azeite.

— Chef Ayden diz que você tem algo de especial. Uma afinidade com as coisas que vêm da terra, ele diz. Uma mestra dos temperos. E, vindo de Ayden, isso quer dizer muito. Ele geralmente não acredita em talentos naturais. Acredita somente em trabalhar duro para fazer com que todo o esforço pareça inexistente. É verdade o que ele disse sobre você?

Eu sei que as minhas sobrancelhas parecem prontas para fugir de meu rosto.

— Você quer dizer a coisa de eu reconhecer a folha de louro?

— Já está bom de azeite. — Ela pega a tigela de polvo marinado da minha mão, cobre com um pano vermelho e coloca na geladeira. — É exatamente da folha de louro que estou falando. Você nunca veio à Espanha. Pelo que seu professor me contou, muitos de vocês nunca tiveram contato com a culinária de outros países. E, ainda assim, você conhece uma variedade de erva que tem aspecto e cheiro diferentes em outras regiões. Eu tenho certeza de que você já a viu de outras formas. Você provavelmente já misturou temperos que ninguém disse que combinariam. Cortou um vegetal de uma forma diferente por achar que assim teria mais sabor. Você *sabe* coisas que ninguém ensinou para você, *sí?*

Eu balanço a cabeça, negando. Buela sempre disse que tenho mãos mágicas, mas eu nunca falei isso em voz alta para mim mesma. E não sei se eu acreditava em ser mágica tanto quanto acreditava que era apenas pelo fato de eu cozinhar bem. Mas ela está certa, a maioria dos testes que faço é com os temperos.

— Minha tia Sarah me envia receitas e faço experimentos com elas. E assisto muitos programas de culinária no Food Network. Vocês têm esse canal aqui? É muito bom. Eles têm um programa chamado *Chopped...*

Chef Amadí pousa o pano com o qual estava limpando o balcão e toma as minhas mãos na dela. Estuda as minhas palmas.

— Chef Ayden me disse que você tem um dom. Se você não quer chamar de mágica, tudo bem. Você tem um dom e provavelmente mudou a vida de pessoas ao seu redor. Quando você cozinha, está dando um presente para as pessoas. Lembre-se disso.

Eu tiro as minhas mãos das dela.

— O que temos que fazer agora? — pergunto.

Chef Amadí franze os lábios, respira fundo e sorri.

— Você fará galinha para os meus clientes. O restaurante abre para o almoço em uma hora e meia. Chamaremos de especial da segunda-feira.

As palavras dela correm ao redor do meu coração como um rato de bairro e eu sinto vontade de soltar um "eu?!" assustado. Mas me mantenho calma e concordo, como se cozinhasse para dúzias e dúzias de pessoas diariamente com uma receita que nunca fiz antes.

Ela concorda.

— Pegue os temperos que quiser, quebre a ave da forma que preferir. Vamos servir à sua maneira. *Gallina à la Americana.*

Ela ergue uma sobrancelha e sei que é um desafio. Está tentando perceber se eu consigo aguentar. Eu ajusto o chapéu de chef e entro na despensa. Não preciso me virar para saber que a Chef Amadí está sorrindo.

— *Gallina à la Afro-Boricua* soa melhor.

Hora do jogo

O restaurante da Chef Amadí não é grande. Cerca de cinco ou seis mesas, e ela diz que, geralmente, em torno de vinte ou trinta pessoas aparecem em uma tarde comum. Ela contratou duas estudantes universitárias para trabalharem de garçonetes e como equipe de limpeza. As meninas sorriem e acenam para mim, mas parecem tão envergonhadas em tentar falar inglês quanto eu estou em praticar o meu espanhol.

Eu não penso muito tempo sobre falar com elas porque tenho uma galinha para preparar. Penso no que o Chef Ayden nos ensinou em relação às proporções e, apesar de levar um certo tempo, calculo que precisarei de três a quatro quilos de galinha. Eu nunca tive que preparar tanta carne de uma vez só. Invento rapidamente uma mistura de temperos e me asseguro de mantê-la tão fiel à receita quanto possível para que os resultados sejam similares.

Quando o sino toca na entrada, eu passo as costas da mão em minha testa suada e salpicada. Uma hora e pouco passou em um piscar de olhos. Chef Amadí pisca para mim e vai cumprimentar os clientes. É hora do jogo. As próximas quatro horas passam rapidamente e, quando levanto os olhos para checar o horário, estou coberta de suor e o prato especial já esgotou em vendas. Há uma hora fomos do almoço para o começo do jantar, mas meu turno com a Chef Amadí vai do meio-dia até as cinco da tarde. Ela me disse que irá fechar por uma hora para fazer ajustes e depois abrir novamente para o jantar. Desabotoo o casaco e tiro o chapéu antes de ir até a sala principal.

— Chef Amadí, a galinha estava boa demais! Tinha algo um pouco picante, pimentas especiais ou chili? — pergunta um cliente. Ele é um homem largo, com uma barriga protuberante e múltiplos queixos; seus olhos brilham e suas bochechas estão vermelhas, provavelmente por causa do vinho na mesa. Eu gosto dele assim que começa a elogiar o especial do dia.

— Obrigada, Don Alberto. É a receita da minha ajudante de cozinha — diz ela, apontando para mim.

— *Señorita, delicioso. ¿Qué te puedo decir? ¡ Me lambí los dedos!* — diz ele, e eu sorrio, mas, para além de murmurar "*Gracias, señor*", não consigo dizer mais nada. Também espero que ele não tenha de fato lambido os dedos, já que está apertando minha mão bem forte e eu prefiro não ter a saliva dele em mim, apesar de ter gostado dele.

Don Alberto franze as sobrancelhas, ainda segurando a minha mão. Ele começa a murmurar, ainda em espanhol.

— Posso falar uma coisa estranha a respeito da galinha? Eu estava tendo um péssimo dia. Estava tudo dando errado, incluindo o meu fogão, que não queria ligar, e foi por isso que saí para comer, em uma segunda--feira! Mas desde a primeira garfada na sua comida... comecei a me lembrar da minha tia favorita. Lembrar de quando eu me sentava nos joelhos dela enquanto ela me contava histórias e descascava ervilhas. — A voz dele falha no final da frase, e eu aperto levemente a mão dele.

Chef Amadí sorri para ele.

— Vou levar outra garrafa de vinho à sua mesa. Fico feliz que tenha gostado do especial.

Eu olho em volta. Muitas das mesas têm ao menos uma pessoa que pediu a galinha. Vejo os ossos e sorrio. Os pratos estão tão limpos que parece que foram lambidos.

— Você foi muito bem, Emoni. — Chef Amadí olha para o relógio. — Ah! Mas você precisa ir! Vai perder a reunião com seu grupo. Nós cuidamos da limpeza, não se preocupe.

Vencendo

Quando eu chego no terraço do restaurante de *paella* em que nosso grupo tem uma reserva, vejo que todos parecem se sentir como eu me sinto. Como se uma lâmpada tivesse sido ligada sob a nossa pele.

Todo mundo na mesa está empolgado demais para ficar quieto. Brincamos com os garfos do jantar e narramos o nosso dia. O que nossos chefs ou responsáveis nos pediram para fazer, o que cortamos e o que medimos. Leslie Perfeitinha está seguindo os passos de um chef de estação. Richard está trabalhando em um mercado de frutos do mar e Amanda está em uma padaria. Quando Malachi pergunta em que estação eu estava trabalhando, dou de ombros.

— Você viu como o restaurante era pequeno. Nenhuma estação, na verdade. A Chef Amadí me fez preparar o prato especial do dia.

Apesar de Leslie estar a três cadeiras de distância de mim, ela devia estar se esforçando muito para ouvir, porque inclina metade do seu corpo na mesa para perguntar:

— A refeição inteira? No seu primeiro dia?

Dou de ombros novamente e não respondo. Na hora, eu nem levei em consideração o quanto estava sendo desafiada. Só abaixei a cabeça e fui trabalhar. Mas, pelo visto, não estamos todos sendo desafiados da mesma maneira.

Chef Ayden parece mais calmo e mais feliz do que em nossa sala de aula.

— Fico contente que vocês estejam aprendendo tantas coisas diferentes.

Eu olho para a minha sopa fria, um gaspacho, e tento não sorrir. Então, fujo para o banheiro para poder usar o Wi-Fi do restaurante para fazer FaceTime com a Buela. Nenezinha está na creche, mas, ao menos, eu posso ouvir a voz da Buela e receber atualizações de como estão as coisas em casa.

As raízes

— Muito bem, menina — diz Chef Amadí enquanto espia por cima dos meus ombros. Eu corto as folhas de salsinha. — Agora, sinta o cheiro, qual é a próxima?

Olho para os outros canteiros no jardim dos fundos. Chef Amadí não colocou etiquetas de nome em nenhuma das plantas - ela diz que os nomes delas não importam, somente onde elas dizem que querem estar.

— Você está escutando o que elas dizem?

Eu concordo, apesar de não estar ouvindo nada. Nem sei o que isso significa. Tenho certeza de que o manjericão e a salsinha não estão falando comigo. É aquela sensação nas minhas mãos que me dizem o que preciso fazer depois. Eu ando em círculos ao redor do jardim e corto algumas coisas aqui, outras ali. Quando termino o meu círculo, a chef olha para o maço que entrego para ela.

— *Muy bien*. Hoje nós temos coelho e cogumelos no cardápio. Com o que devemos combiná-lo? — pergunta ela, mas já está indo na direção do restaurante, abrindo a porta do grande refrigerador. Ela olha para mim.

— Coelho com *harissa* — respondo, fechando os olhos. — Arroz com cogumelos, com um toque de açafrão.

Mais tarde, em nosso quarto, eu conto sobre o meu dia para a Leslie Perfeitinha. Menos por achar que ela se importa e mais porque o FaceTime com a Buela consistiu, basicamente, em fazer gracinhas para a Nenezinha. Ver o rosto dela ofuscou qualquer empolgação que eu pudesse sentir a respeito do meu dia. Apesar de apenas três dias terem se passado, eu já sinto falta de ouvir os pezinhos dela sapateando pela casa inteira; a voz aguda cantando *Moana*.

Mas ainda preciso contar para alguém sobre a minha tarde estranha. Não houve tempo, durante o jantar, para conversar com Malachi.

— O que ela fez você fazer? — pergunta Leslie enquanto divide o cabelo para fazer coques estilo *bantu knot*. Olho para as linhas entre seus coques e percebo que algumas estão desiguais. Eu não deixaria a Nenezinha sair de casa com coques tão desiguais.

— Parece até que ela é drogada. Eu sempre soube que aquela mulher era louca, fazendo você cheirar as ervas e merda parecida.

A oferta que eu pensei em fazer para ajudá-la a arrumar o cabelo morre em minha boca.

— Você não acha que "drogada" é uma palavra muito forte? Você nem a conhece.

Leslie ainda revira os olhos e suga os dentes a cada vez que fala comigo, mas estou começando a achar que isso tem menos a ver com minha amizade com Malachi e mais com o modo como ela fala com as pessoas.

— Está bem. Ela *parece* ser louca. Ela não deveria estar ensinando você a fazer as coisas básicas? Cortar a carne em cubos ou em tiras. Limpar um camarão. É o que todos nós estamos fazendo, não cheirando plantas. — Ela dá de ombros. — Definitivamente não estamos conversando com a comida.

Eu massageio meus pés. O Chef nos aconselhou a comprar um par de sapatos confortáveis, já que passaríamos o dia inteiro em pé, e agora eu penso que gostaria de ter prestado atenção à dica dele, porque os meus Air Max não são confortáveis o suficiente para todas as horas que tenho passado em pé.

— Você quer ser chef de cozinha, Leslie? — pergunto, sem tirar os olhos dos meus pés. Eu consigo imaginar as caras que ela está fazendo. Espero pela resposta sarcástica dela, mas não a recebo. Quando finalmente olho, ela está torcendo uma mecha de cabelo em um *twist* para em seguida arrumá-la em um coque.

— Leslie?

Ela dá de ombros.

— Eu não sei, garota. Todo mundo quer saber o que eu vou ser. Eu sou a primeira pessoa da minha família a terminar o ensino médio. Primeira pessoa a ter um passaporte. Eu fui sortuda o suficiente para conseguir chegar até onde estou sem desistir ou ter uma criança. Sem querer ofender. Eu só quero ver quão longe consigo chegar. Mas não sei se tenho o que precisa para ser uma chef, eu não consigo falar com plantas e porcaria assim. — Ela sorri ironicamente. — Eu só sei que, independente do que for, quero me formar na faculdade. Quero ser lembrada por fazer algo grandioso. Quero deixar uma marca do tamanho de um arranha-céu no mundo, para que as pessoas se lembrem de que Leslie Peterson esteve ali.

Assinto para a Leslie Perfeitinha. Sei o que ela quer dizer.

De: E.Santiago@schs.edu
Para: SarahFowlkes_15@exchange.com
Data: Terça-feira, 31 de março, 23:48
Assunto: oi!

Oi, tia Sarah!

Eu só quero que você saiba que a sua receita de *cobbler*[8] está fazendo sucesso aqui na Andaluzia. É esse o nome da região sul da Espanha em que fica Sevilha. Então, o seu *cobbler* viajou do sul dos Estados Unidos para o sul da Península Ibérica! Eu deixei os pêssegos mergulhados em suco de laranja e adicionei damascos, e os clientes no restaurante em que estou trabalhando devoraram tudo antes mesmo que o almoço acabasse!

Obrigada por perguntar sobre a Nenezinha. Buela diz que ela tem andado inquieta e feito muita birra, provavelmente por eu não estar por perto. Ela fica tranquila quando falo com ela ao telefone, mas não é fácil para nenhuma de nós. A partir de amanhã, ela vai ficar com a família do pai, e espero que isso a ajude a ter uma rotina mais familiar.

Eu queria poder enviar via e-mail para você muitas das coisas que experimentei por aqui. Comi sorvetes deliciosos e tomei cafés muito bons. Os queijos são maravilhosos e comi lula frita e linguiças de leitão (sei que você não come carne de porco, mas acredite em mim, era tão bom que queria lamber os dedos). Eu provavelmente não tentarei recriar esses pratos tão cedo, mas comi biscoitinhos polvilhados com açúcar e, quando eu fizer em casa, irei enviar a minha versão da receita para você.

Enviei em anexo uma foto que a chef com quem estou aprendendo tirou hoje. Não pareço super focada e profissional, coisa assim? A salada está recebendo algumas modificações típicas da Emoni! Pensando em você.

Com muito amor & um pouco de canela,
E.

---

8. Sobremesa muito consumida no Reino Unido e nos Estados Unidos e que consiste em camadas de frutas e massa de biscoito. (N. T.)

Check-in

É o nosso quarto dia na Espanha, e metade da turma está fazendo burburinho. É oficialmente o dia primeiro de abril, e muitas das cartas de aceitação das faculdades começarão a ser enviadas, na manhã do fuso horário da costa leste dos Estados Unidos. Algumas pessoas estão gastando a internet do celular para conferir se teve alguma atualização.

Eu já decidi que não irei checar nada até voltar para casa. Ainda bem que Malachi já tinha conseguido entrar na Morehouse nas admissões antecipadas, então ele não está com a mesma empolgação. Amanda decidiu entrar em um programa de treinamento profissional após a formatura, então, apesar de ela sorrir ao ver o entusiasmo de nossos colegas de classe, também não parece se sentir tão pressionada quanto os outros. Leslie Perfeitinha parece estar tão entediada quanto o de costume, como se a única coisa com que se importasse no mundo fosse a lasca em sua unha de gel.

Em vez de começar com o nosso tour matinal de costume, Chef Ayden tem um anúncio a fazer.

— Muito bem, turma. Seus instrutores me falaram que, com a exceção de um ou dois de vocês — o Chef aponta um dedo para Malachi —, a maioria está indo muito bem.

Todos rimos, e eu dou uma leve cotovelada na costela de Malachi. Ele sorri ironicamente e se inclina, de modo que sua boca fique grudada em minha orelha.

— Eles só não querem fazer vocês se sentirem mal. Sou o melhor dos alunos aqui. Os meus cortes de *jamón ibérico* fariam você acreditar em Deus.

Eu me seguro para não fazer piada com a pronúncia espanhola exagerada dele.

— Ahem. — O Chef usa a mão para cobrir a tosse e ergue uma sobrancelha para mim. — Em vez de um tour guiado hoje, pensei que vocês poderiam ter mais tempo livre para poder explorar a cidade. Mas lembrem-se de não ir além dos muros antigos da cidade. E não se esqueçam de que os turnos de vocês começam ao meio-dia.

Ele faz sinal para irmos.

— Emoni, posso falar com você um instante?

Eu espero todos saírem, mas vejo Malachi parado perto do morro, claramente esperando por mim.

— Eu só queria ter certeza de que está tudo correndo bem com você e com a Chef Amadí. Nós estudamos na mesma escola de culinária em Paris, e eu sei que ela pode ser um tanto quanto intensa.

Uau. Não sabia que era assim que eles haviam se conhecido.

— Na Le Cordon Bleu?

Não sei muito sobre institutos de culinária, mas até mesmo eu sei que essa é uma das escolas mais famosas e prestigiadas do mundo.

Ele concorda, e percebo que não sei muito sobre o Chef Ayden ou como ele virou o nosso instrutor, mas fico feliz que ele o seja. E fico feliz por ter sido colocada para trabalhar com a Chef Amadí.

— A Chef Amadí tem sido ótima. Eu não poderia me imaginar trabalhando com mais ninguém.

— Ótimo. Fico feliz que esteja tudo dando certo. Pode ir. Não quero tomar muito da sua manhã livre. — E, então, enquanto desço o morro, eu o ouço gritar: — E não passe muito tempo com Malachi. Ele é má influência, aquele menino! — Mas ouço o tom de piada em sua voz e consigo perceber que ele falou alto o suficiente para que Malachi o ouvisse.

Malachi está rindo quando o encontro. Ele pega na minha mão e andamos em silêncio atrás do resto do grupo e, por um instante, sinto que a luz do sol surgindo por trás do morro também está surgindo dentro de mim.

Dourado

Quando era pequena, eu me reunia com as outras crianças do quarteirão para brincar de um jogo chamado *mancala*. É um jogo de tabuleiro rápido, em que as peças são feitas de vidro, arredondadas de um lado e achatadas do outro. Cada peça tem uma cor linda: vermelha, azul, verde-água, transparente com nuances douradas. Eu costumava aninhar essas pedras na minha mão, mais interessada em segurá-las contra a luz do que em jogar o jogo. Mesmo naquela época eu sabia que elas não eram pedras preciosas de verdade, mas, quando as segurava, me sentia como uma rainha poderosa; como se estivesse segurando algo muito precioso.

É assim que me sinto a respeito da Catedral de Sevilha. Como se eu quisesse colocá-la inteira na palma da mão e segurá-la contra o sol para vê-la reluzir e brilhar. Ela tem quadros de papas e líderes religiosos, e tudo, do chão até o teto, é feito de ouro e prata. Eu paro de rodar e meus olhos pousam nas esculturas no canto da catedral. No centro está um caixão segurado por quatro imagens, cada uma vestida em um metal escuro e com armaduras e coroas de ouro; as duas na frente têm um bastão na mão de fora e as duas de trás têm a mão que não segura o caixão pousada no quadril.

Paro próximo a um grupo que faz uma visitação guiada para ouvir o que o guia está dizendo.

— E esse é o túmulo de Cristóvão Colombo.

Eu me movo ainda mais perto enquanto o guia descreve os restos mortais na tumba e como partes diferentes do mundo reivindicam partes diferentes do corpo de Colombo, para ter a honra de poder dizer que são o lugar de seu descanso final.

Malachi se aproxima.

— Você está bem, Santi?

Assinto. Mas não sei dizer se estou. Eu me afasto do grupo para o outro lado do enorme túmulo, e Malachi me segue.

— Você sabe o que a palavra *"boricua"* significa?

Malachi diz que não com a cabeça.

— Só sei que todos os meus amigos porto-riquenhos se referem a si mesmos com essa palavra.

— Eu já contei para você que meu pai é muito fã da história de Porto Rico, e ele não precisa de muito para se motivar a me lembrar que, antes de Colombo, Porto Rico era chamada de "Borinken" pelos taínos que viviam lá. Ele me disse uma vez que significa "a terra dos bravos e nobres lordes". Se ele estivesse aqui agora, ficaria muito bravo. Em todos os lugares do mundo, há monumentos para Colombo, museus que reivindicam uma parte do corpo dele como se ele fosse um santo. E olha para isso, todo esse ouro que foi usado em honra dele, ouro que, aliás, eles pegaram da nossa ilha, e ninguém se lembra das pessoas em condição de escravidão que escavaram os rios à procura desse ouro, que estavam lá antes de ele chegar. Cujos descendentes ainda estão lá.

E, de repente, a catedral já não me parece tão bonita, apesar de todo o seu ouro e brilho.

Histórias

Nós saímos da catedral e eu ainda estou quieta. *Papi* sempre faz discursos sobre nossas origens, mas em geral não presto muita atenção. Eu definitivamente não fico tão envolvida na História quanto ele. Hoje isso mudou. Ver a estátua de Colombo me atingiu muito. Às vezes me parece que ser porto-riquenha é um fato tão inerente da vida que eu esqueço que não são todos que lavam as suas calças à mão, ou comem pernil no Dia de Ação de Graças, ou têm tradições e nomes para coisas que são de origem africana e taíno: *mofongo, cassava*. As pessoas não percebem que a Espanha é um lugar complicado para alguém como eu. Não consigo afastar a sensação de que esse lugar, Espanha, e essa cidade, Sevilha, estão conectados com quem sou, mesmo que me sinta desconfortável.

— Você quer ver o castelo, Santi? — Malachi encosta suavemente em mim. Não sei como, mas ele sabe que estou perturbada. Eu assinto.

Assim que entramos no Alcázar, consigo ver que estava certa. O castelo não se parece em nada com o que eu esperava. É tão bonito quanto o resto da Sevilha antiga, mas parece pertencer a um país diferente: arcos altos, estrelas esculpidas no caminho de entrada, laranjeiras florescendo no perímetro.

— O que há de diferente nessa parte do castelo? — pergunta uma guia turística para o seu grupo em inglês. Nos aproximamos quando vemos Leslie Perfeitinha e Amanda no grupo. — Alguém sabe?

Todos balançamos a cabeça, e fico surpresa ao ver Malachi erguer a mão.

— É uma homenagem ao islã. — Ele aponta para o teto. — A estrela e a lua. E o sino logo ali se assemelha a uma chamada para a reza.

— Está certo! Esse é um dos poucos prédios que retrata quando os muçulmanos conquistaram a Espanha em 711 d.C.

Eu olho em volta. Este é um lugar em que dois mundos diferentes colidem. É bonito devido aos conflitos que ocorreram para criá-lo. Sagrado devido às crenças que as pessoas tinham. Um lar, uma obra-prima artística, uma mistura de culturas diferentes.

— Como você sabia disso? — sussurro para Malachi. Há algo nesse lugar que me faz sentir a necessidade de sussurrar.

— Eu sou de Newark. — Ele dá de ombros. — E você é de Philly, então você deveria saber que muitas das crianças pretas ali são muçulmanas. E, além disso, Malcolm X é meu herói. E, quando eu era mais novo e li a autobiografia dele, comecei a estudar sobre o islã. Ainda estou tentando entender, mas consegui perceber muita coisa quando visitei as mesquitas. E, apesar de eu ser muito bom em Ciências, a minha matéria preferida é História.

Como eu não sabia que ele estudou sobre o islã? Como eu não sabia sobre o amor dele por História?

— Há muita coisa sobre você que eu ainda não sei. — E, de repente, quero saber de tudo. Quero perguntar a respeito de tudo. Quero beijar a covinha profunda em sua bochecha. Talvez seja porque não estamos mais em nossa cidade, mas me sinto livre: livre para dizer o que quero, para sentir o que sinto, sem ter que pensar em cada consequência das minhas ações.

— Ei, que tal irmos tomar sorvete mais tarde? — pergunto. — Depois do jantar?

O sorriso dele se alarga e ele ergue uma sobrancelha.

— Você está me convidando para um encontro, Santi? Você sabe que sorvete é o caminho para o meu coração.

Eu mordo o lábio. Não sei ainda se quero o coração dele inteiro, mas também não sei se me importaria em tê-lo. Entramos em um jardim cheio de rosas. Um emaranhado labiríntico que tem grandes laranjeiras se derramando nos arbustos. Uma placa perto da entrada diz que um imperador muçulmano o construiu para a esposa.

— Sim, Malachi, acho que estou.

— Shhh. — Leslie Perfeitinha nos manda ficar quietos, parada na frente do grupo. — Alguns de nós querem aprender! Vocês são uns grossos.

E eu me pergunto quantas outras adolescentes pretas porto-riquenhas de Philly deram risada nesse jardim de laranjeiras, construído para uma rainha.

A perseguição

Após o jantar, quando chegamos ao ponto de encontro no qual nos separamos, o Chef acena para nós.

— Se certifiquem de chegar na casa da família que está hospedando vocês em segurança. Lembrem-se, vocês são hóspedes, então cheguem o mais cedo possível.

Leslie Perfeitinha e eu talvez sejamos as únicas duas pessoas que de fato *vão* para casa na hora devida. Tenho ouvido, durante as manhãs, histórias de pessoas saindo para dançar e para os bares. Eles ficam falando sobre tomar absinto, que é impossível de encontrar em sua forma mais pura nos EUA e, por isso, o pessoal ficou empolgado para provar.

— Emoni, você vem para casa? — grita Leslie da metade do morro que leva para a nossa hospedagem.

Eu balanço a cabeça. E, estreitando os olhos, ela alterna o olhar entre mim e Malachi.

— A Leslie Perfeitinha não lidou bem com o fato de vocês pararem de se falar, não é? — pergunto para Malachi enquanto viramos em uma esquina que leva não para a casa, mas para outra rua pequena. As ruas de Sevilha têm sorveterias em quase todos os quarteirões, assim como meu bairro tem farmácias e lojas porto-riquenhas. Passo por uma sorveteria todas as manhãs e sei que é exatamente o tipo de lugar que Malachi iria adorar. Eu lidero a caminhada.

Ele dá de ombros.

— Nós dois tivemos uma conversa honesta. Eu disse para você, desde o começo, que achava que ela era uma menina legal, e ainda acho isso... mesmo que ela diga algumas coisas idiotas quando finge que não se importa com o que as pessoas pensam.

Quero saber mais detalhes, mas percebo que não é da minha conta. Apesar de Malachi afirmar que ela era apenas amiga dele, me pergunto se ela queria que fosse mais do que isso.

Malachi pega na minha mão. Usa os longos dedos para segurar os meus e me puxa para mais perto dele quando passamos por um casal na rua. Eu digo para o meu coração se acalmar. Malachi provavelmente estava tentando apenas abrir espaço na pequena calçada de paralelepípedo, mas não solta a minha mão e eu não me afasto. Olho para ele. Suas bochechas marrom escuras, sua testa alta. Os pelos em seu queixo e as costeletas, ambos moldados no perfeito estilo Philly. Ele não está sorrindo, e quero mais do que tudo fazê-lo sorrir. Ele é uma pessoa diferente quando sorri, um Malachi mais amigável que eu imagino ser alguém com quem possa conversar, em vez desse Malachi parado perto de mim, com o qual não sei o que raios fazer.

As luzes da rua reluzem no pavimento. A minha mão ainda está na de Malachi e ele a aperta suavemente antes de enfiar as mãos nos bolsos de seu casaco preto, puxando a minha mão junto. Do lado de fora do restaurante, um homem toca violão e canta uma canção lenta e triste que parece vir do fundo do coração.

Esse é um momento que eu não quero que acabe nunca. E sinto que estou sem ar. É exatamente por isso que não saio com meninos. Angélica me diria que estou sendo idiota, já que também não saio com meninas. E ela estaria certa. É por isso que não me aproximo de pessoas. Porque torna mais fácil machucá-las. Ou ser machucada por elas.

Eu paro de andar e Malachi para vagarosamente. Fico na ponta dos pés, agarro a mão que está segurando a minha e vou na direção dele, procurando por um beijo, quando sinto um puxão forte em meu ombro e, ao soltar as mãos, vejo que uma criança saiu correndo, agarrada na minha bolsa.

Crianças

Antes que eu consiga sequer respirar, Malachi já está atrás dele. O menino é rápido e se enfia no meio das pessoas, mudando rapidamente de direção e entrando em outras ruas. Eu os sigo tão de perto quanto consigo, mantendo meus olhos em Malachi. Ele não perde o passo. Por uma fração de segundo, enquanto busco por ar, penso em como deve ter sido crescer em Newark, se os olhos dele são tão afiados e seus reflexos tão rápidos que ele consegue se manter na perseguição de uma criança em outro país. Eu também percebo que preciso começar a me exercitar com a Angélica, porque, no segundo quarteirão, já começo a ficar para trás. Então, Malachi segura o menino na parte de trás de seu casaco e acelero antes que ele o machuque.

— Oi, está tudo bem — digo, pegando a bolsa de volta. O menino tem longos cílios emoldurando seus olhos verdes brilhantes. Lágrimas caem pelas bochechas sujas. Ele está tremendo. Eu encosto no ombro de Malachi. — Ele é só uma criança.

A mão dele agarra o casaco ainda mais forte.

— Pergunte o porquê.

Eu encosto na mão dele.

— Mal, para com isso. Ele queria dinheiro. Deixe-o ir embora.

— Pergunte o porquê, Emoni. — Ele nunca usa o meu primeiro nome. Eu agarro ainda mais a minha bolsa com um dos braços e me viro para a criança. — ¿Porqué robaste la cartera? — pergunto. As minhas palavras saem devagar, enquanto tento me lembrar de cada uma e me certificar de que as estou pronunciando corretamente. Eu sempre entendi espanhol melhor do que falei, mas a minha pergunta deve ter estado certa, já que os olhos dos meninos se arregalam ainda mais quando ele olha para mim.

O espanhol dele soa truncado, já que ele está falando em meio às lágrimas.

— Eu não teria roubado se soubesse que vocês eram pretos — diz, e eu quase dou risada. — Eu não vi vocês de frente.

— Não ser preto faria alguma diferença?

Ele passa uma das mãos no nariz que escorre, evitando a mão de Malachi.

— Todo mundo sabe que vocês correm rápido.

— Não todos os pretos. Assim como nem todos de vocês roubam, certo?

Ele olha para baixo, para o chão.

— A minha irmã mais nova está com fome. Os meus pais não gostam, mas nós pedimos por dinheiro. Porque somos mais fofinhos. — Ele pisca inocentemente e abre um sorriso triste. E é verdade, eu teria dado dinheiro para ele. Ele é uma graça.

Olho para Malachi. Ele ainda não soltou o menino, mas seu olhar parece distante. Ele volta a atenção para mim quando começo a falar.

— Ele está com fome. Diz que tem uma irmã que está com fome, também.

— Diga ao pequeno rapaz para nos levar até ela. Eu quero ver onde eles estão.

— Malachi, solte o menino. Ele está assustado e não podemos forçá--lo a nos levar até a família dele se ele não quiser. Eu recuperei a minha bolsa. Não é tão grave assim.

Mas o menino deve entender um pouco de inglês, porque ele aponta para um beco não tão distante de nós. Um pequeno rosto está espiando perto da parede. Malachi tira a mão do ombro do menino.

Malachi não diz nada. Eu abro a minha bolsa e tiro cinco euros. Eu os coloco na mão do menino e ele corre até a menininha, pegando-a pela mão; os dois andam para o fundo do beco, longe da nossa vista.

— Eu não consigo superar o fato de eles serem tão novos — digo para Malachi. Ela deveria ter apenas dois ou três anos a mais do que a Nenezi-nha. Eu me viro para Malachi, mas ele ainda está observando a escuridão na qual as duas crianças desapareceram.

Toco no braço dele.

— Você está bem? Está sem fôlego? Foi uma corrida e tanto. — Tenho a esperança de fazê-lo rir e quebrar o silêncio, mas ele apenas pisca na direção das crianças e, então, balança a cabeça.

— Minha mãe sempre me disse que uma das coisas mais difíceis de ser em um mundo faminto é pai ou mãe. Mas, às vezes, eu penso que é ainda mais difícil ser um irmão mais velho. Saber exatamente o que o seu irmão precisa e não ter a idade ou força para entender como conseguir aquilo para ele. — Ele sorri ironicamente, mas um sorriso vazio.

Coloco a minha mão na dele e aperto.

— Vamos tomar sorvete.

— Não, eu não quero mais sorvete, Santi.

Malachi toca em um dos meus cachos, e não sei se é a tristeza do sorriso dele ou o seu olhar distante, mas, quando percebo, estou curvada, segurando o rosto dele nas minhas mãos. Eu coloco o meu polegar onde a covinha dele estaria se ele estivesse sorrindo. As mãos de Malachi se movem para a minha cintura e consigo sentir o calor que elas emanam, ainda que eu esteja de casaco. Ele não me puxa para perto ou me afasta, mas, agora, parece mais focado; está olhando diretamente para mim e sei que o próximo movimento deve ser decisão minha.

Beijo

Os lábios dele são macios. Eu tinha me esquecido de como lábios podem ser macios. Faz muito tempo desde a última vez que beijei alguém. As mãos dele apertam mais fortemente o meu casaco, mas, fora isso, ele fica parado. Eu me aproximo mais, inclino a minha cabeça, movo a mão para a parte de trás do pescoço dele e o puxo mais para perto. Malachi abre a boca e eu mordo o lábio inferior dele e, então, não estou mais pensando, não estou planejando o próximo passo. A mão dele se move para a minha bunda e se curva ao redor dela.

Um assobio longo quebra o ritmo do som das batidas do meu coração e da minha respiração pesada.

— ¡Pero mira eso! — Um casal bêbado assobia e bate palma para nós.

— Qual é? — Malachi pega a minha mão e voltamos para a rua da qual viemos. Ele para e me puxa na direção dele. E, então, está me beijando de novo. E eu não consigo pensar, por que as mãos dele se movem para cima e para baixo no meu casaco e na parte de trás do meu jeans, e ele cheira tão bem. Eu não consigo me lembrar se Tyrone já me tocou assim, como se o meu corpo fosse um sonho do qual ele tem medo de acordar.

— Santi, você está corando? Eu deixei você tímida ou algo assim? — diz Malachi, e me abraça para perto dele. — Ah, Santi, o que eu devo fazer com você?

Eu me aninho no suéter dele.

— Nada. Deveríamos apenas aproveitar. Estamos na Europa, do outro lado do mundo. Ninguém precisa da gente agora. Deveríamos apenas... — Dou de ombros. — Viver.

— E quando voltarmos?

Eu penso na Nenezinha. Em como eu acordo todo dia esperando ver o berço dela e em como me dá um nó na garganta e meus olhos se enchem de lágrimas quando não estou perto dela. Como sinto falta do barulho dos chinelos da Buela e da forma como ela grita as instruções para o *quarterback* dos Eagles. Como eu preciso encontrar um emprego e descobrir o que vou estudar se for aceita na faculdade. Quando eu voltar, a minha vida estará cheia de pessoas que amo e das responsabilidades que tenho. E eu as amo, e sinto falta delas, mas também quero curtir cada segundo dessa sensação de liberdade, porque ela escapa muito fácil e sei que, se eu a soltar um pouco, irá voar para longe de mim.

— Quando voltarmos, vemos o que fazer.

Ele me dá um longo olhar.

— Tudo bem, Santi. Estou com você nessa. Aonde vamos agora?

E ainda que pareça que ele esteja falando de direções, sei que ele também está falando de nós dois. Eu olho para a rua, ainda que seja quarta--feira à noite, dois bares e uma balada tocam música bem alta do outro lado da rua. Eu aponto naquela direção.

Malachi ergue uma sobrancelha e aperta a minha mão.

Aconchegante

O bar é pequeno e está cheio de fumaça no ar; quando entramos, o barman está colocando fogo em uma bebida verde.

Um grupo de norte-americanos bebe os *shots* e comemora. Dois deles se viram, e eu vejo Richard e Amanda. Eles acenam, mas não vamos até eles. Malachi pega a minha mão e se move pelos grupos de pessoas até uma pequena mesa no fundo.

Nos sentamos lado a lado. Eu deito a cabeça no ombro dele.

— Seu suéter é bonito.

— Você é mais bonita — diz ele.

— Ah é? O que você acha bonito em mim?

Eu estou flertando? Isso é flertar? Eu queria poder ligar para a Angélica e perguntar. Malachi e eu sempre conversamos muito, mas era uma conversa direta e reta, sem flertes.

A mão de Malachi está no meu joelho e ele sobe os dedos para cima e para baixo na minha perna.

— Tudo. A forma como você se veste, como você arruma os seus cabelos. O jeito que você dizia que não éramos amigos. Gosto de tudo.

Eu dou risada e pressiono a minha mão na dele para que ele pare de movê-la na minha perna.

— Não era a minha intenção ser grossa com você. Bom, talvez fosse, mas é porque tenho dificuldade em confiar nas pessoas.

Eu dou de ombros e levanto a minha cabeça do ombro dele. Faço um movimento para me afastar, mas ele me segura com o braço e me puxa para perto de novo.

— Do que você está falando? Me fala, Santi — pergunta Malachi e beija a minha orelha. É como se, agora que começamos a nos tocar e beijar, não conseguíssemos manter nossos corpos longe um do outro. Mas eu me afasto o suficiente para poder olhar para ele.

— Quando terminei com Tyrone, quando estava grávida da Nenezinha, *depois* de ter tido a Nenezinha, os caras sempre achavam que esse era um motivo para vir até mim e dizer o que quisessem, me convidar para ir para a casa deles. Eles sempre me trataram como uma vadia. — Esfrego o meu dedo na mesa. A madeira está grudenta devido às bebidas que foram derramadas ali e, então, coloco a mão no meu colo. — Eu não sou. Não sou uma vadia. Não que devesse importar se eu sou, mas eu não vou fazer sexo com você.

Sei o que significa dizer algo assim. Os caras perdem o interesse ou pensam que estou me fazendo de difícil. Mas não estou fazendo nada. Só quero ser honesta.

— Olhe para mim, Santi. — Eu mantenho meus olhos firmes na mesa de madeira. Malachi abaixa a cabeça na altura da mesa suja. — Estou falando sério, olhe para mim.

Oho para a orelha dele.

Ele resmunga.

— Para mim, Santi, não atrás de mim.

— Eu estava olhando para você. Para a sua orelha — murmuro e, finalmente, o encaro nos olhos. Arregalo os meus para que ele veja que estou olhando para ele.

— Você adora ser espertinha. — Ele ri, e sinto o aperto em meu peito diminuir. Respiro fundo. — Ouça. Eu não sei o que os outros caras achavam. E, se você me mostrar quem são eles quando voltarmos, vou me certificar de que eles nunca mais pensem coisa semelhante de novo. — A voz dele está séria e eu acredito nele. Malachi brigaria com outras pessoas por minha causa. Eu já sei disso.

— Mas eu não sou esses caras. Eu queria falar com você antes de saber que você tinha uma filha. Queria falar com você depois de você ficar balançando os cabelos e dizendo "não somos amigos", apontando...

— Eu nunca apontei!

— Sugando os dentes, revirando os olhos, mexendo os quadris, comprimindo os lábios, batendo a porta do armário. Tudo isso foi como uma linda dança, e eu entrei no ritmo. E tudo bem, você não quer fazer sexo. Você já me disse que quer ir devagar, e eu compreendo. Mas eu queria falar com você desde o começo.

— Só falar? — Ergo uma sobrancelha, balanço os cabelos e aponto.

Malachi sorri e desvia com a cabeça.

— Ah, você sabe que é uma gata! Antes, eu não ia ligar se você quisesse fazer mais do que falar — diz ele. — Mas agora sei que o meu dia é melhor quando você está nele, e quero que você esteja nele. E espero que eu também faça os seus dias melhores.

Leslie Imperfeitinha

Antes que eu possa responder, Richard e Amanda vêm até nós, com Leslie Perfeitinha os seguindo feito um patinho. Eu me lembro de que ela estava indo para casa quando Malachi e eu saímos para tomar sorvete, mas ela deve ter ficado entediada lá, sozinha. Ela segura frouxamente uma bebida com a mão direita.

— Malachi — diz Richard, arrastando levemente a palavra. — Por que você não comprou uma bebida para a Emoni? Você pode beber com dezesseis anos aqui, sabia disso? Estamos comemorando nossas aceitações na faculdade, eu entrei na Penn!

— Ou rejeições — resmunga Leslie, e toma um grande gole de sua bebida.

— Ah, Richard! Que demais! Estou tão orgulhosa de você. — Eu aperto de leve o braço de Richard e ele inclina a cabeça timidamente até que um arroto alto escape de sua boca.

— Você descobriu bem rápido a idade para beber, hein? — diz Malachi, se levantando. Ele se alonga e o suéter dele se levanta, mostrando um pouco de pele e músculos. — Parabéns pela aceitação. Definitivamente temos que beber para comemorar.

— É, Malachi compra uma bebida para a sua namorada, por que não? — Leslie Perfeitinha se senta no lugar na frente do meu, e Richard e Amanda sentam-se nas cadeiras de cada lado da mesa.

— Suco, pode ser? — digo, olhando para Malachi. A última coisa de que preciso nesse mundo é me meter em confusão durante uma viagem escolar para fora do país. Eu me lembro claramente do termo de isenção que assinamos e, embora não me importe de tomar alguns goles do rum ou vinho da Buela, vou me ferrar se ficar bêbada em um país em que não conheço a área e as pessoas.

Leslie Perfeitinha balança a cabeça.

— Alguma bebida com *álcool*, Emoni. Estamos na Espanha, caramba! É liberado aqui. Ao menos toma um vinho. — Ela dá outro grande gole na bebida.

Eu balanço a cabeça para Malachi antes de ele sair. Não me importo se *é* permitido. Assinamos documentos de permissão e não vou me meter em problemas faltando apenas dois meses para a formatura.

Eu me inclino na direção de Leslie.

— Você está bem?

— Eu estou bem para caralho, Emoni. E você? Me parece que você está tendo um ótimo dia.

Leslie sempre usa muitos palavrões, mas geralmente não tem tanto ressentimento em sua voz. A sensação calorosa dos beijos e aconchegos com Malachi começa a passar. Eu me viro para Amanda.

Ela me mostra o copo dela e sussurra na minha orelha:

— É só água; as tarefas da padaria são diferentes das de vocês e, por isso, tenho que acordar às quatro da manhã. Tome um gole.

Cheiro o copo primeiro para me certificar. E então tomo um pequeno gole. Está gostosa e gelada. Sorrio para Amanda, agradecendo.

Malachi volta com duas bebidas em suas mãos. Uma é um líquido escuro e tem um limão e uma cereja. Ele me entrega esse e dá um gole na outra bebida.

Devolvo a água de Amanda e seguro o copo que Malachi me trouxe perto de meus lábios: *ginger ale*, algum tipo de xarope e um pouco de Coca-Cola. Sem álcool, e sei que a cereja e o limão são apenas para enfeitar.

— Então, o que vocês estão fazendo aqui? — pergunta Amanda, sorrindo, olhando para mim e para Malachi. Ela tem que perceber que a situação é toda estranha porque a Leslie claramente gosta dele, mas Amanda às vezes é tão alheia a tudo que não consigo nem me irritar.

— Estávamos só passando o tempo. Caminhamos um pouco após o jantar e decidimos parar aqui — explico.

Leslie continua dando goles da bebida e, então, toma tudo de uma vez. Antes que eu perceba, ela pega o meu copo e toma um grande gole.

— Você sempre tem que ser uma boazinha de merda. — Ela se vira para Richard. — Não tem álcool nisso aqui. Olha, sente o gosto.

Ela passa o copo para ele, que também dá um gole.

— É. Sem álcool. Eu acho. Não consigo nem sentir mais o gosto das coisas. — Ele deita a cabeça na mesa molhada e fecha os olhos. Amanda esfrega as costas dele.

— Qual o problema, *Santi*? — Leslie canta o apelido que Malachi deu para mim e, vindo de seus lábios, parece um xingamento. — Você não quer ter confusão com o Chef? Não se preocupe. Não vamos contar para ele. E também não vamos contar para ele que você está trepando com o Malachi.

Eu coloco as mãos na mesa para me levantar, mas Malachi segura o meu braço.

— Não. Nós chegamos aqui primeiro. Leslie, não temos que explicar nada para você. Você está brava, mas não tem motivos para estar. Não tente ficar jogando na cara das pessoas os segredos delas, porque nós dois sabemos que você mesma também tem muitos segredos.

— Vai se foder, Malachi.

Leslie tenta se levantar para sair, mas os movimentos rápidos e a bebedeira não parecem se misturar bem, porque ela se segura na mesa. Eu também me levanto. Parece que ela está prestes a cair. Então ela abaixa a cabeça, curva o corpo e vomita nos próprios sapatos. O bar fica silencioso ao ouvir o som do vômito; o barman aponta para nós.

— Para fora! Todos vocês americanos, para fora! — O barman vem correndo, xingando em espanhol. O sotaque dele é tão diferente daquele que estou acostumada que não consigo entender todas as palavras, mas Amanda faz Richard se levantar, e basta um olhar para o vômito e para o barman nervoso para ele endireitar seu grande corpo.

Eu agarro Leslie Perfeitinha e ajeito o braço dela ao redor da minha cintura, colocando o meu braço ao redor do ombro dela. Ela está muito bêbada ou muito envergonhada para me afastar. Eu dou um sorriso para Malachi. Leslie é horrível, mas ainda é a minha colega de quarto.

Instalada

Entramos silenciosamente na casa da Mariana, com Malachi segurando a Leslie pelo outro lado.

— Você vai vomitar de novo? — sussurro. Não há nenhuma luz vindo da porta do quarto de Mariana. Já é quase uma da manhã. Ela geralmente vai se deitar às dez da noite.

— Eu quero a minha cama. — A cabeça da Leslie Perfeitinha se abaixa até o seu peito e se levanta a cada vez que ela soluça.

Cambaleando, vamos na direção do nosso quarto, quase derrubando um abajur.

— Só um instante. — Eu passo a minha mão pela parede e ligo a luz.

— Ugh. Sem luz — resmunga Leslie, e se joga na cama.

Ela se curva como se fosse uma bola. Eu tiro cuidadosamente os tênis cobertos de vômito dela e os coloco no chão, procurando por algum lugar para deixá-los no quarto. Só consigo encontrar a grande bolsa de maquiagem da Leslie na cadeira perto da cama dela. Ela vai me matar, mas eu é que não vou dormir com sapatos vomitados jogados pelo quarto. Jogo a maquiagem na cadeira e cuidadosamente coloco os sapatos na bolsa, tomando o cuidado de não tocar no vômito. Vou ter que passar pano nas escadas e na porta de entrada para me certificar de que não respingou nada na casa da Mariana, mas é Leslie quem lavará os próprios sapatos. Eu a cubro com o cobertor que estava na ponta da cama.

Quando termino, eu me indireto e pisco. Malachi está na porta do quarto, balançando a cabeça.

Dou de ombros.

— Eu não podia deixá-la daquele jeito. Eu sou mãe.

— Você é boazinha demais, é isso que você é. — Malachi dá um passo para frente e eu olho para ele. O que ele acha que vamos fazer? Leslie está bêbada, mas ainda está viva e está na cama ao lado da minha. E Mariana está do outro lado do apartamento.

Ambos nos viramos e olhamos para a forma da menina na outra cama. Como se sentisse que a estávamos encarando, ela se vira para a parede e solta um arroto alto.

Eu dou risada.

— Acho melhor você ir embora.

Ele concorda. Vamos juntos até a porta.

— Você poderia ter falado com qualquer uma das outras meninas na Schomburg. Por que você insistiu em mim?

Ele pega um dos meus cachos.

— Eu só conseguia pensar em você.

Estreito os olhos.

— Malachi — sussurro. — Você está brincando comigo? Tudo isso é para você poder tirar minhas calças? — Ergo uma sobrancelha, mas ele balança a cabeça.

— Será que algum dia você vai acreditar em mim quando eu disser que gosto de você? Nós temos só mais dois dias aqui — diz Malachi. — Você acha que podemos passar esses dias juntos? Eu vou provar para você que não é isso.

Ele passa o dedão no meu lábio inferior. Eu não tinha nem percebido que o estava mordendo.

Concordo com a cabeça, e ele me dá um beijo rápido.

— Boa noite.

São todos iguais

O negócio é que há uma parte de mim que ainda tem muito medo de acreditar em Malachi. Foi assim que começou com Tyrone também. Ele veio todo suave, com elogios e presentinhos. Aparecendo na escola para me levar para casa. Me levando ao cinema em nossos encontros. Eu não fui a primeira dele e, apesar de ele saber que foi o meu, não me defendeu quando os pais dele insistiram que ele deveria fazer um teste de paternidade.

Tyrone também não tentou se defender quando eu estava grávida de cinco meses e o acusei de me trair. Angélica tinha amigas na escola dele e elas o viram andar por aí de mãos dadas com outra menina. E, quando contei isso para ele e contei como elas até me enviaram fotos, ele apenas deu de ombros.

— Você está tão grande quanto uma casa, o que espera que eu faça? — Desse jeito. E Tyrone é bom com as palavras. Ele sabe exatamente como fazer com que elas sejam tão suaves como um beijo ou tão afiadas quanto uma faca. Foi quando eu soube que ele já havia nos superado. Ele queria se afastar, mas não sabia como fazê-lo. E eu o teria respeitado se ele tivesse dito:

—Eu acho que isso não está mais funcionando para mim.

Em vez de dizer:

— Eu não entendo por que você está ficando brava, você nem ao menos a conhece.

E eu poderia ter cuspido fogo na manhã em que ele deu de ombros quando eu disse que ele seria o pai da minha filha, mas não seria mais o meu par.

E, de vez em quando, ele volta e tenta fazer as coisas funcionarem entre nós. Ou finge ter ciúmes se acha que estou flertando com alguém.

Foi isso que aprendi sobre ele e a maioria dos caras: quem eles são quando dão flores para você e tentam tirar as suas calças não é quem eles *realmente* são quando já não é primavera e eles acharam um novo brinquedo para brincar. Sei que o passado não é um espelho do futuro, mas é um reflexo do que ele pode ser; quando o seu primeiro amor parte o seu coração, os pedaços ainda podem sangrar por muito, muito tempo.

Abrindo o coração

Leslie me acorda no meio de um sonho e, por um instante, eu me esqueço de onde estou. Penso ser a voz da Nenezinha me retirando do sonho até que as palavras penetram.

— Emoni, acho que bebi demais. Estou me sentindo péssima — resmunga Leslie de sua cama.

Eu me remexo tentando achar o meu celular. São seis horas da manhã.

— Que bom. Você deveria, depois de beber tanto e falar de forma tão horrível comigo — respondo, enviando uma rápida mensagem de texto para a Buela para desejar um bom dia e perguntar da Nenezinha. Ela geralmente vai dormir às onze horas, então eu sei que ela não vai ler a mensagem pelas próximas sete horas, mas ao menos a mensagem já estará lá quando ela acordar. Eu me levanto. — Para a sua sorte, a minha avó se certificou de que eu fosse uma farmácia ambulante e tenho um pouco de aspirina na minha mala. Vou pegar água para você.

Caminho pela casa escura, tateando as paredes para encontrar o caminho até a cozinha. Quando volto para o quarto, Leslie Perfeitinha está tão curvada na cama que se parece uma bola. Eu coloco dois tabletes de aspirina no copo de água e entrego para ela.

— Aqui. Acho que isso vai ajudar. A minha Buela jura que isso e chá de gengibre são as melhores curas quando tenho qualquer tipo de dor. Sua garganta está doendo de ter vomitado tanto?

— Eu vomitei? — pergunta Leslie. Ao menos acho que é o que ela disse, já que a voz está abafada no travesseiro.

— Sim, nos seus sapatos.

Ela resmunga e se senta lentamente para pegar o copo de água da minha mão. E toma o remédio.

— Do que você se lembra?

— Humm... — Ela morde o lábio. — Eu me lembro de estar no bar. Você e Malachi entraram também, certo? Eu acho que me sentei com vocês, mas não me lembro de mais nada depois disso.

Eu balanço a cabeça.

— Você disse algumas coisas terríveis. Basicamente me chamou de vadia. E passou vergonha.

Os olhos dela se arregalam e, pela primeira vez, eu vejo uma Leslie que não está fazendo o papel de diva, ou fazendo caras e bocas, ou tentando ser superior a alguém. Essa menina tem sujeira de rímel em suas bochechas, os cílios torcidos e fora de forma, e vômito seco em seus lábios, lábios esses que tremem como se ela estivesse prestes a chorar.

— Ai meu Deus. Como eu cheguei em casa?

— Malachi e eu trouxemos você. Você bebeu demais. Disse coisas muito feias. Mas eu ainda tenho algo que quero dizer para você. Antes de mais nada, não estou tentando ser melhor do que você e não estou tentando me mostrar nem para você nem para ninguém. Eu sempre fui muito na minha. E não sei o que aconteceu entre você e o Malachi, mas, se ele não quis continuar com você, você não pode me culpar por isso. Eu não estava por aí procurando rolo.

— Ai meu Deus, Emoni. Eu nem me lembro de dizer essas coisas. Eu não estava pensando.

— Mas é o que você pensa, não? — pressiono.

— Tipo... — Ela para no meio da frase e toma um grande gole de água. — Eu realmente gostava do Malachi. E eu não entendia por que ele gostava tanto de você. Mas ele gostava, gosta, e, então eu... — Ela dá de ombros. — Eu acho que eu fiquei com raiva. Com inveja. Tudo é sempre perfeito para você. Os professores gostam de você. Os seus amigos são leais. Um menino bonito é transferido para a nossa escola e se apaixona por você desde o primeiro dia. Não me parece justo.

Eu balanço a cabeça.

— Você está falando sério? É assim que você enxerga as coisas? Leslie, eu tenho uma filha. Tive que frequentar as aulas de verão desde que fiquei grávida para compensar os créditos que me faltaram. Tive que lutar para não ser colocada em um programa especial para mães adolescentes para poder fazer aulas do último ano e me formar junto com vocês. Eu trabalho desde os treze anos de idade e tive que trabalhar em dobro desde que tive uma filha.

Ela dá de ombros novamente.

— Eu não estou dizendo que isso faça sentido. Era difícil, para mim, gostar de você. Todos tinham dó de você antes, mas você andava pelos corredores como se fosse a rainha do lugar. Como se você nem ao menos nos visse.

Eu sorrio.

— Sim, claro. Como você acha que eu deveria agir quando todos tinham dó de mim?

Ela sorri de volta.

— Sim, acho que, se eu fosse você, teria agido da mesma forma. Ouça. Eu estava errada. Malachi não é o único menino na Schomburg. Eu vou deixar para lá.

Nós nos abrimos muito hoje, Leslie e eu. E é a primeira vez que sinto que ela está sendo honesta comigo.

Pronta?

— Onde está a família que está hospedando você? — pergunto enquanto ando pela casa. O casal que está recebendo Malachi dá aulas na faculdade local e são alguns dos poucos *hosts* que falam inglês perfeito.

— Eles tinham um evento na faculdade. Um clube de leitura ou algo assim.

Eu assinto e paro em frente a uma das pinturas na parede. É uma linda representação da cidade. As luzes nas pedras, os toldos do mercado e a *plaza*. Malachi brinca com um dos meus cachos antes de colocar a mão no meu pescoço, nos meus cabelos. É gostoso senti-lo brincar com os meus cabelos.

— No que você está pensando?

— Em nada. Essa pintura é interessante.

— Você está nervosa? Por estar aqui comigo? Eu posso parar. Podemos sair ou algo assim.

Parece um desperdício não aproveitar uma das nossas últimas noites na cidade, ainda mais sendo sexta-feira, mas *também* parece uma pena desperdiçar um apartamento perfeitamente vazio. Decisões, decisões.

— Vamos ficar no sofá um pouco antes de sair. Que tal assistir televisão?

Está passando uma maratona de Harry Potter, e eu me sento no sofá, com o braço de Malachi em volta de mim. Traduzo algumas das falas, mas Malachi já viu o filme antes e, por isso, consegue entender grande parte do diálogo sem mim. Nós chegamos na parte em que Harry usa o Patronus contra um Dementador pela primeira vez, quando Malachi começa a brincar com os meus dedos. Então, a mão dele está na minha coxa. Eu fico parada. Quero me inclinar na direção dele.

— Você *está* nervosa.

Eu toco na covinha dele.

— Você é virgem, Malachi? — Nunca tive coragem de perguntar, mas isso me parece ser algo que eu deveria saber.

Ele pigarreia e para de brincar com a minha mão.

— Houve uma menina na minha última escola. Não tínhamos nada sério, mas brincávamos de vez em quando. Falamos sobre fazer algo a mais. Mas, então, o meu irmão faleceu e eu estava uma confusão só, e minha mãe me disse que ia me enviar para cá e aí conheci você.

Eu viro o meu rosto e ele me dá um beijo suave e se reclina. Ao ver que eu não me movo, ele me dá outro beijo estalado, que dura um pouco mais. Da próxima vez que ele me beija, estou em cima dele. As pernas em volta de seu colo, braços ao redor de suas costas. Beijando-o de volta.

Tyrone foi rápido e fez com que aquele momento fosse apenas sobre ele. Foi divertido das outras vezes que fizemos. Talvez não tão divertido quanto empolgante. Era algo novo. Era como entrar em um mundo sobre o qual todos falam, mas ninguém sabe explicar e, de repente, permitem que você seja parte do segredo. Ainda que não seja tão secreto assim. E, se eu tivesse que contar, diria que fizemos sexo três vezes no máximo. A primeira vez, que foi provavelmente quando eu engravidei, e mais duas vezes depois disso. Eu nunca entendi a empolgação das pessoas com isso, apesar de achar legal ser tocada. Mas agora é diferente.

— Você tem certeza de que é virgem? — pergunto. Ele beija como se fizesse isso há muito tempo. E suas mãos se movem devagar, como se tivessem um objetivo exato em mente.

— Você tem certeza de que já fez isso antes? — responde Malachi.

Eu dou risada e bato no ombro dele. Mas *estou* nervosa. Não porque eu conheça truques ou coisa do tipo, já que Tyrone e eu não fizemos vezes o suficiente para eu aprender, mas porque meu corpo nu dá sinais de que já carregou uma criança. Eu perdi peso rapidamente, mas são as outras coisas que aparecem quando você não está usando roupas e que marcam você como alguém que já deu à luz. Com Tyrone não importou o que eu sabia ou não sabia, porque ele sabia, e eu não sabia nada. Mas eu sinto que Malachi tem expectativas.

— Malachi, eu não tenho tanta experiência assim. Eu só fiz algumas vezes. Não crie a expectativa de que...

Ele coloca um dedo nos meus lábios e continua beijando o meu pescoço.

— Por favor, não fale agora sobre as outras vezes que você fez isso. Podemos falar sobre isso depois. Se você quiser. Mas não se trata de outras pessoas. Não estamos aqui com outras pessoas. Estamos aqui. Agora. Você e eu. Certo?

Ele continua beijando o meu pescoço. E, então, as minhas mãos estão por toda parte. Preciso tocar a pele dele, os ombros, as costas. Beijo a orelha dele e ele geme em meu pescoço.

— Isso é tão bom. — E isso era novo, também. Esse poder de fazer um menino pular ou gemer.

Eu tiro a minha camiseta. E ele tira a dele.

— Você tem certeza? — pergunta Malachi.

Eu pressiono uma mão no coração dele. Não tenho certeza de nada.

— Me beija de novo?

E assim fazemos, nos beijamos e nos esfregamos, e as mãos dele estão no meu corpo, e eu não mostro esse corpo para ninguém faz muito, muito tempo. Ele passa a mão pela cicatriz da minha cesariana e ao longo das marcas nos meus seios. Todas as coisas que me marcam como mãe da forma mais óbvia. Ele me beija ali e em todas as partes. Ele toca na minha calça jeans.

Eu cubro a mão de Malachi que está abrindo o meu zíper e a seguro firmemente.

— Acho que deveríamos esperar. Seria romântico. Na Espanha. A sua primeira vez. Tudo isso. Seria como uma história romântica. Mas...

Malachi levanta as mãos e joga a cabeça para trás no sofá. Eu começo a sair de seu colo, mas ele me segura no lugar.

— Tudo bem, Santi. — Ele me abraça. — Só me dá alguns instantes para poder me recompor.

Passo os meus dedos pelo peito dele.

— Talvez... — Eu pauso. E me certifico de ser corajosa o suficiente para perguntar o que eu quero e não me apressar a fazer algo que não estou pronta. Pigarreio. — Talvez possamos tentar outras coisas?

Ele ergue a sobrancelha e, com uma empolgação que eu nunca havia visto antes, me responde energicamente:

— Sim, senhora. Sim, sra. Santiago. Eu sou todo seu. Sou seu melhor aluno. Faça o que quiser.

Eu rio da brincadeira boba dele. E isso me parece certo. Seja o que for que decidamos nos tornar, fico feliz que possamos rir juntos em momentos desconfortáveis.

Último dia

Apesar de ser nosso último dia inteiro na Espanha, o sábado antes de voltarmos para os Estados Unidos, o Chef ainda nos faz ir ajudar nossos tutores. Estou trabalhando em um molho para o ombro de porco que Chef Amadí irá servir no jantar de amanhã à noite. A receita diz que ele deve ficar marinando durante vinte e quatro horas, e parte de mim queria ficar mais um dia para poder provar. Mas talvez esse seja o objetivo de uma viagem assim; você começa o processo de aprendizado e o leva de volta consigo quando voltar para casa.

Eu passo a mistura de temperos no porco, massageando e pressionando firmemente.

— Se certifique de colocar os temperos secos na carne, também. E você colocou limão na mistura?

— Eu usei laranjas azedas no lugar — explico.

— Boa ideia essa das laranjas. Não esquece de escorar o ombro. Cortes pequenos e rasos para capturar todo o sabor. Acho que você aprendeu aqui, não?

Eu concordo e pego a faca. Aprendi muito.

— Sim, e não somente por estar nessa cozinha. — Eu aprendi a cozinhar com confiança, mas também a lembrar que os clientes têm expectativas a respeito do que será servido para eles. Aprendi a confiar nas minhas mãos. Mas aprendi sobre mais do que comida. Aprendi sobre as pessoas. A ver como pessoas de outros lugares andam, conversam, se amam e se alimentam.

— Você tem bons instintos, será uma excelente chef um dia. Talvez, quando você terminar a escola, queira voltar para a Espanha? Eu adoraria ter você aqui como minha aprendiz.

Eu olho para cima rapidamente e esqueço o que estava fazendo. Minha mão escorrega e faço um corte na parte que mantinha o porco no lugar. Eu derrubo a faca e rapidamente me afasto.

— Merda.

Eu checo para ver se pingou sangue na carne, mas Chef Amadí põe as mãos nos meus ombros e me empurra na direção da pia, deixando a água correr pela minha mão.

— Ah, aqui. — Chef Amadí enrola um pano limpo na minha mão. — Deixe a água escorrer. Vou ver se pingou algo na comida ou na tábua de cortar. Temos Band-Aids e luvas naquele armário acima da sua cabeça. Mais algumas horas e você teria ido para a sua viagem sem marcas. Mas, agora, você tem uma cicatriz de guerra para provar que esteve aqui.

O corte pequeno dói, mas não tanto quanto as lágrimas em meus olhos. Ter a oportunidade de vir para cá, de trabalhar em uma cozinha de verdade depois da escola e aprender mais seria um sonho. Mas, só de pensar nisso, já sei que jamais deixaria a minha filha, Buela ou a cidade que tanto amo.

— Emoni, foi maravilhoso trabalhar com você. Será sempre bem-vinda aqui quando estiver na Espanha. E, se em algum momento decidir que quer trabalhar aqui, eu com certeza adoraria ter uma chef com mãos que nem as suas. Ah, e aqui está. — Chef Amadí me entrega uma carta. — Essa é a minha avaliação acadêmica oficial do seu trabalho, para o Chef Ayden. Não leia. A não ser que você queira ler. — Ela sorri e me entrega um pote de chá. — E esses são saquinhos de chá que eu mesma fiz, do meu jardim. Você pode fazer chá ou adicionar em uma receita. Tenho certeza de que você vai descobrir como usar.

Pego a sacola e a levo ao nariz. Lavanda, gengibre, camomila...

— Tem algo aqui que eu não consigo distinguir — digo para ela.

— Ah, e é por isso que é mágico. Nem todas as receitas na vida podem ser facilmente compreendidas, seguidas ou descontruídas. Às vezes você tem que pegar o que lhe dão e usar seus talentos para fazer o melhor chá possível. Certo? — Ela me enrola em seus braços antes que eu possa responder e, então, me leva até a porta para que eu vá embora.

Tiro o avental e chapéu de chef e os dobro perfeitamente, entregando-os.

— O ombro de porco estará delicioso. Eu mal posso esperar para provar o seu molho. Seja boazinha e se mantenha segura e, ah, Emoni, confie. Está bem? Confie. Em você, acima de tudo, mas no mundo também. Há mágica acontecendo a seu favor.

A porta se fecha atrás de mim antes que eu possa responder qualquer coisa.

E, por um segundo, eu me sinto nua, como se estivesse exposta na luz do sol noturno, uma pessoa diferente daquela que eu era instantes atrás.

Duende

Leslie Perfeitinha e eu passamos a nossa última noite com Mariana. Ela fez uma grande refeição tradicional para nós e até nos serviu um copo de sangria. Eu juro por Deus que Leslie ficou mais verde que o Hulk ao sentir o cheiro de vinho e eu não consegui refrear a risada que escapou pelos meus lábios. Ela não toca no copo.

Pela primeira vez, tento não analisar o prato à minha frente e somente comer e aproveitar. Mariana tem uma vitrola antiga na sala de jantar, e há música espanhola tocando repetidamente. Eu reconheço algumas delas, de quando Buela deixa o rádio ligado na cozinha. Há outras músicas que não conheço, mas gostaria de conhecer. As primeiras palavras de uma das músicas que toca fazem com que eu abaixe o meu garfo. Mariana deve ter notado, porque ela se levanta e aumenta o volume. Até Leslie deve perceber que é uma canção bonita, porque fecha os olhos para ouvir melhor.

A cantora tem uma voz profunda e o final de cada nota é marcado com uma palma.

— Você conhece essa canção? — pergunta Mariana. Eu balanço a cabeça. Essa não é uma voz que eu conheça. — Mercedes Sosa. É uma cantora de folk argentina, muito amada por aqui.

Fecho os olhos. Não quero perder nenhuma palavra. Ela canta sobre como tudo muda, o raso e o profundo, o brilhante e o velho; tudo menos o amor pelas mudanças. Estou mexendo os pés no ritmo da música e, quando a canção acaba, Mariana se levanta e a coloca novamente para tocar.

— Mercedes Sosa era cheia de *duende*. De inspiração e paixão.

Eu saboreio essa palavra nova como se fosse a última mordida em meu prato e, agora, sei que estou pronta para voltar para casa.

Casa

Pego a minha mala da esteira rolante e dou um beijo rápido em Malachi. Ele me puxa para um beijo mais longo, e eu fico corada da cabeça aos pés enquanto meus colegas de classe assobiam e gritam ao ver essa demonstração pública de afeto. Estou quase do lado de fora do terminal quando lanço um olhar para trás porque ouço alguém xingando e amaldiçoando a tempestade. É Leslie Perfeitinha com suas três malas enormes, arfando e bufando atrás de mim na direção do ponto de ônibus.

— Leslie, você precisa de uma carona? O amigo da minha avó veio me buscar. Você vai ficar em Lehigh, certo?

Leslie não precisa dizer uma única palavra para que eu veja o alívio estampado em seu rosto.

— Seria maravilhoso, Emoni, obrigada.

O sr. Jagoda está esperando bem na frente quando saímos do terminal, e parece feliz em me ver. E, não posso mentir, é bom ver um rosto familiar que irá me levar até a minha família. No Volkswagen, nos sentamos em silêncio, ouvindo uma estação de rádio com músicas antigas. E, apesar de eu lutar contra a vontade de fugir do carro a cada vez que paramos devido ao trânsito, pedágio ou farol vermelho, o jeito calmo e o cantarolar do sr. Jagoda me ajudam a ficar mais calma. Eu só quero ver a minha filha. Eu nem consegui dormir no voo ou fazer piadas com Malachi, porque só conseguia pensar na Nenezinha. Deixamos Leslie em casa e, exatamente quatro minutos depois, o sr. Jagoda estaciona na frente da minha casa.

— Você vai entrar? — pergunto enquanto ele me ajuda a tirar minha mala do porta-malas.

Ele sorri, e eu adoro o modo como as ruguinhas dos cantos dos olhos dele e seus dentes brilhantes aparecem, passando de seus lábios.

— Ah, não. Eu já vi Glória essa semana e acho que hoje ela só terá olhos para você. — Ele faz carinho na minha bochecha e volta a entrar no carro, se sentando no banco de motorista.

Eu corro na direção das escadas. Quando abro a porta, Buela, parada no centro da sala de estar, começa a chorar, com Nenezinha em seu colo.

Nenezinha grita e estica os braços na minha direção, no colo da Buela, e eu nem me preocupo em fechar a porta, apenas corro na direção dela e a levanto em meu colo. Sentindo o seu cheiro de bebê. Um cheiro que conheço melhor do que o meu próprio nome. Eu pisco para o teto.

Vou na direção da Buela. Não quero soltar Nenezinha, então apenas me viro e abraço Buela com o braço que está solto. Ela tem um cheiro diferente, como o de perfume caro, mas as suas mãos, ao segurar o meu rosto e beijar minhas bochechas, ainda cheiram a baunilha.

— *Pero tú sí me hiciste falta, nena.*

Pressiono a minha bochecha na palma dela e me aconchego, meus olhos se fechando.

— Eu senti sua falta mais ainda, Buela.

Carta de aceitação

Mais tarde, no começo da noite, estou na cama lendo uma revista com Nenezinha aconchegada ao meu lado. O almoço com Buela e Nenezinha foi gostoso, e sei que todas nós comemos mais do que deveríamos do *mofongo* da Buela. Eu só queria que o fuso horário não tivesse me atingido tão forte. Foi apenas quando o prato de comida caiu do meu colo que percebi que havia adormecido. Eu definitivamente precisava de um cochilo.

Nenezinha me parece duas vezes maior do que quando a deixei, apesar de eu saber que isso não é possível.

— Eu falei com a Angélica essa semana e ela me disse que muitas das cartas de aceitação foram enviadas na semana passada. Você conseguiu checar os seus e-mails na Espanha?

Buela brinca com as franjas do longo lenço cinza que comprei para ela, e percebo que não está usando a aliança de casamento. Eu quero me aninhar no sotaque porto-riquenho dela, tão familiar, nos seus cabelos com ondas suaves, no modo como fica parada firmemente em seu uniforme de calças largas e pulôver pálido. Não quero contar para ela que estava com medo demais para checar os e-mails das universidades.

— Para quantas universidades você aplicou mesmo?

— Quatro faculdades de quatro anos e uma faculdade comunitária — resmungo. Ela está parada na porta, esperando. Eu pego o meu celular e faço login na primeira universidade. Não fui aceita na Temple University. Faço login na segunda universidade. Não fui aceita na LaSalle. Faço login na terceira universidade. Não fui aceita na Arcadia.

Que merda. Se eu não for aceita em nenhum lugar, nem sei como vou contar para Buela. Há uma diferença entre não querer ir e nem ao menos ser aceita.

— Buela, acho que devemos esperar até amanhã. Não quero estragar o resto da sua noite.

— Vamos logo, *nena*. Termine isso logo. Seja qual for a resposta, eu prefiro estar com você do que deixar você olhar sozinha. Tenha fé, Emoni.

Eu faço login no portal da Drexel.

E meus movimentos se tornam mais lentos ao ver o que está escrito ali. Buela deve ter percebido que o meu silêncio é diferente dessa vez, porque as suas mãos param de brincar com o lenço.

— *¿Qué fue, nena?*

Puxo Nenezinha para o meu colo e ela se aconchega em mim sem acordar. Dou um beijo na testa dela.

Estico meu celular na direção da Buela. Quero que leia por conta própria. Ela fecha os olhos como se estivesse dizendo uma prece. Lê rapidamente a carta e, quando olha para mim, lágrimas enormes rolam pelo seu rosto. Ela abana o rosto com o lenço, como se fosse parar a torrente de lágrimas, mas então está me abraçando e rindo e, mesmo quando Nenezinha acorda, chorando, tudo que Buela consegue fazer é me segurar na cama e me sacudir, repetindo:

— *Mi niña, mi niña*, vai para a faculdade. Ligue para o seu pai. Ele vai ficar tão orgulhoso.

Surpresas

Eu não achei que seria aceita em Drexel. A média das minhas notas era um pouco abaixo do que eles dizem que um estudante precisa ter, então ainda estou um pouco chocada. Ao contrário do orientador do ensino fundamental, a sra. Fuentes insistiu que eu tentasse, ainda que fosse uma faculdade fora do meu alcance. É perto de casa. É uma excelente instituição. E tem um programa de Arte Culinária cujo foco não é apenas cozinhar, mas também gerenciar um restaurante.

Mas não sei como vou conseguir ajudar a pagar as contas se também tiver que pagar pela faculdade.

— Buela, preciso falar com você — digo no dia seguinte, após o jantar. Ela coloca a televisão no mudo e se vira na minha direção. Desde que fui aceita em Drexel, tudo o que ela consegue fazer é sorrir para mim ou chorar. — Eu não quero que você fique esperançosa sobre Drexel. Eu não consegui a bolsa completa e, bom, não faz mais sentido que eu consiga um trabalho em vez de fazer uma dívida?

Buela não para de sorrir. Ela pisca como se estivesse esperando que eu sinalizasse que era uma piada, mas, quando começo a repetir as mesmas palavras, ela balança a cabeça.

— Emoni, do que você está falando? Esse é um sonho que virou realidade.

Balanço a cabeça.

— Eu quero estar em uma cozinha, não em uma sala de aula. Sei que não sou boa na escola. E se eu desperdiçar o meu tempo e dinheiro e não for aprovada nas aulas?

— Emoni, você amou as aulas de Arte Culinária esse ano. Eu sei que você me disse que essas aulas terão mais elementos de química e que você tem medo de não ir bem, mas, quando você tiver um diploma, ninguém poderá tirá-lo de você. Você só tem que se esforçar.

Gostaria de poder explicar que eu me esforço, mesmo nas aulas em que não vou tão bem. Não é o meu esforço que torna o aprendizado nessas aulas tão difícil para mim. Mas também sei que já não tenho mais treze anos. Da última vez, deixei um orientador me convencer de que eu não era boa o suficiente para ir para a faculdade que escolhesse. Dessa vez, serei eu mesma a me convencer disso?

— Emoni, há muito tempo eu espero que você tenha a possibilidade de sair para o mundo e voar. Você quer saber aonde eu vou quando finjo que estou no médico?

Eu perguntei uma única vez e nunca mais falei a respeito disso. Buela deixou bem claro que não era da minha conta. Não sei se eu deveria concordar ou balançar a cabeça e, por isso, fico parada. Ai, meu Deus. Ai, meu Deus. E se a Buela estiver doente? E se ela queria que eu me ajeitasse na vida por saber que havia algo de errado? Só consigo me manter em pé porque há uma parede atrás de mim. Eu me preparo para as palavras dela.

— Eu vou para o médico com tanta frequência porque, às vezes, preciso me afastar de tudo... — Ela move as mãos no ar, como se sinalizando que "de tudo" significasse tudo nessa casa. — Eu vou para o médico para me lembrar de que sou mais do que a bisavó de uma criança, a avó de uma mãe adolescente e a mãe de um filho sem-vergonha.

Ela pigarreia.

— Ok... o verdadeiro motivo pelo qual eu vou "ao médico" com tanta frequência é Joseph, o sr. Jagoda. — Ela não olha para mim enquanto diz isso, e vejo que suas bochechas marrons estão corando. A minha avó está corada como uma menina quando tem sua primeira paixão. — E ele tem me cortejado. Você sabe que ele é o gerente de escritório da clínica do filho dele, que ele é legal comigo, e que ele me levou para jantar naquele restaurante chique, e nós tomamos café durante os finais de semana, e fomos ao cinema juntos. Ele tem sotaque polonês. E eu tenho sotaque porto-riquenho. Conversamos bastante e, muitas vezes, ficamos apenas sentados em silêncio. E essa é, provavelmente, a parte que mais gosto. Há muito tempo que não me sento em silêncio ao lado de um homem. Há muito tempo não tenho alguém que não dependia de mim para secar as lágrimas, um companheiro. E, *nena*, é... — Ela passa a mão pelo peito e eu sei exatamente o que ela quer dizer.

— Ele não é perfeito! Digo, ele torce para os Giants, pelo amor de Deus, mas ele me faz sentir como uma mulher. Não somente a mãe de várias gerações.

Não sei o que dizer para ela. Seu rosto assume uma expressão diferente. Não tão apertada e franzida ao redor da boca; as rugas na testa dela se suavizaram, e ela derruba as mãos que estava balançando no ar, pousando-as em seu coração.

Eu me sento no sofá ao lado dela e então a envolvo em meus braços.

— Oh, Buela. Graças a Deus. Eu estou tão feliz por você não estar doente ou, sei lá, sentada sozinha em um parque para se afastar de nós. E o sr. Jagoda? Você está certa, ele tem sido muito legal. Eu fico muito feliz que você tenha alguém. — Eu a abraço apertado.

A voz dela está grossa quando ela quebra o silêncio.

— Ele me pediu para ir morar com ele. Ele quer se casar comigo. E é claro que eu jamais deixaria você e a Nenezinha. Eu não poderia. Não seria certo. *Pero*, Emoni, por vezes é bom ter sonhos.

Eu não ergo as mãos para secar as minhas bochechas.

— Mas, Buela, se é isso que você quer, você não tem que dar um bom exemplo para mim?

Ela soluça e ri, afastando-se de mim.

— Eu ensinei muito a você, Emoni Santiago. E o que mais me orgulha que você tenha aprendido é a respeito dos sacrifícios e responsabilidades. Eu também não posso fugir da minha.

— Buela, não quero que você tenha que parar a sua vida por minha causa. — Eu tiro os meus braços que ainda estavam ao redor dela. — Aquela filha é minha, você já fez o suficiente. Case com ele. Nós vamos ficar bem.

Ficar bem

Eu não sei se vamos realmente ficar bem, mas tento pensar na música de Mercedes Sosa: tudo muda. Vou aprender a ficar bem.

Antes de ir me deitar, ligo para Júlio. Não liguei para ele enquanto estava na Espanha e ele também não me ligou. Eu gostaria que ele tivesse o hábito de mandar mensagens de texto, o que deixaria tudo mais fácil, mas ele acredita em teorias da conspiração que alertam sobre ter todos os seus pensamentos em textos.

— Emoni! Se lembrou do seu *viejo*, finalmente?

Espero que ele não tenha ouvido o meu suspiro.

— Oi, Júlio. Como você está?

Ouço sussurros no fundo e tenho a certeza de que interrompi o clube de leitura dele.

— Estou na mesma. Como foi na Espanha? *Mami* me disse que você estava aproveitando a vida lá na Europa.

Conto um pouco sobre a viagem e o tempo que fiquei no restaurante como aprendiz, deixando de fora o monumento de Colombo ou as estruturas de ouro. Já está muito tarde na noite para ter que ouvir um sermão de Júlio.

— Júlio, eu só queria contar que fui aceita na faculdade. Entrei na Drexel, aqui mesmo na cidade. Buela está tão empolgada que em breve deve começar a colocar *outdoors* por toda a cidade, e eu queria que você soubesse da novidade por mim, antes que um dos seus amigos que moram aqui perto ligassem para você.

Do outro lado da linha há somente o silêncio e, por um segundo, eu acredito que a ligação tenha caído.

— Júlio?

Ouço o que parece ser o som de alguém fungando, mas isso não pode ser verdade. Meu pai não chorou quando perdeu a casa no último grande furacão. Não chorou quando parei de chamá-lo de *Papi* e comecei a chamá-lo pelo seu primeiro nome. Não chora quando visita o túmulo da minha mãe.

Mas isso foi definitivamente o som de alguém fungando.

— Eu espero que a *Mami* coloque esses *outdoors*. Você merece. Deve estar tão feliz. — Mas ele deve perceber a hesitação em minha voz, porque pergunta: — Emoni, não era isso que você queria?

E o que acontece é que Júlio é muitas coisas. E nem sempre sei se posso contar com ele. Mas sei que ele acredita em educação autodidata e que, se eu dissesse para ele que não quero ir para a faculdade, que achava que começar a trabalhar imediatamente seria uma boa ideia, ele me apoiaria. Mesmo que ele tivesse que brigar com Buela para que eu pudesse fazê-lo. Mas, então, penso em como ele estava fungando.

— Eu estou feliz. Só estou nervosa com todas essas mudanças.

— E *Mami* com o namorado novo dela.

Estou chocada. Buela contou para ele a respeito do sr. Jagoda?

— Ela me contou.

E percebo que fiz a pergunta em voz alta.

— Você vai dar um jeito, Emoni. Você já passou por alguns dos desafios mais impossíveis na vida e sempre deu um jeito. Você tem anjos nos seus ombros.

E eu apenas posso esperar que ele esteja certo.

Próximos passos

— Srta. Santiago, como foi a sua viagem? — pergunta a srta. Fuentes de sua mesa.

Espero que ela não se aproxime para me olhar de perto, ou perceberá que eu chorei a noite toda no travesseiro.

— Foi ótima. Espero poder voltar um dia.

— Você conferiu as aprovações da faculdade?

Vou até a minha mesa e imediatamente tiro um livro didático. Preciso enterrar a minha cara em algum lugar.

— Eu entrei em Drexel.

— Isso é maravilhoso, srta. Santiago! — A srta. Fuentes bate palmas. Ela para quando percebe o modo como eu encaro o meu livro de Matemática aplicada, sem entusiasmo. — Você não me parece empolgada. Qual o problema?

Balanço a cabeça.

— Está tudo bem. Ainda estou sofrendo com o fuso horário, eu acho.

Não olho para Malachi quando ele entra, mas posso sentir que ele mantém os olhos em mim durante os trinta minutos de aula. Nós nos falamos ao telefone na noite passada, após a minha conversa com Buela. Bom, eu falei mais do que ele, o que é uma mudança na nossa relação. Ele me escutou enquanto eu listava os meus medos e chorava por causa da Buela. Estou tão feliz por ela, mas com tanto medo da mudança.

Na hora do almoço, não consigo nem fingir que estou brincando com a comida.

— Emoni, por favor me explique por que está de novo no modo de crise hoje? Você acabou de voltar de um lindo país, tem um namorado, foi aceita na faculdade e tem a melhor amiga que uma pessoa poderia desejar. Então, qual é o problema? — Angélica nunca tem muita paciência comigo quando estou desse jeito.

— Eu sinto como se estivesse sendo empurrada em mil direções diferentes, mas meus pés estão presos no cimento.

Ela empurra os óculos mais para cima na ponte de seu nariz.

— Então você foi para a Espanha e virou poetisa?

Eu tiro a minha mão debaixo das dela e jogo molho de maçã nos cachos loiros dela.

— Ei!

Ela desvia antes que o molho caia nela e finge que se esconde embaixo da mesa.

— Menina, se levante! Eu não terminei de mostrar quem é a chefe por aqui.

— Pois é, está bem. Espera até eu tirar essa peruca. Vai ser uma verdadeira guerra de molho de maçã.

E absolutamente nada mudou. Mas, por alguns instantes, eu me sinto mais leve.

Amor

Porque estou com muita saudade, vou até a creche da Nenezinha buscá-la, ainda que leve meia hora para ir e meia hora para voltar quando saio da minha escola. Mamá Clara é um amor de pessoa e me mostra os trabalhos de arte e pinturas a dedo da Nenezinha, além de todos os vestidinhos que ela usa em suas bonecas. Entro com Nenezinha no ônibus e a deixo cantar para mim.

— Ela é uma criança adorável — diz uma mulher mais velha e branca, do outro lado do corredor. — É sua irmã?

Eu sorrio para Nenezinha.

— Não, senhora. É a minha filha.

O sorriso desaparece do rosto dela, mas o meu continua intacto. Eu já encontrei esse tipo de mulher antes. O tipo com ideias bem conservadoras sobre o que faz com que certas pessoas sejam respeitáveis. O tipo que faz careta ao descobrir que Nenezinha é minha filha, mas que teria empatia se a cor da minha pele fosse mais clara. O tipo que olha para a peruca colorida da Angélica e diz em voz baixa que ela é do gueto, mas que pensa que uma pré-adolescente branca com tranças africanas roxas é charmosa e criativa. Ela parece ser o tipo de mulher que quebraria um estereótipo no meio e seguraria uma metade para crianças brancas e outra para crianças pretas. E talvez eu também a esteja estereotipando. Fingindo saber que tipo de mulher ela é por causa do tipo de mulher que já jogou ódio em cima de mim, de Angélica e de todas as pessoas pretas em geral que conhecemos no nosso bairro; do tipo que balança a cabeça e faz *tsc tsc*, e nos lembra de que não somos bem-vindas na parte delas da cidade, do lado delas do ônibus, no mundo delas.

O sorriso continua em meu rosto. Só nós duas, eu e a bebê. Vamos conseguir subir, se tentarmos.

Parte três:
O Agridoce

A RECEITA

"Quando o mundo tenta partir você ao meio, parta um pão de cerveja com aqueles que você ama"

da EMONI

Serve: Mais força para quando você se sentir sozinha.

Ingredientes:

Três conchas de farinha
Quatro polegares de açúcar branco
Meio palito de manteiga derretida
Duas garrafas de cerveja
Uma pitada de sálvia
Uma pitada de orégano da ilha

Instruções:

1. Pré-aqueça o forno a 200 °C. Misture todos os ingredientes até obter uma massa homogênea. Acrescente a salva e o orégano da ilha na mistura.
2. Unte uma forma de pão e despeje a mistura. Coloque mais manteiga no topo.
3. Deixe o pão assar durante toda a duração do último álbum de Sam Smith.
4. Tire o pão do forno e deixe esfriar.

*Melhor consumir com manteiga de mel enquanto escuta os seus próprios instintos.

Paralisada

Durante as semanas que seguem, todos perguntam incessantemente para qual faculdade irei. Sorrio e dou de ombros. Só que a Buela parece pronta para torcer o meu pescoço, porque ela quer escrever logo o cheque do depósito. Mas a verdade é que sei o que quero fazer, só não quero contar para ninguém. Nem mesmo às pessoas mais próximas de mim. Angélica tem tentado de tudo para me fazer falar a respeito dos meus planos para o futuro, desde me ameaçar até cuidar de mim como uma mãe a fim de me fazer abrir a boca, e hoje, durante o almoço, não é diferente.

— Emoni, você deveria tentar comer alguma coisa.

Não olho para a Angélica. Ela conseguiu entrar em todas as faculdades para as quais aplicou, com exceção da Pratt. Eles a colocaram na lista de espera e ela olha ansiosamente a caixa de entrada do e-mail a cada vez que um dos inspetores vira as costas para nós.

— Estou bem. Não estou com muita fome.

Uma sombra cai sobre mim e olho para cima, encontrando uma pele marrom macia e olhos castanhos brilhantes. Malachi. Esse não é o horário de almoço dele.

— O que você está fazendo aqui? — pergunto.

Ele se enfia no banco da cafeteria e se inclina na minha direção até as nossas testas se tocarem. Não sorri.

— Você tem me evitado, não fala com ninguém e me parece triste. Pensei que talvez eu conseguisse achar alguma resposta aqui.

Concordo e olho para baixo, para a bandeja do meu almoço.

Começo a me mexer para me levantar da mesa, mas, então, braços me impedem de fazê-lo. Malachi me abraça por trás e Angélica se levanta para me abraçar pela frente. Eu respiro longa e profundamente, com ambos me segurando de perto.

Malachi me diz que tudo ficará bem. Angélica diria o mesmo se ela tivesse uma veia mais sensível em seu corpo, mas ela não tem, e, por isso, diz:

— Menina, está na hora de parar de ter medo e deixar sua própria luz brilhar.

Ambas as frases são de grande auxílio.

No último dia antes da data limite para o envio do depósito, Buela deixa um cheque em branco ao lado da minha cama com um recado.

Siga os seus sonhos, nena. O resto irá se ajeitar por conta própria.

E, então, preencho os formulários e envio a minha decisão por correio.

Aceita

— Passei! — grita Angélica ao telefone. — Estou indo aí agora! Eu quero que você leia o e-mail para mim. Preciso de uma testemunha para ter certeza de que é verdade!

Sei que, apesar de ela não mencionar o Pratt Institute, não há nenhuma outra faculdade que a deixaria tão empolgada, e eles foram os únicos que a colocaram na lista de espera. Ela deve ter saído da lista. A minha menina vai se mudar para Nova York!

Eu me sacudo quando percebo que estou em silêncio há tempo demais.

— Angélica, estou tão feliz por você! Venha para cá. Eu mal posso esperar para ler o e-mail.

Desligo o telefone. Buela está cochilando no sofá após um café da manhã farto.

Fecho o romance que estava lendo para a aula de Inglês. Nem sei por que ainda estou fazendo a lição de casa. O ano letivo acaba em quatro semanas e os professores já não se importam mais com os trabalhos escolares. Não é como se eles fossem nos reprovar. Alguns deles têm estado bem "doentes" ultimamente. Vi mais professores substitutos durante esse mês do que no ano inteiro.

Ouço três batidas bem fortes na porta e a abro sem espiar pelo olho mágico.

— Angélica, a Buela está dormindo, então...

Mas não é a Angélica.

É o Tyrone. O sempre-tão-perfumado Tyrone com um olhar de filhote de cachorro estampado.

— Será que podemos conversar? Queria falar sobre uma coisa.

Desço nos degraus e fecho a porta atrás de mim.

— Tyrone, você veio... — Checo o celular. — Duas horas mais cedo. A Nenezinha nem está pronta ainda.

Infelizmente, esse é o final de semana dele.

— Eu queria falar sobre isso — diz Tyrone. — Tenho novidades.

— Sim, eu também tenho novidades. Fui aceita na faculdade. E estou saindo com alguém.

Os lábios dele se apertam e ele balança a cabeça.

— Saindo com alguém? Eu ouvi boatos, mas esperava que não fossem verdade. Isso não me agrada.

Respiro fundo.

— Eu sei, Tyrone. Eu sei. E por muito tempo, eu quis fazer o que todo mundo queria que eu fizesse. Só preciso que você se faça presente na vida da sua filha. Vou respeitar você e não irei apresentá-la a ninguém a não ser que tenha certeza de quem é a pessoa e de que será uma boa influência, mas não vou mais me esconder do mundo. Não vou parar de viver. Não vou me lamentar por ter uma filha. Não é assim que você cuida de uma pessoa.

Ele não parou de balançar a cabeça.

— Eu sabia que você não deveria ter ido para a Espanha. Voltou com essas ideias malucas. Minha mãe sempre me disse que você era facilmente influenciável.

Eu sorrio, porque, quando a mãe dele quis pagar pelo meu aborto, "facilmente influenciável" não foi exatamente o termo que usou para falar de mim.

Tyrone enfia as mãos nos bolsos e desfaz a carranca. Eu o deixo entrar. Ele me parece mais maduro; sua camisa de colarinho está passada, o cabelo está arrumado. Há um ar de confiança que parece menos baseado em quão rapidamente ele pode mudar o sentido de uma frase e mais no fato de ele estar se sentindo confortável consigo mesmo. Não sei quando foi que isso aconteceu, mas eu devo ter perdido a transformação.

— Escuta. Na verdade, não foi por isso que eu vim até aqui. Isso é questão sua. Você cuidou bem da Emma até agora e, apesar de eu não gostar... não vou ficar pensando em outros caras perto da minha filha e da mãe dela.

Ele faz uma pausa.

— Vim até aqui por causa da Emma. Eu queria contar que consegui um emprego recentemente e um apartamento só para mim. Então, quero ajudar vocês com mais dinheiro; minha mãe me diz o tempo todo o quanto bebês dão despesas, e sei que eu poderia fazer mais por você e pela Emma. Mesmo que eu não possa oferecer muito agora.

Meu coração para por um instante. O tanque de guerra chamado sra. Palmer está incentivando que ele dê mais dinheiro para cuidar da Nenezinha? O mundo dá voltas mesmo. Mas Tyrone não terminou de falar e levanta uma mão, como se soubesse que não vou gostar do que ele vai dizer a seguir.

— Emoni, eu quero aumentar meus dias de visita. De sexta-feira à noite até segunda-feira de manhã. Acho que mereço o final de semana completo. Sempre cuidamos muito bem da Emma, eu a pego e a deixo aqui na hora certa, e você sempre sabe como me encontrar quando precisa falar comigo. E eu gostaria de uma semana completa durante o verão para levá-la para viajar nas férias com a minha família.

Fico parada, inexpressiva; mantenho todos os meus sentimentos guardados, como uma ginasta que pausa por alguns instantes enquanto faz acrobacias no ar. Mas é exatamente assim que me sinto, como se estivesse caindo.

— Preciso pensar a respeito disso, Tyrone. É uma mudança grande.

— É claro. Sei que é muita coisa para simplesmente despejar assim. É que eu tenho saudade dela quando ela não está comigo. A cada vez que a vejo ela está maior e está fazendo algo novo e... não quero perder mais nenhum momento.

Eu concordo.

— Se você esperar alguns minutos, vou preparar a Nenezinha para que você possa levá-la. Não faz sentido você dirigir até a sua casa só para ter que voltar aqui.

Tento repetir a mesma coisa para mim. Para frente é a única direção que se pode ir; só as aves ciscam para trás.

Baile de formatura

Apesar de Malachi e eu nos falarmos diariamente e nos vermos na escola, desde que voltamos da Espanha optamos por ir mais devagar. Entramos em um ritmo confortável de sermos amigos que se falam e que se beijam o tempo todo, mas não há pressão para que algo além disso ocorra.

Não falamos a respeito de nós dois e do que irá significar estarmos longe um do outro. E, para mim, está tudo bem assim.

— Vai ficar em casa? — pergunta Buela enquanto coloca um brinco. Eu me sento no sofá para assistir à televisão. Estão passando reprises de *Barefoot* e *Contessa*.

Sinalizo que sim.

— Sim, só eu e a Nenezinha.

— A Angélica vai vir para cá? — Ela coloca o casaco e pega a bolsa.

— Não. Ela está planejando a roupa do baile de formatura com a Laura.

O batom da Buela está no meio do caminho até os lábios quando ela para.

— E quando você vai planejar sua roupa?

Eu aponto para a televisão com a cabeça.

— A *contessa* sempre sabe o que fazer para deixar uma mesa chique. Preciso mandar algumas dessas dicas para a tia Sarah por e-mail.

— Emoni, você não me respondeu. Por que não mencionou o baile de formatura antes? — Ela se senta ao meu lado no sofá. — *Nena*, você não quer ir?

— Não quero, Buela. Já gastamos todo o dinheiro na viagem para a Espanha e no depósito da faculdade. Já não estamos economizando o máximo possível? As gorjetas dos almoços em que tenho trabalhado dão para pouca coisa. Não posso pedir que você me dê mais duzentos dólares um mês depois.

— *Apaga la televisión.*

Eu percebo que ela vai agir como a Mamãe Urso, o que ela geralmente faz quando quer ser rigorosa sem me perturbar.

— Pode ir, Buela. Vai se atrasar para o seu encontro com o Joe. Podemos falar sobre isso depois?

— A.. *pá... ga... la.*

Eu reviro os olhos e desligo a televisão.

— Você não quer ir para o baile de formatura? Malachi não convidou você?

— Ele convidou. Ele me chamou várias vezes, mas entende que não temos dinheiro para isso e que eu não quero ir.

— Você será uma mulher em breve. Mas, pelo próximo um mês e meio, aproveite a escola. Vá para o baile de formatura.

— A única coisa que quero fazer na noite da formatura é ficar em casa, assistir aos vídeos da JLO e fazer lanchinhos deliciosos. O que você acha disso?

Ela inclina a testa dela para encostar na minha.

— Bom, *nena*, acho que posso viver com isso.

Uma semana depois, é exatamente isso que acontece. Malachi vai para a formatura, mas sai mais cedo e vem nos encontrar em casa. Ele me traz uma rosa vermelha e brilhante, e enfia a minha mão nos bolsos do terno dele enquanto dançamos lentamente a uma música cafona da Jennifer Lopez. Nenezinha e Buela batem palmas quando terminamos. E essa é exatamente a lembrança que eu queria.

Crescente

Não consigo dormir na noite anterior à nossa colação de grau. Já é quase meia noite. Amanhã de tarde, eu me formarei no ensino médio. E, já que o meu aniversário de dezoito anos foi uma semana atrás, sou oficialmente adulta.

Infelizmente, tudo o que quero fazer é me aconchegar no colo da Buela e pedir que ela conserte a minha vida por mim. Que tome as decisões. Que torne tudo mais fácil. É como se as palavras de todos rodopiassem em minhas orelhas. Buela. Júlio. Angélica. Srta. Fuentes. Tia Sarah. Chef Amadí. Chef Ayden. Tyrone. Malachi.

Nenezinha suspira enquanto dorme, e eu me levanto para tocar a bochecha dela. Ela está tranquila e sei que não vou conseguir dormir essa noite. Na ponta dos pés, passo pelo quarto da Buela e desço até a cozinha. Coloco o forno a 185 graus. Pego farinha. Açúcar mascavo. Manteiga. Sal. Manjericão seco e alecrim. Uma cerveja que eu planejava usar para refogar carne.

Uma vez, Júlio me disse que a minha mãe adorava cozinhar. Tia Sarah confirmou essa informação, apesar de eu não saber se alguma das receitas que ela já me enviou eram de minha mãe. Misturo todos os ingredientes.

Vou ter que contar para Buela o que decidi a respeito da faculdade. E vou precisar fazer planos novos para o outono. Tyrone ainda quer conversar sobre uma nova programação de horários para que ele fique mais tempo com a Nenezinha, e acho que vou deixar que ele tenha mais dias com ela. Os resultados do teste ServSafe saem em uma semana, e tenho certeza de que fui bem. Nunca estudei tanto para um exame.

O pão ainda precisa assar por mais vinte minutos, e estou cochilando quando ouço alguém bater na porta. Já passa da meia-noite. Pego uma das facas enfiadas no bloco e ando devagar na direção do olho mágico.

Júlio está parado na porta da frente. Um mês mais cedo do que o de costume. Abro a porta e acho que ainda devo estar sonhando. Mas ele me puxa para um abraço e sinto seu cheiro tão familiar: temperos, loção hidratante e algo que sempre mencionei como sendo a "essência da ilha" dele.

— O que você está fazendo aqui? Não esperávamos você aqui até o mês que vem — sussurro.

— E o quê, achou que eu ia perder a colação de grau da minha própria filha?

Eu quase concordo. De fato, esperava isso.

— Está todo mundo dormindo?

Ele coloca a mala na sala de estar e eu fecho a porta atrás dele. A mala é maior do que o normal. Vou até a cozinha e ele me segue, parando na porta.

— Não conseguiu pegar no sono, é? — pergunta ele, se balançando nos pés.

Dou uma olhada no forno. Ainda é preciso esperar mais um pouco para que a parte de cima do pão doure.

Júlio e eu estamos ambos de pé.

— Você quer se sentar e comer comigo? Posso cortar um pedaço de pão para você daqui a pouco.

Mas, antes mesmo de eu terminar a frase, ele está balançando a cabeça.

— Não, eu não conseguiria. A *Mami* cozinhou hoje?

— O quê, vai me dizer que você não come glúten? — brinco. — Buela não cozinhou hoje. Você vai ter que comer a minha comida, e não sei se você já ouviu falar, mas eu cozinho muito bem.

Há uma longa pausa. Acho que a minha piada foi tão ruim quanto soou para mim.

— Emoni, você nunca se perguntou por que nunca como o que você cozinha quando visito?

Sempre estive muito centrada em mim mesma para sequer notar isso.

— Sua avó diz que a sua comida a faz lembrar de Porto Rico. Mas para mim sua comida não me faz lembrar de casa, me faz pensar na casa que eu tinha aqui. Cada um dos seus pratos me faz pensar na sua mãe. Acaba comigo relembrar do rosto dela a cada vez que como um pedaço de algo que você fez. Acaba comigo estar aqui na Filadélfia, com cada esquina me relembrando dela. Eu sempre penso que com o tempo ficará mais fácil. Mas não fica.

Estou paralisada. Júlio e eu nunca falamos sobre minha mãe e, apesar de a minha vontade de comer o pão ter sido esmagada pelas palavras dele, a minha vontade de dizer o que eu nunca havia dito floresce.

Vou até a pia e lavo as minhas mãos. Olho para o meu pai.

— Eu deveria estar muito brava com você. Você me abandonou repetidas vezes. Por que nunca fui o suficiente para fazer você ficar?

Ele enfia as mãos nos bolsos de novo. Os seus *dreadlocks* longos se mexem enquanto ele balança a cabeça.

— Nunca foi culpa sua, Emoni. Eu tentei. A cada ano eu vinha e me dizia que esse seria o ano em que eu ficaria e ajudaria a criar a minha filha. Mas você não precisava de mim. Buela fez um trabalho tão bom enquanto eu estava fora, e eu não fui feito para um lugar assim. Sinto falta do mar. Sinto falta do calor. Sinto falta de ter um propósito real. Há muitas lembranças ruins para mim aqui.

— Mas não haveria memórias boas também? Se você tivesse ficado tempo o suficiente para criá-las?

Ele concorda.

— *Quizás*, Emoni. *Quizás*. Quero continuar tentando, apesar de você ser grande demais para precisar de mim. Sei que você tem muitas mudanças pela frente, e pensei que talvez, dessa vez, eu poderia ficar por mais tempo e ajudar você com a Emma e com as contas. Isso funcionaria, né? Enquanto você se acostuma com o que está por vir?

Talvez o fato de ele tentar deva ser o suficiente. Tiro o pão do forno e corto um pedaço para mim. Eu me sento e dou uma mordida. Meu pai me observa de perto por um momento, antes de pegar um pedaço para si. Ele fecha os olhos assim que começa a mastigar. Estico a minha mão sobre a mesa para apertar a dele.

Cerimônia de formatura

Tenho que usar uma caixa inteira de grampos para que o chapéu de formatura fique firme nos meus cachos. Estamos do lado de fora do auditório na Temple University, onde ocorreu a colação de grau da Schomburg. Buela e Júlio estão tirando fotos com os celulares enquanto seguro Nenezinha – ela fica passando os dedos pelas franjas do chapéu. Na minha outra mão está o diploma. O sr. Jagoda está ao fundo, sorrindo, uma presença calma, e fico feliz que a Buela o tenha convidado.

Ouço alguém gritar atrás de mim e, então, Gelly envolve meus ombros com um de seus braços. Eu me inclino na direção dela e sorrio enquanto posamos. Mas ver as meninas dela tirando fotos sem ela deve ser demais para que Buela possa resistir, porque ela entrega o celular dela para o sr. Jagoda e se apressa para vir para o meu outro lado.

Logo, o corpo alto de Malachi está parado ao lado dela, fazendo cócegas na Nenezinha. Quando olho para ele, ele me joga um beijo. O sr. Jagoda gesticula para que alguém entre na foto e a srta. Fuentes pisca para mim, mas não rápido o suficiente, porque noto as lágrimas em seus olhos. Alguém pigarreia, eu viro o pescoço e vejo Chef Ayden parado atrás de mim, com um braço no ombro de Malachi e o outro no ombro de Angélica. Tenho que olhar novamente ao vê-lo em um terno bem-feito, sua cabeça careca brilhando ao sol. Quando estamos todos parados e olhando para a câmera, enquanto Júlio faz a contagem, uma voz aguda interrompe:

— Posso sair na foto também? — E Leslie Perfeitinha não me espera responder para se colocar ao lado da srta. Fuentes e abrir um sorriso enorme e brilhante.

Antes que Júlio abaixe o celular dele, pigarreio e pergunto, erguendo a minha voz mais alto do que o som dos meus colegas de classe que tiravam fotos:

— Sr. Jagoda, você pode tirar uma foto do grupo com o Júlio nela também?

O sr. Jagoda pega o celular do Júlio. E percebo que Júlio ainda não sabe o que pensar em relação ao sr. Jagoda, mas para perto do Chef Ayden, atrás de nós. O braço da Buela envolve a minha cintura, e eu sinto que é menos para me manter na posição correta e mais para oferecer conforto. Para nós duas.

O sr. Jagoda conta até três pela última vez. Minha família sorri para a câmera.

Todos aqui e suas famílias foram convidados para um almoço de formatura na minha casa. Comecei a cozinhar ontem à noite, um banquete de fazer jus ao nome. Passei um tempo preparando a refeição, apesar de não saber por que eu estava combinando determinados sabores, ou se certos acompanhamentos iriam bem juntos. Eu estava cozinhando com o pensamento nessa refeição de formatura, porque a escola não é a única coisa que estou deixando para trás.

Apesar de a minha comida ainda não me trazer memórias, ela sempre foi pensada com foco no passado; está infundida com as pessoas das quais eu venho. Mas é, também, um modo de me fazer olhar para a frente: para ver as receitas das minhas raízes se transformarem, crescerem e alimentarem as partes mais famintas dentro de mim.

Como se estivesse seguindo um mapa sem saber o destino correto, estive me equipando com as ferramentas disponíveis nessa jornada para me ajudar a sobreviver quando chegasse. Apesar de não ter todas as respostas para o que está por vir, finalmente consigo vislumbrar para onde eu, Emoni Santiago, estou indo.

Seguindo em frente

Buela está em casa com Júlio e Nenezinha. Tivemos uma grande reunião familiar alguns dias atrás, e eu finalmente contei qual era meu plano. Buela não irá mudar de opinião a respeito do que ela acha que eu tenho que fazer. Júlio não deu opinião alguma, apenas perguntou como ele poderia ajudar. Apesar de Nenezinha saber exatamente como comunicar o que ela quer, ela ainda não está apta para me dar conselhos que vão além de acarinhar as minhas costas quando eu a abraço e me dizer:

— Bom trabalho, mamãe.

Então, pego o cartão que a amiga do Chef Ayden me deu no Baile de Inverno. Aquela do restaurante chique em que eu e Buela fomos. Eu o deixei em meu armário desde dezembro, sem motivo nenhum para guardá-lo, mas incapaz de jogá-lo fora por razões que não entendia.

Arrumo a minha camisa antes de entrar no restaurante. Buela a passou para mim sem perguntar para que eu precisava. Esfrego nas calças as palmas suadas das minhas mãos e fico satisfeita por estar quente o suficiente para eu não precisar de um casaco ou um suéter, já que estou tão nervosa que estou suando e, se eu estivesse usando camadas de roupa, seria um problema. Abro a porta e a recepcionista sorri largamente.

— Mesa para um?

— Não, eu gostaria... — Engulo em seco e quase me viro para ir embora. — Eu gostaria de falar com a chef.

— A chef? Você quer dizer a gerente? Você está procurando por um emprego?

— Não, quero dizer a chef. Ela está? Ela me disse que eu poderia vir aqui falar com ela.

A mulher estreita os olhos como se não acreditasse em mim, mas vira a cabeça com um coque perfeito para o lado e gesticula para um garçom. Ela se inclina na direção dele e sussurra em sua orelha. Ele acena e vai na direção das portas da cozinha.

A recepcionista bate a unha em sua mesa.

— Espere só um instante.

Cinco minutos se passam, e sei porque olho repetidamente para o celular. Seis minutos. A recepcionista finge que já não está me vendo. Casais entram e olham para mim para ver se estou esperando por uma mesa, mas eu continuo abrindo o mesmo sorriso fraco e acenando para que sigam em frente.

Sete minutos. Oito minutos. Nove minutos. Estou prestes a perder a paciência e ir embora quando a porta se abre rapidamente e uma mulher com um chapéu branco de chefe vem na direção da mesa da recepcionista. Ela é tão alta quanto me lembro.

— O quê? — pergunta ela para a recepcionista, que imediatamente aponta para mim. A Chef Williams se vira e olha para mim. Ergue uma sobrancelha.

Eu me endireito.

— Olá, chef.

Estico a mão.

— Meu nome é Emoni Santiago. Não sei se você se lembra de mim. Fui aluna do Chef Ayden na Schomburg Charter High School. No inverno passado você foi a um evento na minha escola e me deu o seu cartão caso eu quisesse um emprego.

As rugas na testa dela somem.

— Sim, é claro! A sua comida era de excelente qualidade.

Ela se lembra!

— Eu vim aqui porque queria um emprego. Conheço a comida como ninguém, e queria saber se poderia trabalhar para você.

Ela tira a mão dela da minha e cruza os braços, parecendo lutar contra um sorriso.

— Esse trabalho é muito desafiador, independentemente da posição em que você começar. Não costumo contratar pessoas tão novas para trabalhar na cozinha.

— Eu entendo. Apesar de eu frequentar o programa de Arte Culinária da Drexel a meio-período, não é tão longe daqui, então posso ir para as aulas de manhã e estar aqui para a hora do almoço. Minha família está me ajudando para que eu possa assumir o compromisso de trabalhar longas horas. — Dou de ombros. — Quero ficar na Filadélfia, trabalhar na Filadélfia e aprender em um restaurante na Filadélfia. Porque acho que tenho muito a oferecer para a minha cidade, para o lugar de onde venho.

Ela me olha devagar, de cima a baixo.

— Quando você pode começar?

Coloco a mão na mochila em meus ombros, que contém o meu chapéu de chef e meus sapatos.

— Hoje. Hoje me parece um excelente dia para começar.

De: ESantiago724@drexel.mail.edu
Para: SarahFowlkes_15@exchange.com
Data: Quinta-feira, 1º de agosto, 15:02
Assunto: re: visita

Oi, tia Sarah.

Obrigada pela receita de bolo da minha mãe. Fiz para o meu pai na semana passada e, apesar de ele ter chorado o tempo inteiro, comeu até a última migalha. Não sei quanto tempo vai durar a visita dele, mas ele não me parece estar pensando ainda em ir embora. Ele não renovou o contrato no apartamento dele e pediu para enviarem seus equipamentos de barbearia para cá. Um primo dele está cuidando da barbearia em Porto Rico.

Sei que a Filadélfia nunca conseguirá mantê-lo aqui por muito tempo, mas acho que, ao menos, ele está planejando ficar por mais tempo que o normal, e se o bolo for de algum auxílio para ele, continuarei fazendo.

Quanto à sua pergunta, Tyrone irá levar a Emma para uma viagem com a família em duas semanas, e acho que seria o momento ideal para que eu possa ir visitar você. Eu adoraria ir conhecer os meus primos e outras tias e tios.

Quanto à última tarefa que você me deu, fiz uma receita inspirada no meu nome. Apesar de o Júlio já ter me dito antes que ele significa "fé", acho que foi somente esse ano que compreendi por que a minha mãe me deu esse nome. Então, decidi fazer a minha versão de camarão flambado à la Emoni, porque há jeito melhor de manter um pouco de fé do que colocando fogo em algo e confiando que, não somente dará certo, como o resultado será delicioso?

Mal posso esperar para ver você em algumas semanas.

Com amor & um pouco de canela,
E.

Agradecimentos

É preciso um vilarejo para construir um romance, e eu sou grata pelas muitas mãos que ajudaram a fazer com que essa história acontecesse.

Tenho a sorte de ter vocês dando tanta atenção às minhas histórias; um agradecimento especial à minha incrível editora, Rosemary Brosnan, e minha editora assistente, Courtney Stevenson. Obrigada por conduzirem esse livro pelos muitos caminhos *difíceis* até chegarmos na história que eu tentava contar. Agradeço a Erin Fitzsimmons por me fornecer as capas mais bonitas que uma mulher poderia pedir. Agradeço a Bess Braswell, Ebony LaDelle e toda a equipe da *Epic Reads,* que dedicaram tanto amor a esse livro, garantindo que ele se encaixe nas prateleiras de seus leitores. Outro agradecimento especial à minha gerente de publicidade, Olivia DeLeon Russo, que apoia as ideias publicitárias mais malucas que tenho, assim como a minha necessidade de trazer minha comunidade para todas as plataformas.

Quero agradecer à minha agente, Ammi-Joan Paquette: tenho sorte de ter comigo alguém que é, ao mesmo tempo, tão feroz e tão gentil ao me guiar... e é um incentivo extra o fato de você fazer as sobremesas mais bonitas, o que pode ou não ter inspirado partes desse livro!

Para Carid Santos e Amanda Nazario, obrigada por ler os meus rascunhos iniciais, tão crus. O feedback que recebi de vocês é imensurável, e eu sei que essa história permanece mais verdadeira por causa dele.

Para Yahaira Castro, obrigada por ser minha parceria nas críticas. Sou grata pelas perguntas difíceis que você me fez, que me permitiram chegar ao cerne do livro.

Para Clint Smith. Você é incrível, cara! Obrigada por ler esse livro durante os seus voos e sempre me encorajar a colocar a empatia no centro de tudo.

Um agradecimento especial à Frankford High School, na Filadélfia, que me deu o privilégio de dar aula para os alunos do último ano durante as férias de verão em 2010. Apesar de eu não saber naquela época, essa foi a primeira semente que geraria essa história. Meu mais profundo agradecimento para o sr. Joseph Bradbury, que, em 2017, me permitiu visitar a sua sala de aula e cozinha para que eu pudesse observar seus alunos de Arte Culinária em ação.

Hermana Jessica Tirado, você sempre salvou a minha vida. Acredito que somente alguém que tenha passado por essa experiência pode dizer com precisão o que é ser uma mãe solteira, mas eu agradeço por você ter lido essa história e me fornecido um feedback tão sincero. Espero ter feito justiça às suas expectativas. Obrigada por me apresentar à Generation Hope. Sei de primeira mão que o apoio que eles oferecem a tantos pais e mães adolescentes é imensurável.

Para a minha família, os Acevedos e os Amadis, obrigada por me lembrarem o que significa voltar para casa. O que significar carregar a sua casa com você para os lugares mais remotos. O que significa alimentar e amar aos seus. O que significa surgir como mágica. Agradeço eternamente por apoiarem os meus sonhos.

Para a minha família do coração, os Cannons, Moyes e os Cannon-Moyes, obrigada por me receberam em South Jersey e Ayden, North Carolina. Por me alimentarem durante o Dia de Ação de Graças e por darem continuidade aos nossos torneios de cartas. Agradeço por compartilharem as suas histórias e a vocês mesmos comigo. Um agradecimento especial à Nyjeri por responder às minhas perguntas sobre crianças e por me dar sobrinhas tão queridas e tão inteligentes; Zaria e Yara, eu espero continuar agindo de forma a tornar o mundo mais seguro e melhor para vocês e escrever histórias que celebram sua bravura e ternura.

Para o meu amado Shakir, eis aqui uma ode aos cortes de cabelo de Philly que irá viajar o mundo, e a única máxima que interessa: se eu como, você come. Obrigada por nunca permitir que eu duvide de mim mesma, por ler tudo aquilo que escrevo e por me relembrar sempre de celebrar até as terças-feiras mais banais. Eu te amo.

Ancestrais: sempre. A minha turma. O que seria de mim se não fosse por vocês? O que são minhas histórias senão continuações dos fios que vocês desenrodilharam? Devo tudo o que tenho a vocês e, ainda assim, a cada instante sou relembrada que não devo nada além da honestidade, bravura e completude que me caracterizam.

Pa'lante siempre.

Este livro foi publicado em novembro de 2021 pela Editora Nacional,
impresso pela Gráfica Impress.